HEYNE
BÜCHER

D1617996

Das Buch

Francis Leslie Cauldhame ist ein seltsames Kind: ebenso fantasievoll wie verschlagen, grausam und aggressiv. Er ist sechzehn Jahre alt und lebt mit seinem ebenfalls verschrobenen Vater in einer Wildnis am Meer nahe eines schottischen Dorfes. Seine Mutter hat längst das Weite gesucht. Sein Bruder Eric, der während des Medizinstudiums durchdrehte, ist in einer geschlossenen Anstalt in Sicherheitsverwahrung. Francis lebt zu Hause in seiner eigenen Fantasiewelt, durch seinen Vater abgeschirmt von der Außenwelt. Er kann sich ungestört seinen grausamen Tagträumen hingeben, die immer mehr in bizarre Rituale des Tötens münden. Es bereitet ihm Lust, Kleintiere mit seiner Steinschleuder zu töten, um sie dann auf Pfählen aufzuspießen. Seine grausigen Totems kontrolliert er jeden Tag auf ihren Zustand. Sie sind für ihn die Wächter seines Reviers. Daß Francis auch schon drei Menschen getötet hat, weiß nur er selbst. So kam sein kleiner Bruder Paul um, weil Francis ihn dazu anstiftete, auf einen Blindgänger aus dem Zweiten Weltkrieg zu klopfen. Francis kann ungehindert alles tun, was ihm gefällt. Doch eines Tages flieht Eric aus der Anstalt, und dann kommt das schreckliche Geheimnis der Familie Cauldhame ans Licht …

Der Autor

Iain Banks, 1954 geboren im schottischen Fife, ist der erfolgreiche Autor zahlreicher Romane, darunter viele im Science-Fiction-Bereich, die in Großbritannien fast ausnahmslos die Bestsellerlisten erreichten. Iain Banks lebt heute wieder in Fife.

Im Wilhelm Heyne Verlag ist erschienen:
Bedenke Phlebas (06/4609).

IAIN BANKS

DIE WESPENFABRIK

Roman

Aus dem Englischen
von
IRENE BONHORST

WILHELM HEYNE VERLAG
MÜNCHEN

HEYNE ALLGEMEINE REIHE
Nr. 01/10270

Titel der Originalausgabe
THE WASP FACTORY

Umwelthinweis:
Das Buch wurde auf
chlor- und säurefreiem Papier gedruckt.

Der Titel erschien bereits
in der Reihe ›Heyne Science Fiction & Fantasy‹
unter der Band-Nr. 06/4783.

Redaktion: Wolfgang Jeschke

Printed in Germany 1997
Umschlagillustration: Michael Hasted/XING-Art
Umschlaggestaltung: Atelier Ingrid Schütz, München
Satz: Schaber Satz- und Datentechnik, Wels
Druck und Bindung: Ebner Ulm

ISBN 3-453-12438-3

Für Ann

Inhalt

1

DIE OPFERPFÄHLE

An dem Tag, an dem wir hörten, daß mein Bruder davongelaufen war, war ich bei den Pfählen gewesen. Ich wußte bereits, daß etwas geschehen würde; die Fabrik hatte mich darüber unterrichtet.

Am nördlichen Ende der Insel, in der Nähe der Überbleibsel der zusammengebrochenen Schiffsrutsche, wo die Kurbel der rostigen Winde in der östlichen Brise immer noch quietscht, standen zwei meiner Pfähle auf der anderen Seite der letzten Düne. Auf einem der Pfähle waren ein Rattenkopf und zwei Libellen aufgespießt, auf dem anderen eine Möwe und zwei Mäuse. Ich war gerade dabei, einen der Mäuseköpfe wieder zu befestigen, als sich die Vögel keifend und schreiend in die Abendluft erhoben und Kreise über den Dünenpfad zogen, wo er dicht an ihren Nestern vorbeiführte. Ich vergewisserte mich, daß der Kopf hielt, dann stieg ich auf den Gipfel der Düne, um durch mein Fernglas zu blicken.

Diggs, der Polizist aus der Stadt, kam auf seinem Fahrrad den Weg heruntergeradelt; er trat kräftig in die Pedale und hielt den Kopf gesenkt, da die Räder ziemlich tief in der sandigen Oberfläche versanken. An der Brücke stieg er vom Fahrrad und lehnte es gegen die Hängeseile, dann ging er bis zur Mitte der schwankenden Brücke, wo sich das Tor befindet. Ich sah, wie er den Knopf der Sprechanlage drückte. Er stand eine Weile da und betrachtete die stillen Dünen ringsum und die sich beruhigenden Vögel. Er sah mich nicht, weil ich zu gut versteckt war. Offenbar hatte inzwischen mein Vater im Haus den Gegendrücker betätigt, denn Diggs beugte sich etwas vor und sprach in das Gitter neben dem Knopf, bevor er das Tor aufschob und über die Brücke marschierte, auf die Insel und den Weg entlang, der zum Haus führte. Als er hinter den Dünen verschwand, blieb ich noch eine Weile sitzen und kratzte mich zwischen den Beinen, während der Wind mit meinen Haaren spielte und die Vögel in ihre Nester zurückkehrten.

Ich nahm die Schleuder von meinem Gürtel, wählte ein Halbzoll-Stahlgeschoß, zielte gründlich und schickte schließlich den weiten, mit der Kugel bestückten Flugbogen hinaus über den Fluß, vorbei an den Telefonmasten und der kleinen Hängebrücke, die die Verbindung zum Festland darstellte. Das Geschoß traf das Schild mit der Aufschrift ›Privatbesitz – Betreten verboten‹ mit einem Aufprall, den ich gerade noch hören konnte, und ich lächelte. Das war ein gutes Omen. Die Fabrik hatte sich nicht sehr klar geäußert (das tat sie selten), doch ich hatte das Gefühl, daß das, wovor sie mich warnte, wichtig sein mußte, und ich hatte außerdem den Verdacht, daß es nichts Gutes sein konnte, doch ich war klug genug gewesen, den Hinweis ernst zu nehmen und meine Pfähle zu überprüfen, und jetzt wußte ich, daß ich noch immer zielsicher war, die Dinge würden zu meinen Gunsten verlaufen.

Ich beschloß, nicht direkt zum Haus zurückzugehen. Vater hatte es nicht gern, wenn ich in Anwesenheit von Diggs dort auftauchte, und überhaupt hatte ich noch einige Pfähle zu inspizieren, bevor die Sonne unterging. Ich sprang mit einem Satz auf, rutschte den Hang der Düne hinunter in ihren Schatten, dann drehte ich mich an ihrem Fuß um und blickte zurück zu den kleinen Köpfen und Körpern, die die nördlichen Zugänge zur Insel beobachteten. Sie sahen gut aus, diese Hülsen an den knorrigen Ästen. Schwarze Bänder, die um die hölzernen Zweige gebunden waren, flatterten sanft im Wind und winkten mir zu. Ich kam zu dem Schluß, daß alles gar nicht so schlimm sein konnte, und nahm mir vor, von der Fabrik morgen ausführlichere Informationen zu erbitten. Wenn ich Glück hatte, würde mir mein Vater etwas sagen, und wenn ich noch mehr Glück hatte, wäre es vielleicht sogar die Wahrheit.

Ich verstaute den Beutel mit Köpfen und Körpern im Bunker, und unterdessen wurde es vollkommen dunkel, und die Sterne erschienen nach und nach am Himmel. Die Vögel hatten mir erzählt, daß Diggs ein paar Minuten zuvor weggegangen war, also rannte ich über die Abkürzung zum Haus, wo wie üblich alle Lichter brannten. Mein Vater führte mich in die Küche.

»Diggs war gerade hier. Ich nehme an, du weißt das.«

Er hielt den Stumpen seiner dicken Zigarre, die er geraucht hatte, unter den Kaltwasserhahn und ließ den Strahl kurz darüber laufen, woraufhin der braune Stummel zischte und erlosch; dann schmiß er den aufgeweichten Rest in den Mülleimer. Ich legte meine Sachen auf den großen Tisch und setzte mich mit einem Achselzucken hin. Mein Vater drehte den Schalter für die Herdplatte, auf der der Suppentopf stand, auf eine höhere Stufe, hob den Deckel, um die aufzuwärmende Mischung zu begutachten, und wandte sich wieder zu mir um.

In dem Raum hing etwa in Schulterhöhe eine Schicht blauen Rauchs mit einer großen Welle darin, wahrscheinlich von mir verursacht, als ich durch die Doppeltür des Hintereingangs hereinkam. Die Welle stieg langsam zwischen uns höher, während mein Vater mich ansah. Ich rutschte nervös auf meinem

Stuhl hin und her, blickte zu Boden und spielte mit dem Handriemen der schwarzen Schleuder. Flüchtig kam mir in den Sinn, daß mein Vater besorgt aussah, aber er war ein begabter Schauspieler, und vielleicht wollte er, daß ich genau das dachte, und zwar so tief in meinem Innern, daß ein Hauch von Zweifel blieb.

»Ich denke, ich sollte es dir besser sagen«, setzte er an, dann wandte er sich wieder ab, nahm einen Holzlöffel und rührte die Suppe um. Ich wartete. »Es geht um Eric.«

Da wußte ich, was passiert war. Er brauchte mir den Rest nicht zu erzählen. Ich schätze, ich hätte nach seinen wenigen Worten auf den Gedanken kommen können, daß mein Halbbruder tot war oder krank oder daß *ihm* etwas passiert war, aber ich wußte in diesem Moment bereits, daß es um etwas ging, das Eric seinerseits getan hatte, und es gab nur eine Sache, die Eric getan haben konnte und die meinen Vater besorgt aussehen ließ. Er war geflohen. Ich sagte jedoch nichts.

»Eric ist aus dem Krankenhaus weggelaufen. Um uns das zu sagen, ist Diggs hergekommen. Man vermutet, daß er auf dem Weg hierher ist. Nimm dieses Zeug vom Tisch, das habe ich dir schon so oft gesagt.« Er probierte schlürfend die Suppe, immer noch den Rücken mir zugewandt. Ich wartete, bis er sich umdrehte, dann nahm ich die Schleuder, das Fernglas und den Spaten vom Tisch. Im gleichen flachen Tonfall fuhr mein Vater fort: »Nun, ich glaube gar nicht, daß er so weit kommen wird. Man wird ihn vermutlich in einem oder zwei Tagen aufgreifen. Ich dachte nur, ich sage es dir besser. Für den Fall, daß jemand anderes irgend etwas hört und darüber spricht. Hol dir einen Teller!«

Ich ging an den Schrank und nahm einen Teller heraus, dann setzte ich mich wieder mit einem untergeschlagenen Bein hin. Mein Vater machte sich erneut ans Rühren der Suppe, deren Duft jetzt den Zigarrenrauch übertraf. Ich spürte Aufregung im Magen – einen emporsteigenden prickelnden Schwall. Eric kam also wieder nach Hause; das war gut und schlecht. Ich wußte, daß er es schaffen würde. Es kam mir gar nicht in den Sinn, mich bei der Fabrik danach zu erkundigen; er würde herkommen. Ich fragte mich, wie lange er wohl brauchen würde und ob Diggs es überall in der Stadt verbreiten und die Leute warnen würde, daß der *Verrückte, der Hunde anzündete,* wieder auf freiem Fuß war. Geben Sie acht auf Ihre wertvollen Vierbeiner!

Mein Vater goß mit einer Schöpfkelle Suppe in meinen Teller. Ich blies, um sie abzukühlen. Ich dachte an die Opferpfähle. Sie waren mein Frühwarnsystem und Abschreckungsmechanismus in einem; ausgeklügelte, wirkungsvolle Einrichtungen, die Ausschau hielten und Unheil von der Insel fernhielten. Diese Totems waren meine Warnschüsse; jeder, der ihrer ansichtig wurde und dennoch den Fuß auf die Insel setzte, mußte wissen, auf was er sich einließ. Doch es hatte den Anschein, daß sie, anstatt wie eine drohend geballte Faust aufgefaßt zu werden, eine einladend geöffnete Hand darstellten. Für Eric.

»Wie ich feststelle, hast du dir auch diesmal wieder die Hände gewaschen«, sagte mein Vater, während ich die heiße Suppe schlürfte. Er meinte es ironisch. Er nahm die Whiskyflasche von der Anrichte und goß sich ein Glas ein. Das andere Glas, aus dem meiner Vermutung nach der Polizist getrunken hatte, stellte er ins Spülbecken. Er nahm am anderen Ende des Tisches Platz.

Mein Vater ist hochgewachsen und schlank, obwohl er leicht gebeugt geht. Er hat ein zartes Gesicht, wie das einer Frau, und dunkle Augen. Er humpelt, und das, so lange ich zurückdenken kann. Sein linkes Bein ist fast vollkommen steif, und für gewöhnlich nimmt er beim Verlassen des Hauses einen Stock mit. An manchen Tagen, wenn feuchte Witterung herrscht, braucht er den Stock auch im Haus, und ich höre ihn dann über die nackten Böden der Räume und Flure des Hauses tappen; es ist ein hohler Klang, der von einer Stelle zur anderen wandert. Nur hier in der Küche schweigt der Stock; die Fliesen lassen ihn verstummen.

Dieser Stock ist der Garant für die Sicherheit der Fabrik. Dem Bein meines Vaters, fest eingerastet, verdanke ich meinen Zufluchtsort dort oben in der Wärme des weitläufigen Dachbodens, im Giebel des Hauses, wo Gerümpel und Unrat verstaut sind, wo der Staub schwebt und das Sonnenlicht schräg hereinfällt und wo die Fabrik ihren Sitz hat – schweigend, lebendig und still.

Mein Vater kann die schmale Leiter, die vom oberen Stockwerk hinaufführt, nicht erklimmen; und selbst wenn er es könnte, wäre er nicht fähig, die Drehung zu vollführen, um von der obersten Sprosse der Leiter um das Mauerwerk des Kaminschachtes herum in den eigentlichen Dachboden zu gelangen, das weiß ich.

Ich habe diesen Ort also ganz für mich.

Ich schätze, mein Vater ist jetzt ungefähr fünfundvierzig, obwohl ich manchmal denke, daß er viel älter aussieht, und er mir bei manchen Gelegenheiten ein wenig jünger erscheint. Er verrät mir sein wahres Alter nicht, also bleibe ich bei meiner Schätzung von fünfundvierzig, seinem Äußeren nach zu urteilen.

»Wie hoch ist dieser Tisch?« fragte er unvermittelt, als ich gerade im Begriff war, zum Brotkasten zu gehen und mir eine Scheibe zu holen, um meinen Teller damit auszuwischen. Ich drehte mich zu ihm um und fragte mich, warum er sich mit einer so leichten Frage abgab.

»Dreißig Inches«, antwortete ich und nahm einen Brotkanten aus dem Kasten.

»Falsch«, sagte er mit einem hämischen Grinsen. »Zwei Fuß sechs.«

Ich sah ihn kopfschüttelnd an und runzelte die Stirn, dann schabte ich den braunen Rand von Suppe aus meinem Teller. Es gab eine Zeit, da hatte ich wahrhaftig Angst vor derart idiotischen Fragen, aber jetzt, abgesehen davon, daß ich Höhe, Länge, Breite, Grundfläche und Volumen von jedem Teil des Hauses und jedem Gegenstand darin hätte wissen müssen, nehme ich diese Marotte meines Vaters als das hin, was sie ist. Manchmal wird es etwas peinlich, wenn wir Gäste haben, selbst wenn es sich um Familienangehörige handelt, die eigentlich wissen müßten, was sie zu erwarten haben. Sie pflegen dann dazusitzen, meistens im Wohnzimmer, und sich zu fragen, ob Vater ihnen wohl etwas zu essen anbieten oder ihnen lediglich einen improvisierten Vortrag über Dickdarmkrebs oder Bandwürmer halten wird, bis er sich neben einen von ihnen stellt, sich umsieht, um sich zu vergewissern, daß auch aller Aufmerksamkeit auf ihn gerichtet ist, und dann in einem verschwörerischen Bühnenflüstern sagt: »Siehst du die Tür dort? Sie ist fünfundachtzig Inches breit, von Ecke zu Ecke.« Dann blinzelt er und läßt sich mit gelassenem Gesicht wieder auf seinen Stuhl sinken.

Seit ich mich erinnern kann, gibt es überall im Haus weiße Papieraufkleber, die zierlich mit schwarzem Filzstift beschriftet sind. Sie kleben an Stuhlbeinen, an Teppichrändern, unter Bechern, an Radioantennen, Schubladenfronten, Bettgestellen, Fernsehbildschirmen sowie an den Griffen von Töpfen und Pfannen und geben die genauen Maße des betreffenden Gegenstandes an. Es sind sogar welche, mit Bleistift beschriftet, an den Topfpflanzen angebracht. Als ich Kind war, bin ich einmal durchs ganze Haus gelaufen und habe alle Aufkleber abgerissen; ich bekam eine Tracht Prügel und zwei Tage Arrest in meinem Zimmer. Später beschloß mein Vater, daß es nützlich für mich und der Entwicklung meines Charakters zuträglich wäre, wenn ich all die Maße ebenso auswendig wüßte wie er, und ich mußte stundenlang vor dem Buch der Maße (einer gewaltigen Loseblattsammlung mit allen Informationen von den kleinen Aufklebern, sorgfältig registriert und unterteilt nach Raum und Kategorie) sitzen oder mit einem Notizbuch durchs Haus wandern und meine eigenen Aufzeichnungen machen. All das war eine Ergänzung zu den üblichen Lektionen, die mir mein Vater in Mathematik und Geschichte und so weiter erteilte. Das ließ mir nicht viel Zeit, um hinauszugehen und zu spielen, und ich war darüber sehr betrübt. Ich führte zu jener Zeit gerade einen Krieg – Muscheln gegen Tote Fliegen, glaube ich –, und während ich in der Bibliothek saß und mich mit den Büchern langweilte und versuchte, die Augen offenzuhalten, blies der Wind meine Fliegenarmee über die halbe Insel, und das Meer überschwemmte zunächst meine Muscheln mit der Flut und bedeckte sie dann mit Sand. Glücklicherweise wurde mein Vater diese großangelegte Ausbildung leid und begnügte sich damit, mir abwegige Überraschungsfragen an den Kopf zu werfen, zum Beispiel über das Fassungsvermögen des Schirmständers in Pinten oder die Gesamtfläche aller Gardinen des Hauses, gemessen in Morgen-Bruchteilen, beschränkt auf die jeweils tatsächlich aufgehängten.

»Ich beantworte dir diese Fragen nicht mehr«, sagte ich, während ich meinen Teller zur Spüle trug. »Wir hätten schon vor Jahren zum metrischen System übergehen sollen.«

Mein Vater schnaubte in sein Glas, während er es leer trank. »Hektar und solchen Quatsch. Ganz sicher nicht! Es beruht alles auf den Abmessungen des Globus, weißt du. Ich brauche dir nicht zu erklären, was für ein Unsinn *das* ist.«

Ich seufzte und nahm einen Apfel aus der Schale, die auf der Fensterbank stand. Mein Vater hatte mir einmal weismachen wollen, die Erde sei ein Möbius-Band, keine Kugel. Er tut immer noch so, als hielte er an diesem Glauben fest, und schickt mit viel Aufhebens Manuskripte an Verlage in London, um sie zur Veröffentlichung eines Buches zu bewegen, das seinen Standpunkt darlegt, aber ich weiß, daß es ihm nur wieder ums Quertreiben geht und daß sein Hauptvergnügen darin besteht, den Fassungslosen und rechtmäßig Empörten zu spielen, wenn das Manuskript irgendwann zurückgeschickt wird. Das wiederholt sich etwa alle drei Monate, und ich bezweifle, daß das Leben ohne dieses Ritual für ihn auch nur halb so vergnüglich wäre. Jedenfalls ist das einer der Gründe, warum er seine albernen Maße nicht längst ins metrische System übertragen hat, abgesehen davon, daß er schlicht und einfach faul ist.

»Was hast du heute so getrieben?« Er sah mich über den Tisch hinweg an und rollte dabei das leere Glas auf der hölzernen Tischplatte hin und her.

Ich zuckte die Achseln. »Ich war draußen. Bin spazierengegangen und so.«

»Hast du wieder mal Dämme gebaut?« fragte er höhnisch.

»Nein«, sagte ich mit überzeugtem Kopfschütteln und biß in den Apfel. »Heute nicht.«

»Ich hoffe, du hast da draußen keine von Gottes Kreaturen umgebracht.«

Ich bedachte ihn erneut mit einem Achselzucken. Natürlich habe ich da draußen Dinge umgebracht. Wie, verdammt noch mal, soll ich denn an Köpfe und Körper für die Pfähle und den Bunker kommen, wenn ich nicht Dinge umbringe? Es gibt einfach nicht genügend natürliche Todesfälle. So etwas kann man den Leuten jedoch nicht klarmachen.

»Manchmal denke ich, daß du es bist, der in die Klinik gehört, nicht Eric.« Seine Augen unter den dunklen Brauen sahen mich vielsagend an, und er sprach mit gedämpfter Stimme. Früher hätte mir ein solches Gespräch angst gemacht, aber jetzt nicht mehr. Ich bin fast siebzehn und kein Kind mehr. Hier in Schottland bin ich nach dem Gesetz alt genug, um ohne die Einwilligung meiner Eltern zu heiraten, und das schon seit einem Jahr. Vielleicht wäre es nicht sehr sinnvoll, wenn ich heiraten würde – das gebe ich zu –, aber es geht ums Prinzip.

Und übrigens, ich bin nicht Eric; ich bin ich, und ich bin hier, und damit hat sich die Sache. Ich kümmere mich nicht um andere Leute, und sie tun gut daran, sich nicht um mich zu kümmern, wenn sie sich Scherereien ersparen wollen. *Ich* beschere den Leuten keine brennenden Hunde und erschrecke die hiesigen Kleinkinder nicht mit einer Handvoll Maden oder einem Mundvoll Würmer. Kann schon sein, daß die Leute in der Stadt sagen: »Oh, der hat nicht alle beisammen, wissen Sie.« Aber das ist ihr Spaß (und manchmal, wenn sie es besonders spannend machen wollen, heben sie nicht einmal den Finger zum Kopf, während sie es sagen); mich stört das nicht. Ich habe gelernt, mit meiner Beschränktheit zu leben, und ich habe gelernt, ohne andere Menschen zu leben, also kann mir das alles nichts anhaben.

Mein Vater hatte jedoch offenbar die Absicht, mich zu verletzen; so etwas pflegte er normalerweise nicht zu sagen. Die Nachricht über Eric mußte ihn erschüttert haben. Ich glaube, er wußte – genausogut wie ich –, daß Eric zurückkommen würde, und er machte sich Sorgen, welche Probleme daraus entstehen würden. Ich konnte es ihm nicht verübeln, und ich zweifelte nicht daran, daß er sich auch meinetwegen Sorgen machte. Ich verkörpere ein Verbrechen, und wenn Eric zurückkommt und alles wieder neu aufwühlt, könnte die WAHRHEIT ÜBER FRANK herauskommen.

Ich bin nirgends registriert. Ich habe keine Geburtsurkunde, keine Sozialversicherungsnummer, nichts, aus dem hervorgeht, daß ich lebe oder je existiert habe. Ich weiß, daß das ein Verbrechen ist, und mein Vater weiß es auch, und ich glaube, daß er manchmal die Entscheidung bedauert, die er vor siebzehn Jahren getroffen hat – in seinen Hippie-Anarchisten-Zeiten oder wie immer man sie nennen soll.

Nicht, daß ich wirklich darunter gelitten hätte. Mir hat es Spaß gemacht, und man kann nicht behaupten, daß ich keine Ausbildung genossen hätte. Ich weiß wahrscheinlich besser in den herkömmlichen Schulfächern Bescheid als irgend jemand sonst in meinem Alter. Ich könnte mich allenfalls über den mangelnden Wahrheitsgehalt einiger der Informationen beschweren, die mir mein Vater vermittelt hat, das schon. Seit ich in der Lage bin, allein nach Porteneil zu gehen und die Dinge in der Bibliothek nachzulesen, kann mir mein Vater kaum noch was vormachen, aber als ich noch jünger war, hat er mich immer wieder zum Narren gehalten und meine ehrlichen, wenn auch naiven Fragen mit ausgemachtem Quatsch beantwortet. *Jahrelang* war ich der Meinung, Pathos sei einer der drei Musketiere, Fellatio eine Figur aus Hamlet, Vitriol eine Stadt in China und irische Bauern müßten Torf mit den Füßen stampfen, um Guinness herzustellen.

Nun, heute kann ich das oberste Regalbrett unserer Hausbibliothek erreichen und einfach nach Porteneil spazieren, um die dortige Bücherei zu besuchen, und somit kann ich alles überprüfen, was mein Vater sagt, und er muß mir die Wahrheit sagen. Das ärgert ihn sehr, vermute ich, aber das ist nun mal der Lauf der Welt. Man könnte es Fortschritt nennen.

Aber ich bin gebildet. Obwohl er es sich nicht verkneifen konnte, sich mit seinem ziemlich kindischen Humor auszutoben, indem er mir etliche Finten vorsetzte, wollte mein Vater auch nicht darauf verzichten, in seinem Sohn in irgendeiner Weise sich selbst verwirklicht zu sehen; was meinen Körper betrifft, wäre alles vergebliche Liebesmühe gewesen, also blieb nur mein Geist. Deshalb der intensive Unterricht. Mein Vater ist ein gebildeter Mann, und einen Großteil seines bereits vorhandenen Wissens hat er an mich weitergegeben, darüber hinaus betrieb er für sich selbst Studien auf Gebieten, in denen er sich bis dahin nicht so gut auskannte, nur um mich unterrichten zu können. Mein Vater ist Doktor der Chemie oder vielleicht der Biochemie – ich bin mir nicht ganz sicher. Er besaß offenbar ausreichende Kenntnisse in der allgemeinen Medizin – und vielleicht hatte er auch noch Kontakte zu diesem Berufsstand –, um dafür zu sorgen, daß ich alle Impfungen und Spritzen zum richtigen Zeitpunkt in meinem Leben bekam, trotz meiner offiziellen Nichtexistenz im Hinblick auf die Staatliche Gesundheitsfürsorge.

Ich glaube, mein Vater hat nach seiner Doktorarbeit noch ein paar Jahre an der Universität gearbeitet, und vielleicht hat er irgend etwas erfunden; er läßt ab und zu eine Bemerkung fallen, daß er irgendwelche Gewinnanteile aus einem Patent oder so ähnlich erhält, aber ich habe den Verdacht, der alte Hippie lebt vom Familienvermögen der Cauldhames, das irgendwo gut versteckt angelegt ist.

Die Familie lebt seit etwa zweihundert Jahren in diesem Teil Schottlands, oder sogar noch länger, soweit ich erfahren habe, und uns gehörte mal eine ganze Menge Land in dieser Gegend. Jetzt besitzen wir nur noch die Insel, und die ist ziemlich klein und bei Ebbe eigentlich keine Insel mehr. Das einzige andere Zeugnis unserer glorreichen Vergangenheit ist der Name des Vergnügungsschuppens von Porteneil, einer heruntergekommenen alten Kneipe namens ›Cauldhame Arms‹, wo ich jetzt ab und zu hingehe, obwohl ich natürlich noch nicht alt genug dafür bin, und die Jugend des Ortes bei ihren Versuchen beobachte, Punk-Gruppen zu bilden. Dort traf und treffe ich immer noch den einzigen Menschen, den ich als meinen Freund bezeichne: Jamie den Zwerg, den ich auf meinen Schultern sitzen lasse, damit er die Bands sieht.

»Nun ja, ich glaube nicht, daß er es so weit schafft. Man wird ihn vorher aufgreifen«, sagte mein Vater zum zweitenmal, nach langem und nachdenklichem Schweigen. Er stand auf, um sein Glas auszuspülen. Ich summte vor mich hin, was ich immer tat, wenn mir nach Lächeln oder Lachen zumute war und ich es mir anders überlegte. Mein Vater sah mich an. »Ich gehe ins Arbeitszimmer. Vergiß nicht abzuschließen, ja?«

»Alles klar«, sagte ich und nickte.

»Gute Nacht.«

Mein Vater verließ die Küche. Ich saß da und betrachtete meinen Spaten, Marke Stoutstroke. Kleine Krümel von trockenem Sand klebten daran, und ich wischte sie weg. Das Arbeitszimmer. Eine meiner wenigen unbefriedigten Bestrebungen ist es, das Arbeitszimmer des Alten zu betreten. Den Keller habe ich wenigstens gesehen und war auch schon einige Male darin, ich kenne alle Räume im Erdgeschoß und im zweiten Stock; der Dachboden ist ganz und gar meine Domäne und immerhin der Sitz meiner Wespenfabrik; aber diesen einen Raum im ersten Stock kenne ich nicht, ich habe ihn nie von innen gesehen.

Ich weiß, daß er darin irgendwelche Chemikalien hat, und ich vermute, daß er experimentiert oder so, aber wie der Raum aussieht, was er wirklich darin treibt – davon habe ich keine Ahnung. Die einzigen Eindrücke, die ich von ihm habe, sind ein paar eigenartige Gerüche und das Tap-Tap des Stocks meines Vaters.

Ich strich über den langen Griff des Spatens und

fragte mich, ob mein Vater seinem Stock wohl einen Namen gegeben hatte. Ich bezweifelte es. Er mißt diesen Dingen nicht die gleiche Bedeutung bei wie ich. Ich weiß, daß sie wichtig sind.

Ich glaube, das Arbeitszimmer birgt ein Geheimnis. Er hatte mehr als einmal entsprechende Andeutungen gemacht, zwar nur vage, aber immerhin ausreichend, um in mir den Drang zum Weiterfragen zu wecken, damit er weiß, daß ich eigentlich fragen will. Ich frage natürlich nicht, denn ich bekäme sowieso keine befriedigende Antwort. Wenn er überhaupt darauf einginge, würde er mir einen Haufen Lügen auftischen, denn es liegt auf der Hand, daß das Geheimnis kein Geheimnis mehr wäre, wenn er mir die Wahrheit sagte, und er spürt genau wie ich, daß er, je erwachsener ich werde, mir gegenüber so viele Trümpfe wie möglich in der Hand halten muß; ich bin kein Kind mehr. Es sind lediglich diese kleinen Stückchen scheinbarer Macht, die ihn in dem Glauben bestärken, daß er das Sagen in unserer Beziehung hat, die er für die angemessene Vater-Sohn-Beziehung hält. Es ist wirklich rührend, wie er mit seinen Spielchen und seinen Geheimnissen und seinen verletzenden Äußerungen versucht, seine Überlegenheit zu wahren.

Ich lehnte mich auf dem Holzstuhl zurück und streckte mich aus. Ich mochte den Geruch der Küche. Das Essen, der Schlamm an unseren Gummistiefeln und manchmal der Gestank von Kordit, der schwach aus dem Keller heraufdrang, all das erweckte in mir ein gutes, dichtes, aufwühlendes Gefühl, wenn ich darüber nachdachte. Bei Regen, wenn unsere Kleider naß sind, riecht es anders. Im Winter stößt der große schwarze Ofen eine Hitze aus, die nach Treibholz oder Torf duftet, und alles dampft, und der Regen hämmert gegen die Fensterscheiben. Dann macht sich ein behagliches Gefühl der Geborgenheit breit, man kommt sich bestens aufgehoben vor, wie eine große Katze, die den Schwanz um sich selbst geschlungen hat. Manchmal wünschte ich, wir hätten eine Katze. Bisher besaß ich lediglich einmal einen Katzenkopf, und den haben mir die Möwen geklaut.

Ich ging zur Toilette, die von der Küche aus am anderen Ende des Flurs lag, um ein großes Geschäft zu erledigen. Ich brauchte nicht zu pinkeln, denn ich hatte den ganzen Tag über die Pfähle angepinkelt und ihnen meine Duftnote und meine Macht eingegeben.

Ich saß da und dachte über Eric nach, dem etwas so Unerfreuliches widerfahren war. Armer verdrehter Kerl. Ich fragte mich – wie ich mich schon so oft gefragt hatte –, wie ich damit fertig geworden wäre. Aber es war nun mal nicht mir passiert. Ich bin hiergeblieben, und Eric war derjenige, der weggegangen war, und es war alles an einem anderen Ort geschehen, und mehr gibt es dazu nicht zu sagen. Ich bin ich, und hier ist hier.

Ich lauschte, ob ich meinen Vater hören konnte. Vielleicht war er gleich ins Bett gegangen. Er schläft oft in seinem Arbeitszimmer, lieber als in dem großen Schlafzimmer im zweiten Stock, wo auch das meine liegt. Kann sein, daß dieser Raum zu viele unangenehme (oder angenehme) Erinnerungen für ihn birgt. Wie auch immer, ich hörte kein Schnarchen.

Ich hasse es, daß ich mich immer richtig auf die Toilette setzen muß. Mit meiner unseligen Behinderung bin ich im allgemeinen gezwungen dazu, als ob ich, verdammt noch mal, eine Frau wäre, aber ich hasse es. Manchmal stelle ich mich in der Kneipe vors Urinierbecken, aber meistens endet das damit, daß mir alles an den Händen oder Beinen entlangläuft.

Ich strengte mich an. Plumps platsch. Etwas Wasser spritzte hoch und traf meine Arschbacken, und in diesem Moment klingelte das Telefon.

»Scheiße«, sagte ich und mußte gleich darauf über mich selbst lachen. Ich wischte mir schnell den Hintern ab, zog meine Hose hoch, betätigte die Spülung und tapste in den Flur hinaus, während ich noch mit dem Reißverschluß beschäftigt war. Ich hastete die breiten Stufen zum Treppenabsatz des ersten Stocks hinauf, wo unser Telefon steht. Ich rede seit ewigen Zeiten auf meinen Vater ein, daß er noch ein paar Telefone anschaffen soll, doch er sagt, daß wir nicht oft genug angerufen werden, als daß Nebenanschlüsse gerechtfertigt wären. Ich erreichte das Telefon, bevor der Anrufer, wer immer es sein mochte, auflegte. Mein Vater war nicht aufgetaucht.

»Hallo«, sagte ich. Der Anruf kam aus einer Fernsprechzelle.

»*Krä-äächz!*« brüllte eine Stimme am anderen Ende. Ich hielt den Hörer von meinem Ohr weg und sah ihn mürrisch an. Weitere kleine Schreie drangen aus der Hörmuschel. Als sie aufhörten, hob ich den Hörer wieder an mein Ohr.

»Porteneil fünfdreieins«, sagte ich kühl.

»Frank! Frank! Ich bin's. Ich! Hallo, hallo!«

»Ist da ein Echo in der Leitung, oder sagst du alles zweimal?« fragte ich. Ich erkannte Erics Stimme.

»Sowohl als auch. Ha ha ha ha ha!«

»Hallo, Eric. Wo bist du?«

»Hier. Wo bist du?«

»Hier.«

»Wenn wir beide hier sind, warum bemühen wir dann das Telefon?«

»Sag mir, wo du bist, ehe dein Kleingeld zu Ende ist.«

»Aber wenn du *hier* bist, dann mußt du das doch wissen. Oder weißt du nicht, wo du bist?« Er kicherte.

Ich sagte ruhig: »Hör auf, so albern zu sein, Eric.«

»Ich bin nicht albern. Ich verrate dir nicht, wo ich bin; du würdest es bloß Angus weitersagen, und der würde die Polizei benachrichtigen, und die würde mich in die Klinik zurückbringen. Scheiße!«

»Gebrauche nicht so ordinäre Vierbuchstabenworte. Du weißt, daß ich sie nicht leiden kann. Natürlich werde ich Dad nichts verraten.«

»Scheiße ist ein Wort mit... sieben Buchstaben. Ist die Sieben nicht deine Glückszahl?«

»Hör mal, willst du mir nicht endlich sagen, wo du bist? Ich möchte es wissen.«

»Ich werde dir sagen, wo ich bin, wenn du mir deine Glückszahl nennst.«

»Meine Glückszahl ist *e*.«

»Das ist keine Zahl. Das ist ein Buchstabe.«

»Es *ist* eine Zahl. Es ist eine transzendente Zahl: Zweikommasiebeneinsacht...«

»Das ist Betrug. Ich meinte eine ganze Zahl.«

»Dann hättest du dich genauer ausdrücken sollen«, sagte ich und seufzte, als das Piepsen ertönte und Eric mehrere Münzen nachwarf. »Soll ich dich zurückrufen?«

»Ho-ho! So leicht bekommst du es nicht aus mir heraus! Wie geht es dir überhaupt?«

»Mir geht es gut. Wie läuft's bei dir?«

»Wie verrückt, ist doch klar«, sagte er ziemlich empört. Ich mußte lächeln.

»Hör mal, ich gehe davon aus, daß du hierher zurückkommst. Wenn du kommst, verbrenne bitte keine Hunde oder so was. Okay?«

»Wovon redest du? Ich bin es, Eric. Ich verbrenne keine Hunde!« Er fing an zu schreien. »Ich verbrenne keine Hunde. Scheiße! Was glaubst du eigentlich, wer ich bin? Beschuldige mich ja nicht, daß ich Hunde verbrenne, du kleiner Bastard! *Bastard!*«

»Schon gut, Eric, es tut mir leid«, sagte ich so schnell ich konnte. »Ich möchte nur, daß du keine Schwierigkeiten bekommst. Sei vorsichtig. Tu nichts, was die Leute gegen dich aufbringt. Die Leute können schrecklich empfindlich sein...«

»Na ja...«, hörte ich ihn sagen. Ich lauschte auf sein

Atmen, dann wandelte sich seine Stimme. »Ja, ich komme nach Hause. Nur für kurze Zeit, um zu sehen, wie es euch beiden geht. Ich nehme an, ihr seid allein, du und der Alte?«

»Ja, nur wir beide. Ich freue mich darauf, dich zu sehen.«

»Oh, gut.« Es entstand eine Pause. »Warum besuchst du mich nie?«

»Ich ... ich dachte, Vater hätte dich an Weihnachten besucht?«

»Hat er das? So, so ... aber warum kommst *du* nie?« Er hörte sich traurig an. Ich verlagerte mein Gewicht auf den anderen Fuß und ließ den Blick über die Treppe zum oberen Absatz schweifen, halb in der Erwartung, meinen Vater zu sehen, wie er sich über das Geländer beugte, oder seinen Schatten an der Wand des oberen Flurs zu entdecken, wo er glaubte sich verstecken und heimlich meine Telefongespräche belauschen zu können.

»Ich verlasse die Insel nicht gern für längere Zeit, Eric. Es tut mir leid, aber ich bekomme dabei immer so ein entsetzliches Gefühl im Magen, als ob darin ein dicker Klumpen wäre. Ich kann nicht so weit weggehen, nicht über Nacht bleiben oder ... Ich kann es einfach nicht. Ich würde dich gern besuchen, aber du bist so weit weg.«

»Ich komme näher.« Seine Stimme klang wieder zuversichtlich.

»Gut. Wie weit bist du noch weg?«

»Das sage ich dir nicht.«

»Ich habe dir meine Glückszahl genannt.«

»Ich habe gelogen. Ich verrate dir trotzdem nicht, wo ich bin.«

»Das ist nicht ...«

»Also, ich lege jetzt auf.«

»Möchtest du nicht mit Dad sprechen?«

»Noch nicht. Ich werde später mit ihm sprechen,

wenn ich noch viel näher bin. Ich hänge jetzt ein. Bis dann. Paß auf dich auf!«

»Paß *du* auf dich auf!«

»Warum machst du dir Sorgen? Mit mir ist alles in Ordnung. Was soll mir schon passieren?«

»Laß alles sein, was die Leute ärgern könnte. Du weißt schon, ich meine, sie sind so schnell aufgebracht. Besonders was ihre Schoßtiere betrifft. Ich meine, ich will nicht...«

»Was? *Was?* Was redest du da von Tieren?« brüllte er.

»Nichts. Ich wollte nur sagen...«

»Du kleiner Scheißer!« schrie er. »Jetzt beschuldigst du mich wieder, Hunde zu verbrennen, ja? Und ich vermute, ich stopfe außerdem kleinen Kindern Würmer und Maden in den Mund und pinkle sie an, was?« kreischte er.

»Na ja«, sagte ich mit Bedacht, während ich mit dem Telefonkabel spielte, »da du davon sprichst...«

»Bastard! *Bastard!* Du kleiner Scheißer! Ich werde dich umbringen. Du...« Seine Stimme versagte, und ich mußte das Telefon von mir weghalten, da er anfing, mit dem Hörer gegen die Wand der Telefonzelle zu hämmern. Lautes Gepolter übertönte das dezente Piepsen, das ankündigte, daß sein Geld zu Ende ging. Ich legte den Hörer auf die Gabel.

Ich blickte mich um, doch von Vater war immer noch nichts zu sehen. Ich kroch die Stufen hinauf und steckte den Kopf zwischen den Geländerholmen hindurch, doch der Flur war leer. Ich seufzte und setzte mich auf die Treppe. Das Gefühl beschlich mich, daß ich Eric am Telefon nicht besonders geschickt behandelt hatte. Ich habe nicht viel Talent im Umgang mit Menschen, und obwohl Eric mein Bruder ist, habe ich ihn seit über zwei Jahren nicht mehr gesehen, seit er plemplem geworden ist.

Ich stand auf und ging in die Küche hinunter, um

abzuschließen und meine Sachen zu holen, dann ging ich ins Bad. Ich beschloß, in meinem Zimmer fernzusehen oder radiozuhören und bald einzuschlafen, damit ich gleich nach der Morgendämmerung aufstehen und eine Wespe für die Fabrik fangen konnte.

Ich lag auf dem Bett und hörte John Peel im Radio und den Wind, der ums Haus blies, und die Brandung am Strand. Unter meinem Bett verströmte mein Eigengebräu einen hefeschweren Geruch.

Ich dachte wieder an die Opferpfähle; diesmal ganz gezielt. Ich stellte mir einen nach dem anderen vor, rief mir ihre Position und die jeweiligen Komponenten ins Gedächtnis; ich sah im Geiste, welcher Ausblick sich den nichtsehenden Augen bot, und hastete durch jedes Bild wie ein Sicherheitsbeamter, der sich durch die Monitorbildschirme verschiedener Kameras schaltet. Ich hatte nicht das Gefühl, daß etwas fehlte, alles schien in bester Ordnung zu sein. Meine toten Wächter, diese Erweiterung von mir selbst, die durch die schlichte, doch unwiderrufliche Niederlage, den Tod, meiner Macht unterstanden, nahmen nichts wahr, was mir oder der Insel hätte Schaden zufügen können.

Ich öffnete die Augen und knipste das Nachttischlämpchen wieder an. Ich betrachtete mich in dem Spiegel über dem Frisiertisch auf der anderen Seite des Zimmers. Ich lag oben auf meinem Bettzeug, nackt bis auf die Unterhose.

Ich bin zu dick. Es ist nicht sehr schlimm, und ich kann auch nichts dafür – aber trotzdem, ich sehe nicht mehr so aus, wie ich früher ausgesehen habe. Schwabbelig, das bin ich. Stark und gesund, aber trotzdem zu plump. Ich möchte dunkel und bedrohlich aussehen; so wie ich eigentlich aussehen sollte, wie ich aussehen müßte, wie ich vielleicht aussehen würde, wenn ich nicht meinen kleinen Unfall gehabt hätte. Wenn man mich sah, würde man nie auf die Idee kommen, daß ich drei Menschen umgebracht habe. Es ist einfach nicht gerecht.

Ich schaltete das Licht wieder aus. Der Raum lag vollkommen im Dunkeln, nicht einmal der Schein der Sterne drang herein, während sich meine Augen anpaßten. Vielleicht sollte ich mir eins dieser Weckradio mit Leuchtdiode wünschen, obwohl ich eigentlich sehr an meinem alten Messingwecker hänge. Einmal habe ich je eine Wespe an die Klangkörper der kupferfarbenen Glocken auf dem Gehäuse gebunden, so daß der kleine Hammer auf sie eindrosch, wenn am Morgen der Alarm losging.

Ich wache immer vor dem Weckerläuten auf, deshalb konnte ich es beobachten.

2

DER SCHLANGENPARK

Ich nahm das Häuflein Asche, die Überbleibsel der Wespe, und füllte es in eine Streichholzschachtel, eingewickelt in ein altes Foto, das Eric zusammen mit meinem Vater zeigte. Auf dem Bild hielt mein Vater eine Porträtfotografie seiner ersten Frau, Erics Mutter, in der Hand; sie war die einzige, die lächelte. Mein Vater starrte mit finsterer Miene in die Kamera. Der kleine Eric blickte in eine andere Richtung und bohrte mit gelangweiltem Gesicht in der Nase.

Der Morgen war frisch und kühl. Ich sah Dunst über dem Wald am Fuße der Berge und Nebel draußen über der Nordsee. Ich rannte mit kräftigen, schnellen Schritten über den nassen Sand, wo er glatt und fest war; dabei erzeugte ich mit dem Mund das Geräusch eines Düsentriebwerks und drückte mein Fernglas und meinen Umhängebeutel fest zu beiden Seiten an mich. Als ich auf gleicher Höhe mit dem Bunker war, schwenkte ich landeinwärts ab; ich wurde langsamer, als ich auf den weichen weißen Sand des oberen Strandstreifens traf. Ich untersuchte im Streifflug sowohl Treibgut als auch Strandgut, doch ich entdeckte nichts Bemerkenswertes, nichts, das des Bergens wert gewesen wäre, lediglich eine alte Qualle, eine purpurfarbene Masse mit vier blassen Ringen im Innern. Ich nahm eine geringfügige Kursänderung vor, um sie zu überfliegen, machte *»Trrrrfffao! Trrrrrrrrrrffrao!«* dazu und holte im Laufen zu einem kräftigen Tritt aus, woraufhin eine schmutzige Fontäne aus Sand und Quallenmasse um mich herum aufstob. »*Pchrrt!*« war das Geräusch der Explosion. Ich schwenkte wieder in die vorherige Richtung ein und strebte dem Bunker zu.

Die Pfähle waren in gutem Zustand. Ich brauchte den Beutel mit den Köpfen und Körpern nicht. Ich suchte sie alle auf, arbeitete den ganzen Morgen hindurch, pflanzte die tote Wespe in ihrem Papiersarg nicht zwischen zwei der wichtigeren Pfähle ein, wie ich es ursprünglich vorgehabt hatte, sondern unter dem Weg, direkt am inselwärtigen Ende der Brücke. Da ich schon mal da war, kletterte ich an den Tragetauen hinauf zu der Stütze an der Festlandseite und sah mich um. Ich konnte bis zum Giebel des Hauses blicken und erkannte die Skyline des Dachbodens. Außerdem sah ich die Spitze der Church of Scotland in Porteneil und den Rauch, der aus einigen Kaminen in der Stadt aufstieg. Ich nahm das kleine Messer aus meiner linken Brusttasche und ritzte behutsam meinen linken Daumen an. Ich schmierte das rote Zeug über die Oberseite der Hauptquerstrebe, die einen der T-Träger der Stütze mit dem anderen verband, dann wischte ich meine kleine Wunde mit einem antiseptischen Tüchlein ab, das ich in einer meiner Taschen gehabt hatte. Danach kletterte ich wieder hinunter und las die Kugellagerkugel auf, mit der ich am Tag zuvor das Schild beschossen hatte.

Die erste Mrs. Cauldhame, Mary, Erics Mutter, starb zu Hause bei der Geburt ihres Kindes. Erics Kopf war zu groß für sie gewesen; sie erlitt einen Blutsturz und verblutete im Kindbett; das war im Jahr 1960. Eric litt sein ganzes Leben lang an ziemlich schlimmer Migräne, und ich neige sehr dazu, diese Unpäßlichkeit auf die Art seines Eintritts in diese Welt zurückzuführen. All das, seine Migräne und der Tod seiner Mutter, hatte, so glaube ich, viel damit zu tun, wasmit-Eric-passiert-ist. Arme unglückliche Seele; er befand sich einfach zur falschen Zeit am falschen Ort, und etwas sehr Unwahrscheinliches trat ein und bewirkte durch puren Zufall bei ihm mehr, als es bei irgend jemandem sonst, dem es hätte widerfahren können, bewirkt hätte. Aber dieses Risiko geht man nun mal ein, wenn man von hier weggeht.

Wenn man es genau bedenkt, bedeutet das, daß Eric ebenfalls jemanden umgebracht hat. Ich hatte gedacht, ich sei der einzige Mörder in der Familie, aber der gute, alte Eric hat mich dabei übertrumpft, indem er seine Mami tötete, bevor er überhaupt einen Atemzug getan hatte. Unabsichtlich, zugegebenermaßen, aber nicht immer ist der Vorsatz der entscheidende Faktor.

Die Fabrik ließ etwas von Feuer verlauten.

Ich grübelte, was das zu bedeuten haben mochte. Die naheliegende Erklärung war, daß Eric irgendwelche Hunde in Brand stecken würde, doch war ich mit den Eigenarten der Fabrik zu sehr vertraut, um das als endgültig anzunehmen; ich hatte den Verdacht, daß noch mehr dahintersteckte.

In gewisser Weise tat es mir leid, daß Eric zurückkam. Ich hatte mit dem Gedanken gespielt, in Kürze einen Krieg durchzuführen, vielleicht in der nächsten Woche oder so, doch da Eric wahrscheinlich seinen Auftritt haben würde, hatte ich das Vorhaben aufgegeben. Ich hatte schon seit Monaten keinen guten Krieg mehr geführt; der letzte war der zwischen den Einfachen Soldaten und den Aerosolern. In diesem Szenarium mußten sich sämtliche Truppen der Zweiundsiebzigsten Division, komplett mit Panzern und Kanonen und Lastwagen und Nachschubtransportern und Hubschraubern und Schiffen gegen die Invasion der Aerosoler verbünden. Es war fast unmöglich, die Aerosoler aufzuhalten, und die Soldaten samt ihren Waffen und ihrer Ausrüstung fielen dem Feuer zum Opfer und zerschmolzen überall zu nichts, bis ein tapferer Soldat, der sich an die Fersen eines Aerosolers geheftet hatte, als dieser zu seinem Stützpunkt zurückfloh, mit der Nachricht zurückkehrte (nach vielen dramatischen Abenteuern), daß der Stützpunkt des Gegners ein Brotbrett war, das unter einem Überhang an einem Bach vertäut war. Eine Spezial-Kommandotruppe gelangte gerade rechtzeitig dorthin, um den Stützpunkt in tausend Stücke zu zerfetzen und schließlich den Überhang über den qualmenden Überbleibseln in die Luft zu jagen. Ein guter Krieg, mit allem, was dazugehörte, und einem aufsehenerregenderen Ende als die meisten (das ging sogar so weit, daß mein Vater mich bei meiner Rückkehr ins Haus an jenem Abend fragte, was es mit all den Explosionen und Feuern auf sich habe), aber er lag schon zu weit zurück.

Wie auch immer, jetzt, da Eric im Anmarsch war, erschien es mir keine besonders gute Idee zu sein, einen Krieg zu beginnen, nur um ihn dann mitten im vollen Gange zu unterbrechen und sich der realen Welt zuzuwenden. Ich beschloß, die Feindseligkeiten für eine Weile zu verschieben. Statt dessen baute ich, nachdem ich einige der wichtigeren Pfähle mit wertvoller Bestückung geschmiert hatte, eine Dammanlage.

Als ich kleiner war, pflegte ich mir in der Fantasie auszumalen, daß ich das Haus durch einen Damm retten würde. Ein Feuer würde im Gras der Dünen ausbrechen oder ein Flugzeug abstürzen, und das einzige, was verhinderte, daß das Kordit im Keller in die Luft flog, war die Umleitung von Wasser aus der Dammanlage durch einen Kanal zum Haus. Zeitweise war es mein größter Wunsch, daß mein Vater mir einen Bagger kaufen sollte, damit ich *richtige* große Dämme bauen konnte. Heute habe ich eine entschieden weisere, ja sogar metaphysische Einstellung zum Dammbau. Ich habe eingesehen, daß man das Wasser niemals wirklich besiegen kann; es wird am Ende immer triumphieren, einsickernd und benässend und ansteigend und untergrabend und überflutend. Das einzige, das man tun kann, ist, es umzuleiten oder seinen Weg für eine Weile zu versperren; es dazu zu überreden, etwas zu tun, das es eigentlich nicht tun will. Der Reiz liegt in der Eleganz des Kompromisses zwischen der Bahn, die das Wasser ziehen will (geleitet von der Schwerkraft und dem Mittel, durch das es bewegt wird) und dem Zweck, den der Mensch damit erfüllen möchte.

Tatsächlich glaube ich, daß nur wenige Wonnen im Leben mit der des Dammbauens vergleichbar sind. Man gebe mir einen ordentlich breiten Strand mit einer vernünftigen Neigung und nicht zuviel Seegras, dazu einen Meeresarm angemessener Größe, und ich bin den ganzen Tag glücklich, jeden Tag.

Inzwischen stand die Sonne hoch am Himmel, und ich zog meine Jacke aus, um sie zu meinem Fernglas und meinen Beuteln zu legen. Stoutstroke tauchte ein und biß in den Boden und hob Scheiben ab und grub sich immer tiefer und baute einen riesigen dreistufigen Damm, hinter dessen Hauptteil sich das Wasser des North Burn auf einer Länge von achtzig Schritt staute, nicht weit entfernt von der Positionsmarke, für die ich mich entschieden hatte. Ich benutzte meinen üblichen Überlauf aus Metall, den ich in den Dünen in der Nähe der am besten zum Dammbau geeigneten Stelle versteckt hielt, und das *pièce de résistance* war ein Aquädukt, abgedichtet mit einem alten schwarzen Plastikmüllsack, den ich im Treibholz gefunden hatte. Der Aquädukt leitete den Überlauffluß über drei Abschnitte eines Umgehungskanals, den ich weiter oben aus dem Damm geschnitten hatte. Etwas flußabwärts von dem Damm baute ich ein kleines Dorf, komplett mit Straßen und einer Brücke über das verbliebene Rinnsal des Meeresarms sowie einer Kirche.

Das Sprengen eines guten, großen Dammes oder

auch nur das Überfluten ist fast so befriedigend wie die anfängliche Planung und der Bau. Ich benutzte kleine Muscheln, die die Leute im Dorf darstellten, wie üblich. Ebenfalls wie üblich überlebte keine der Muscheln das Hochwasser, wenn der Damm brach; alle gingen unter, was bedeutete, daß jedermann ums Leben kam.

Inzwischen war ich hungrig geworden, die Arme taten mir allmählich weh, und meine Hände waren vom Umfassen des Spatengriffs und vom Sandschaufeln ganz ohne Werkzeug gerötet. Ich beobachtete, wie der erste Wasserschwall ins Meer toste, schlammig und mit Unrat befrachtet, dann wandte ich mich ab, um nach Hause zu gehen.

»Habe ich dich gestern abend telefonieren hören, oder täusche ich mich da?« fragte mein Vater.

Ich schüttelte den Kopf. »Du täuschst dich.«

Wir saßen in der Küche und beendeten gerade unser Mittagessen, ich mit meinem Eintopf und mein Vater mit seinem braunen Reis und dem Seegrassalat. Er war mit seinen Stadtklamotten bekleidet: derben braunen Schuhen, einem dreiteiligen braunen Tweedanzug, und auf dem Tisch lag seine braune Mütze. Ich sah auf meine Armbanduhr und stellte fest, daß es Donnerstag war. Es war äußerst ungewöhnlich für ihn, an einem Donnerstag irgendwohin zu gehen, sei es nach Porteneil oder weiter weg. Ich hatte nicht die Absicht, ihn zu fragen, wohin er gehe, da er mich ohnehin nur angelogen hätte. Wenn ich ihn früher fragte, wohin er gehe, pflegte er zu sagen ›nach Phicky‹, was angeblich eine kleine Stadt nördlich von Inverness sein sollte. Erst nach Jahren und vielen seltsamen Blicken, die ich in der Stadt erntete, erfuhr ich die Wahrheit.

»Ich gehe heute aus«, verkündete er mir zwischen zwei Mundvoll Reis und Salat. Ich nickte, und er fuhr fort: »Ich werde spät zurückkommen.«

Vielleicht ging er nach Porteneil, um sich im Rock Hotel zu betrinken, oder vielleicht führte ihn sein Weg nach Inverness, wo er öfter Geschäfte zu erledigen hatte, über die er vorzugsweise Schweigen bewahrte, aber ich hatte den Verdacht, daß sein Vorhaben irgend etwas mit Eric zu tun hatte.

»In Ordnung«, sagte ich.

»Ich nehme einen Schlüssel mit, dann kannst du abschließen, wenn du willst.« Er legte klappernd Messer und Gabel auf seinem leeren Teller ab und rieb sich den Mund mit einer braunen Serviette aus Recycling-Papier ab. »Du darfst nur nicht sämtliche Riegel vorschieben, in Ordnung?«

»In Ordnung.«

»Und du machst dir heute abend selbst was zu essen, ja?«

Ich nickte erneut, ohne aufzublicken und weiterkauend.

»Und du erledigst den Abwasch?«

Ich nickte erneut.

»Ich glaube nicht, daß Diggs noch mal hier auftaucht, aber wenn er kommt, geh ihm aus dem Weg.«

»Mach dir keine Sorgen«, beruhigte ich ihn und seufzte.

»Du kommst also zurecht?« fragte er, bereits im Stehen.

»Hm-hm«, sagte ich und putzte dabei den Rest meines Eintopfs aus dem Teller.

»Also, ich bin dann weg.«

Als ich aufblickte, sah ich, wie er sich die Mütze aufsetzte und sich in der Küche umschaute, wobei er seine Taschen abklopfte. Er warf mir noch einen Blick zu und nickte.

Ich sagte: »Mach's gut.«

»Ja«, sagte er. »Du auch.«

»Bis dann.«

»Ja.« Er wandte sich ab, dann drehte er sich noch

einmal um, schaute sich wieder in der Küche um, schüttelte schnell den Kopf und nahm auf dem Weg zur Tür seinen Stock aus der Ecke neben der Waschmaschine und ging hinaus. Ich hörte, wie die Eingangstür ins Schloß fiel, dann herrschte Stille. Ich seufzte.

Ich wartete ungefähr eine Minute, dann stand ich auf, ließ meinen fast sauberen Teller stehen und ging durchs Haus ins Wohnzimmer, von wo ich den Weg sehen konnte, der durch die Dünen zur Brücke führte. Mein Vater stolzierte darauf von dannen, mit gesenktem Kopf und schnellen Schritten, in einer großspurigen, wichtigtuerischen Gangart, wobei er seinen Stock schwenkte. Während ich ihm nachsah, holte er damit aus und schlug ein paar wilde Blumen ab, die am Wegesrand wuchsen.

Ich lief die Stufen hinauf, blieb vor dem hinteren Treppenfenster stehen und sah, wie mein Vater in der Wegbiegung hinter der Düne vor der Brücke verschwand; dann rannte ich weiter hinauf, gelangte vor die Tür zum Arbeitszimmer und drehte ruckartig den Griff herum. Die Tür war verschlossen, sie bewegte sich keinen Millimeter. Eines Tages würde er es vergessen, aber heute war nicht dieser Tag.

Nachdem ich meine Mahlzeit beendet und den Abwasch erledigt hatte, ging ich in mein Zimmer, begutachtete mein Eigengebräu und holte mein Luftgewehr heraus. Ich vergewisserte mich, daß ich genügend Kugeln in meinen Jackentaschen hatte, dann verließ ich das Haus in Richtung Kaninchenhain auf dem Festland, zwischen dem breiten Flußarm und dem Müllplatz der Stadt.

Ich benutze das Gewehr nicht gern; es ist beinah zu präzise für mich. Die Schleuder ist etwas Innerliches, sie erfordert, daß man mit ihr eins wird. Wenn man sich schlecht fühlt, schießt man daneben; oder wenn man weiß, daß man etwas Unrechtes tut, schießt man ebenfalls daneben. Wenn man mit einem Gewehr nicht gerade aus der Hüfte schießt, ist es etwas Äußerliches; man legt an und zielt, und das ist alles, es sei denn, das Visier ist beschädigt oder es geht ein wirklich starker Wind. Wenn man das Gewehr erst einmal geladen hat, steckt alle Macht darin, die nur darauf wartet, durch ein leichtes Anwinkeln des Fingers freigesetzt zu werden. Eine Schleuder lebt mit einem bis zum letzten Moment; sie bleibt angespannt in den Händen, atmet mit einem, bewegt sich mit einem, bereit vorzupreschen, bereit zu singen und zu sirren, und sie läßt einen in einer dramatischen Pose zurück, mit ausgestreckten Armen und Händen, während man wartet, daß das fliegende Geschoß auf der Suche nach seinem Ziel seine dunkle Kurve zieht, und dann das köstliche *Plop* des Einschlags hört.

Aber wenn man hinter Kaninchen her ist, besonders hinter den gewitzten kleinen Viechern dieser Gegend, muß man sich aller verfügbaren Hilfsmittel bedienen. Ein Schuß, und sie flitzten in ihre Löcher. Das Gewehr ist so laut, daß es ihnen ungeheure Angst einjagt, aber als das souveräne, fast chirurgische Gerät, das es nun mal ist, erhöht es die Chance eines tödlichen Erstschlags.

Soweit ich weiß, ist keiner meiner vom Unglück verfolgten Verwandten durch ein Gewehr zu Tode gekommen. Sie sind auf die absonderlichsten Arten dahingeschieden, die Cauldhames und ihre angeheirateten Anhängsel, aber nach allem, was ich gehört habe, ist ein Gewehr keinem von ihnen zum Verhängnis geworden.

Ich erreichte das Ende der Brücke, wo theoretisch mein Territorium endet, und blieb eine Weile dort stehen, nachdenkend, fühlend, lauschend und beobachtend und schnuppernd. Alles schien in Ordnung zu sein.

Ganz abgesehen von denen, die ich umgebracht habe (und die waren ausnahmslos im gleichen Alter wie ich zum Zeitpunkt des Mordes), fallen mir auf Anhieb mindestens drei Mitglieder unserer Familie ein, die auf außergewöhnliche Weise zu dem heimkehrten, was sie für ihren Schöpfer hielten. Leviticus Cauldhame, der älteste Bruder meines Vaters, wanderte nach Südafrika aus und kaufte dort im Jahr 1954 eine Farm. Leviticus, ein Mensch von derart umwerfender Dummheit, daß sich seine geistigen Fähigkeiten vermutlich durch das Einsetzen der Senilität gebessert hätten, verließ Schottland, weil es den Konservativen nicht gelungen war, die sozialistischen Reformen der vorherigen Regierung rückgängig zu machen: die Eisenbahn blieb staatlich; die Arbeiterklasse vermehrte sich wie die Fliegen, nachdem der Wohlfahrtsstaat die natürliche Auslese durch Siechtum verhinderte; verstaatlichte Bergwerke... nicht zu ertragen. Ich habe einige der Briefe gelesen, die er an meinen Vater geschrieben hat. Leviticus war zufrieden mit dem Land, in dem er lebte, obwohl es ziemlich viele Schwarze gab. Wenn er in seinen ersten Briefen die Apartheid-Politik erwähnte, nannte er sie ›aparthate‹, bis ihm jemand Aufschluß über die richtige Schreibweise gegeben haben mußte. Nicht mein Vater, davon bin ich überzeugt.

Leviticus spazierte eines Tages nach einem Einkaufsausflug auf dem Bürgersteig am Polizeihauptquartier von Johannesburg vorbei, als sich ein geistesgestörter, mörderischer Schwarzer unbewußt vom obersten Stockwerk herunterstürzte und sich offensichtlich im Fallen sämtliche Fingernägel ausriß. Als er aufschlug, traf er meinen unschuldigen, unseligen Onkel und verletzte ihn tödlich. Seine letzten Worte, die er im Krankenhaus murmelte, bevor sein Koma zu einem Schlußpunkt wurde, waren: »Mein Gott, jetzt haben die Mistkerle das Fliegen gelernt...«

Dünne Rauchschwaden stiegen vor mir von der Mülldeponie der Stadt auf. Ich wollte heute eigentlich nicht so weit gehen, doch ich hörte die Bulldozer, die sie manchmal zum Einebnen des Abfalls benutzten, kraftvoll schiebend und auf Hochtouren neuen Anlauf nehmend.

Ich war schon lange nicht mehr auf der Mülldeponie gewesen, und es wurde mal wieder Zeit dafür. Ich ging hin, um zu sehen, was die braven Leute von Porteneil weggeworfen hatten. Von dort hatte ich das ganze alte Aerosol für meinen letzten Krieg geholt, ganz zu schweigen von verschiedenen wichtigen Teilen für die Wespenfabrik, einschließlich der Fassade.

Mein Onkel Athelwald Trapley, mütterlicherseits mit der Familie verwandt, wanderte gegen Ende des Zweiten Weltkriegs nach Amerika aus. Er ließ einen guten Job bei einer Versicherungsgesellschaft im Stich, um mit einer Frau abzuhauen, und landete, pleite und mit gebrochenem Herzen, auf einem primitiven Wohnwagengelände außerhalb von Fort Worth, wo er beschloß, seinem Leben ein Ende zu bereiten.

Er drehte seinen Butangasherd und das Heizgerät auf, ohne sie anzuzünden, und setzte sich hin, um das Ende abzuwarten. Verständlicherweise war er ziemlich nervös und ohne Zweifel etwas zerstreut und verstört, sowohl über das allzufrühe Dahinscheiden seiner Liebe als auch über sein vorgesehenes eigenes, und er bediente sich ohne nachzudenken der Methode, mit der er sich normalerweise zu beruhigen pflegte, indem er sich eine Marlboro ansteckte.

Er stürzte aus dem hell auflodernden Wrack und taumelte über den Platz, von Kopf bis Fuß brennend und schreiend. Er hatte einen schmerzlosen Tod für sich geplant und keineswegs, bei lebendigem Leibe zu verbrennen. Also sprang er kopfüber in den vierzig Gallonen fassenden Ölbottich voller Regenwasser, der hinter dem Wohnwagen stand. Eingeklemmt in dem

Bottich ertrank er, während seine kleinen Beinchen leidenschaftlich zappelten; er gluckste und wand sich und versuchte bis zuletzt, seine Arme zu befreien, um sich herauszuhieven.

Zwanzig Meter oder so von dem mit dichtem Gras bewachsenen Hügel entfernt, von dem man einen Blick auf den Kaninchenhain hatte, schaltete ich auf ›Lautloses Rennen‹ um, indem ich verstohlen zwischen den hohen Halmen und Rohren hindurchstakste und achtgab, daß nichts von dem, was ich dabeihatte, ein Geräusch erzeugte. Ich hegte die Hoffnung, einige der kleinen Tierchen zu erwischen, die schon früh unterwegs waren, aber wenn es sein mußte, war ich bereit, bis zum Sonnenuntergang zu warten.

Ich kroch leise den Hang hinauf; das Gras unter meiner Brust und meinem Bauch war rutschig, und meine Beine hatten Mühe, meinen Rumpf hinauf und weiter voran zu schieben. Ich bewegte mich natürlich gegen den Wind, und die Brise war heftig genug, um die meisten kleineren Geräusche zu überdecken. Soweit ich sehen konnte, waren keine Kaninchenwächter auf dem Hügel. Ich hielt etwa zwei Meter unterhalb des Gipfels an und lud leise das Gewehr, wobei ich das kombinierte Stahl- und Nylonprojektil genau prüfte, bevor ich es in die Kammer legte und den Verschluß zuschnappen ließ. Ich schloß die Augen und dachte an die gefangene, zusammengedrückte Feder und die kleine Kugel, die auf dem glänzenden Grund des gedrehten Laufs saß. Dann kroch ich zum Gipfel des Hügels hinauf.

Zunächst dachte ich, daß ich warten müßte. Der Kaninchenhain sah in der nachmittäglichen Beleuchtung leer aus, und nur das Gras wiegte sich im Wind. Ich sah die Löcher und kleinen verstreuten Kothäufchen, und ich sah die Stechginsterbüsche an dem gegenüberliegenden Hang über dem Erdwall, in dem die meisten Löcher waren und wo sich die Kaninchenpfade schmal wie ausgefranste Tunnels durch das Gebüsch schlängelten, doch von den Tieren selbst war nichts zu entdecken. Auf diesen Kaninchenpfaden durch den Stechginster pflegten einige der hiesigen Jungen Schlingen auszulegen. Ich fand jedoch die Drahtschlingen, da ich die Jungen beim Auslegen beobachtet hatte, und ich riß sie heraus oder legte sie unter das Gras auf den Pfaden, die die Jungen bei ihren Inspektionsrunden von einer Falle zur anderen zu benutzen pflegten. Ob einer von ihnen jemals in seine eigene Schlinge geriet, vermag ich nicht zu sagen, doch mir gefällt die Vorstellung, daß sie der Länge nach auf die Schnauze fielen. Wie auch immer, sie oder ihre Nachfolger legen keine Fallen mehr aus. Ich vermute, es ist aus der Mode geraten, und sie beschäftigen sich jetzt damit, Sprüche auf Wände zu sprühen oder Klebstoff zu schnüffeln oder Mädchen zum Bumsen aufzureißen.

Tiere überraschen mich eigentlich selten, doch von diesem kauernden Rammler, den ich plötzlich entdeckt hatte, ging etwas aus, das mir für eine Sekunde das Blut in den Adern gefrieren ließ. Er mußte schon die ganze Zeit über da gewesen sein, reglos und mich von der anderen Seite der ebenen Fläche des Kaninchenhains aus beobachtend, aber zunächst hatte ich es nicht bemerkt. Ohne mich wirklich körperlich zu bewegen, schüttelte ich innerlich den Kopf und beschloß, daß dieses männliche Tier den idealen Kopf für einen Pfahl liefern würde. Das Kaninchen hätte ebensogut ausgestopft sein können, so wenig rührte es sich, und ich erkannte, daß es mich tatsächlich anstarrte, ohne mit den kleinen Augen zu blinzeln, ohne mit der Nase zu schnuppern, ohne mit den Ohren zu zucken. Ich starrte gleichermaßen zurück, und sehr langsam brachte ich das Gewehr in Anschlag, indem ich es erst zur einen Seite bewegte, dann ein klein wenig zur anderen, wie etwas, das im Wind schwankte, der durch das Gras strich. Es dauerte fast eine Minute, bis ich die Flinte und meinen Kopf in der richtigen Stellung hatte, die Wange am Schaft, und noch immer hatte sich das Tier keinen Millimeter bewegt.

Ums Vierfache vergrößert, sein schnurrhaariger Kopf säuberlich durch das Zielkreuz in vier Segmente unterteilt, wirkte es noch eindrucksvoller und ebenso unbeweglich. Ich runzelte die Stirn und hob den Kopf, da mich plötzlich der Gedanke durchfuhr, daß es womöglich wirklich ausgestopft war; vielleicht wollte mir jemand einen Streich spielen. Die Jungen aus der Stadt? Mein Vater? Bestimmt doch noch nicht Eric? Damit hatte ich eine große Dummheit begangen; ich hatte den Kopf viel zu schnell bewegt, als daß es natürlich ausgesehen hätte, und der Rammler flitzte über den Erdwall davon. Ich senkte den Kopf und hob gleichzeitig das Gewehr, ohne nachzudenken. Die Zeit reichte nicht, um die richtige Stellung einzunehmen, durchzuatmen und sanft den Abzug zu bedienen; es war eine Sache des Hochreißens und Abknallens, und da mein ganzer Körper kein bißchen ausbalanciert war und ich beide Hände am Gewehr hatte, fiel ich nach vorn und rollte mich im Fallen ab, um die Waffe aus dem Sand herauszuhalten.

Als ich aufblickte, das Gewehr in den Armen wiegend und nach Luft schnappend, mit dem Hintern im Sand eingesunken, sah ich das Kaninchen nicht mehr. Ich zwang mich, das Gewehr sinken zu lassen, und schlug mir auf die Knie. »Scheiße!« sagte ich zu mir selbst.

Der Rammler war jedoch nicht in einem Loch verschwunden. Er war nicht einmal in der Nähe des Erdwalls, in dem die Löcher waren. Er setzte in großen Sprüngen über die ebene Fläche, direkt auf mich zu, und bei jedem Satz schien er in der Luft zu zittern und zu beben. Er schoß auf mich zu wie eine Gewehrkugel, mit schwankendem Kopf, gefletschten gelben

Zähnen, den längsten, die ich je bei einem Kaninchen, lebend oder tot, gesehen hatte. Seine Augen sahen wie aufgerollte Schnecken aus. Bei jedem federnden Sprung sprudelte ein roter Schwall aus seinem linken Hinterlauf; er war fast bei mir, und ich saß da und starrte ihn an.

Ich hatte keine Zeit zum Nachladen. Als ich endlich reagierte, war es zu spät für alles andere als instinktives Handeln. Meine Hände ließen das Gewehr über meinen Knien in der Schwebe los und griffen nach der Schleuder, die immer an meinem Gürtel hing, wobei die Armstütze zwischen ihm und meiner Cordsamthose steckte. Doch selbst meine Schnellschußstahlkugeln waren in der Kürze der Zeit unerreichbar; eine halbe Sekunde später war das Kaninchen auf mir und hatte es direkt auf meine Kehle abgesehen.

Ich erwischte es mit der Schleuder; der dicke schwarze Schlauch der Gummisehne verzwirbelte sich einmal in der Luft, während ich die Hände scherenartig überkreuzte und nach hinten fiel, so daß der Rammler über meinen Kopf gerissen wurde, und dann trat ich mit den Beinen aus und drehte mich so, daß ich mit ihm auf einer Höhe war, so wie er da lag, strampelnd und zappelnd mit der Kraft einer Wölfin, flach ausgestreckt auf dem sandigen Hang, den Hals in dem schwarzen Gummi gefangen. Sein Kopf zuckte hin und her, während er versuchte, mit seinen Nagezähnen meine Finger zu erreichen. Ich zischte ihn meinerseits durch die Zähne an und zog die Gummischlinge enger, und noch enger. Der Rammler warf sich hin und her und spuckte und gab einen durchdringenden Ton von sich, den ich einem Kaninchen niemals zugetraut hätte, und schlug mit den Beinen auf den Boden. Ich war so durcheinander, daß ich mich umsah, um mich zu vergewissern, daß das nicht etwa ein Zeichen für eine Armee von Karnickeln war, die diesem dobermannartigen Vieh glichen und irgendwo aus dem Hinterhalt heranstürmen und mich zerfetzen würden.

Das verdammte Ding wollte ums Verrecken nicht sterben! Das Gummi dehnte sich und dehnte sich immer mehr und straffte sich einfach nicht genug, und ich wagte nicht, die Hände zu bewegen, aus Angst, es würde mir das Fleisch von einem Finger reißen oder die Nase abbeißen. Die gleiche Überlegung hielt mich davon ab, den Kopf in das Tier zu rammen; ich würde mein Gesicht auf keinen Fall in die Nähe dieser Zähne bringen. Ich konnte auch kein Knie derart anheben, um ihm das Genick zu brechen, denn ich drohte ohnehin schon, den Hang hinunterzurutschen, und mit einem Bein konnte ich unmöglich Halt an dieser Oberfläche finden. Es war Wahnsinn! Hier war doch nicht Afrika! Es war ein Kaninchen und kein Löwe! Was, zum Teufel, geschah hier?

Schließlich biß es mich, indem es den Hals weiter verdrehte, als ich es für möglich gehalten hätte, und erwischte meinen rechten Zeigefinger direkt am Knöchel.

Das gab den Ausschlag. Ich brüllte und zog mit aller Kraft, schwenkte meine Hände und den Kopf hin und her und warf mich zurück und gleichzeitig zur Seite und schlug mit dem Knie gegen das Gewehr, das in den Sand gefallen war.

Zuletzt lag ich in dem struppigen Gras am Fuß des Hügels; meine Fingerknöchel traten weiß hervor, mit solcher Kraft erdrosselte ich das Kaninchen, während ich es an der dünnen schwarzen Linie des Gummischlauchs, der seinen Hals umspannte und jetzt wie ein Knoten in einer schwarzen Saite verzwirbelt war, vor meinem Gesicht hin und her schwenkte. Ich zitterte immer noch, deshalb konnte ich nicht unterscheiden, ob das Beben, das den Körper erschütterte, von ihm oder von mir ausgelöst wurde. Dann gab der Schlauch nach. Das Kaninchen schlug gegen meine linke Hand, während das andere Ende des Gummis mein rechtes Handgelenk peitschte; meine Arme flogen in entgegengesetzte Richtungen und knallten zu Boden.

Ich lag auf dem Rücken, mit dem Kopf auf dem sandigen Untergrund, und blickte zur Seite, wo der Körper des Rammlers am Ende einer schmalen, kurvigen Linie aus etwas Schwarzem lag, eingeklemmt zwischen der Armstütze und dem Griff der Schleuder. Das Tier war reglos.

Ich sah zum Himmel hinauf, ballte die andere Hand und schlug damit auf den Boden. Ich wandte den Blick wieder dem Kaninchen zu, dann stand ich auf und beugte mich darüber. Es war tot; der Kopf sackte schlaff nach hinten, als ich es anhob; sein Genick war gebrochen. Der linke Hinterlauf war über und über rot von Blut, wo es meine Kugel getroffen hatte. Es war groß, so groß wie ein ausgewachsener Kater; das größte Kaninchen, das ich je gesehen hatte. Offenbar hatte ich mich allzu lange nicht um die Kaninchen gekümmert, sonst hätte ich von der Existenz eines solchen Ungeheuers gewußt.

Ich saugte an einem kleinen Rinnsal von Blut an meinem Finger. Meine Schleuder, mein Stolz und meine Freude, der Schwarze Zerstörer, war nun selbst zerstört – von einem *Kaninchen!* Oh, ich vermute, ich hätte mir ein neues Stück Gummischlauch bestellen oder den alten Cameron im Eisenwarenladen beauftragen können, etwas Entsprechendes für mich aufzutreiben, aber es wäre nie wieder dasselbe Gefühl gewesen. Jedesmal, wenn ich die Schleuder anheben und auf ein Ziel richten würde – lebend oder nicht –, würde mir dieser Augenblick wieder in den Sinn kommen. Der Schwarze Zerstörer war erledigt.

Ich lehnte mich im Sand zurück und ließ den Blick über die Gegend um mich herum schweifen. Immer noch keine weiteren Kaninchen. Das war nicht weiter erstaunlich. Ich durfte keine Zeit verlieren. Es gibt nur eine Möglichkeit, wie man sich nach so einem Vorfall verhalten konnte.

Ich erhob mich, nahm das Gewehr wieder auf, das halb im Sand des Hangs vergraben lag, ging zum Gipfel des Hügels, blickte mich um und entschied, daß ich das Risiko eingehen würde, alles so zu lassen, wie es war. Ich nahm das Gewehr quer über die Arme und setzte mich im Eiltempo in Bewegung, raste mit höchster Geschwindigkeit über den Weg zurück zur Insel und vertraute darauf, daß mein Glück und das Adrenalin mich davon abhalten würden, einen falschen Schritt zu machen und letztendlich japsend, mit einem mehrfachen Oberschenkelbruch im Gras zu liegen. In den engeren Kurven benutzte ich das Gewehr, um mein Gleichgewicht auszubalancieren. Das Gras und der Boden waren trocken, so daß das Ganze nicht so gefährlich war, wie es hätte sein können. Ich schnitt den Weg geschickt ab, indem ich eine Düne hinauf und auf der anderen Seite wieder hinunterjagte und an einer Stelle herauskam, wo die Versorgungsleitungen, durch die das Haus mit Wasser und Elektrizität beliefert wurde, aus dem Sand ragten und den Meeresarm überquerten. Ich sprang über die Eisendorne und landete mit beiden Beinen auf dem Beton, dann rannte ich über den schmalen Grat des Leitungsrohres und sprang auf der Inselseite hinunter.

Als ich zu Hause angekommen war, ging ich geradewegs in meinen Schuppen. Dort verstaute ich das Gewehr, überprüfte den Kriegsutensilienbeutel, zog mir den Riemen über den Kopf und befestigte schnell den Taillengurt. Ich schloß den Schuppen wieder ab und trabte im gemäßigten Laufschritt bis zur Brücke, während ich versuchte, wieder ausreichend Luft zu bekommen. Nachdem ich durch die schmale Pforte in der Mitte der Brücke geschlüpft war, verfiel ich in ein Renntempo.

Im Kaninchenhain war noch alles so, wie ich es verlassen hatte – der Rammler lag eingeklemmt in der zerbrochenen Schleuder, der Sand war aufgeworfen und zerwühlt, wo ich am Boden gekämpft hatte. Der Wind wiegte noch immer die Gräser und Blumen, und es waren keine Tiere zu sehen; selbst die Möwen hatten das Aas noch nicht entdeckt. Ich machte mich unverzüglich an die Arbeit.

Als erstes nahm ich eine zwanzig Zentimeter lange Elektrorohrleitungsbombe aus dem Kriegsutensilienbeutel. Ich schlitzte den Anus des Rammlers auf. Nachdem ich den einwandfreien Zustand der Bombe, besonders die Trockenheit der weißen Kristalle der explosiven Mischung überprüft hatte, fügte ich ein Plastikröhrchen als Ventil zu, streute eine Ladung der Explosivmischung in das Loch, das in das schwarze Rohr gebohrt worden war, und umwickelte das Ganze mit Klebeband. Ich schob das Gebilde in den noch warmen Kaninchenkörper und brachte ihn in eine Art kauernde Stellung, mit Blickrichtung zu den Löchern im Erdwall. Dann nahm ich einige kleinere Bomben und legte sie in mehrere der Kaninchenlöcher, trampelte die Dächer der Tunneleingänge nieder, so daß es geschlossene Höhlen wurden und nur noch die Zünder herausschauten. Ich füllte die Spülmittelflasche aus Plastik mit Benzin und bereitete den Flammenwerfer vor, ließ ihn oben auf dem Erdwall zurück, in dem es die meisten Kaninchenlöcher gab, und ging dann wieder zu dem ersten der zugeschütteten Löcher und steckte den Zünder mit meinem Wegwerffeuerzeug in Brand. Der Gestank von brennendem Plastik stieg mir beißend in die Nase, und der helle Schein der brennenden Mischung tanzte in meinen Augen, während ich zum nächsten Loch eilte und dabei auf die Uhr sah. Ich hatte sechs der kleineren Bomben verteilt, und sie alle waren innerhalb von vierzig Sekunden angesteckt.

Ich saß auf dem Erdwall, über den Löchern, während der Docht des Flammenwerfers schwach im Sonnenlicht brannte, als nach etwa einer Minute der erste Tunnel in die Luft flog. Ich spürte die Explosion durch den Hosenboden und mußte grinsen. Die anderen gingen schnell nacheinander los, die Rauchschwade von der Ladung an der Mündung jeder Bombe brach aus der qualmenden Erde heraus, kurz bevor die Hauptladung losging. Aufgewirbelte Erde wurde über den Kaninchenhain verstreut, und das Knallen der Explosionen dröhnte durch die Luft. Auch darüber mußte ich lächeln. In Wirklichkeit lief alles ziemlich geräuschlos ab. Bei uns zu Hause würde man bestimmt nichts davon hören.

Fast die gesamte Energie der Bomben war dafür draufgegangen, die Erde herauszuwirbeln und die Luft in die Erdhöhlen zurückzutreiben.

Die ersten benebelten Kaninchen kamen heraus; zwei von ihnen bluteten aus der Nase, sahen ansonsten jedoch unversehrt aus, außer daß sie taumelten und beinah umfielen. Ich drückte auf die Plastikflasche und spritzte einen Strahl Benzin heraus, über den Docht des Flammenwerfers, der durch einen Zelthering aus Aluminium ein paar Zentimeter über der Düse gehalten wurde. Das Benzin loderte hoch auf, als es über den Docht in der kleinen Stahlschale spritzte, zischte durch die Luft und fiel hell auf die Kaninchen herab und um sie herum. Sie fingen Feuer und gingen in Flammen auf, rannten taumelnd und stürzend durcheinander. Ich sah mich nach weiteren um, als die ersten beiden, die fast in der Mitte des Kaninchenhains in Flammen aufgegangen waren, schließlich im Gras zusammenbrachen, mit steifen Gliedern, aber noch zuckend, in der leichten Brise knisternd. Eine kleine Flammenzunge leckte um den Mund des Flammenwerfers; ich blies sie aus. Ein weiteres, kleineres Kaninchen erschien. Ich traf es mit dem Flammenstrahl, und es flitzte außer Reichweite zum Wasser neben dem Hügel, auf dem der tollwütige Rammler mich angegriffen hatte. Ich griff in den Kriegsutensilienbeutel, holte das Luftgewehr heraus, entsicherte es und feuerte in einer einzigen Bewegung. Der Schuß verfehlte sein Ziel, und das Kaninchen zog eine Rauchschwade um den Hügel herum.

Ich erwischte noch drei weitere Kaninchen mit dem Flammenwerfer, bevor ich ihn wegpackte. Meine letzte Handlung war, den brennenden Benzinstrahl auf den Rammler zu richten, der immer noch ausgestopft und tot und bluttriefend im vorderen Teil des Kaninchenhains saß. Das Feuer ging rings um ihn herum nieder, so daß er in dem tosenden Orange und wirbelnden Schwarz verschwand. Nach wenigen Sekunden ging der Zünder los, und nach etwa zehn Sekunden zuckte die Stichflamme auf und erlosch, nachdem sie etwas Schwarzes und Qualmendes zwanzig Meter oder mehr in die Luft geschleudert und Fetzen davon überall in der Gegend verstreut hatte. Die Explosion, die viel stärker war als die in den Löchern und durch keinen Dämpfer abgemildert, knallte durch die Dünen wie ein Peitschenhieb, was ein Klingeln in meinen Ohren auslöste und mich einen kleinen Satz machen ließ.

Der kümmerliche Überrest des Rammlers landete weit hinter mir. Ich folgte dem Gestank nach Verbranntem und gelangte zu ihm. Es waren hauptsächlich der Kopf sowie ein verkohlter Stumpen, der Rückgrat und Rippen gewesen war, und etwa die Hälfte der Haut. Ich fletschte die Zähne, hob den warmen Kadaver auf, trug ihn zurück in den Kaninchenhain und warf ihn von dem Erdwall hinunter.

Ich stand da im Licht der flachen Sonnenstrahlen, das mich warm und gelb einhüllte; der Wind brachte den Gestank von verbranntem Fleisch und Gras mit; der Qualm stieg aus den Erdlöchern und von den Kadavern in die Luft auf, grau und schwarz; der süßliche

Geruch nach unverbranntem Benzin ging von der Stelle aus, wo ich den Flammenwerfer zurückgelassen hatte, und ich atmete tief ein.

Mit dem letzten Benzin übergoß ich den Leichnam meiner Schleuder, legte die ausgediente Spülmittelflasche daneben in den Sand und steckte beides in Brand. Ich saß mit überkreuzten Beinen direkt neben den Flammen und starrte aus der windabgewandten Seite hinein, bis sie erloschen und nur noch die Metallteile des Schwarzen Zerstörers übrig waren. Dann nahm ich das rußgeschwärzte Skelett und begrub es dort, wo es sein Ende gefunden hatte, am Fuß des Hügels. Von nun an würde er einen Namen haben: Hügel des Schwarzen Zerstörers.

Überall war das Feuer erloschen, da das Gras zu frisch und zu feucht war, um zu brennen. Nicht, daß es mir etwas ausgemacht hätte, wenn es verbrannt wäre. Ich zog in Betracht, die Ginsterbüsche anzuzünden, doch sie sahen immer wieder erfreulich aus, wenn sie anfingen zu blühen, und die Büsche rochen frisch besser als verbrannt, deshalb sah ich davon ab. Ich kam zu dem Schluß, daß ich für den heutigen Tag genügend Schäden angerichtet hatte. Die Schleuder war gerächt, der Rammler – oder was immer dahinterstecken mochte, vielleicht sein Geist – besudelt und erniedrigt; ich hatte es ihm gezeigt, und ich fühlte mich *gut*. Wenn das Gewehr in Ordnung war und nicht Sand ins Visier oder sonst ein wichtiges Teil, das schwer zu reinigen war, geraten war, dann war das Ganze ausgesprochen positiv verlaufen. Der Verteidigungshaushalt erlaubte, daß ich morgen eine neue Schleuder kaufen konnte; mit meiner Armbrust müßte ich eben noch eine Woche oder zwei warten.

Durchdrungen von diesem schönen Gefühl der Zufriedenheit, packte ich meinen Kriegsutensilienbeutel und schlenderte ermattet nach Hause, während ich noch einmal über die Ereignisse nachdachte und versuchte, mir über die Warums und Weshalbs Klarheit zu verschaffen, zu erkennen, welche Lehren daraus zu ziehen waren, welche Zeichen damit gesetzt werden sollten.

Unterwegs kam ich an dem Kaninchen vorbei, von dem ich angenommen hatte, daß ihm die Flucht gelungen sei; es lag direkt vor dem glitzernd sauberen Wasser des Meerarms, verkohlt und verstümmelt, in einer sonderbar gekrümmten Kauerstellung erstarrt. Seine toten Augen starrten mich im Vorbeigehen anklagend an.

Ich kickte es mit dem Fuß ins Wasser.

Mein anderer Onkel hieß Harmsworth Stove, ein Halbonkel aus dem Familienzweig von Erics Mutter. Er war Geschäftsmann in Belfast, und er und seine Frau sorgten fast fünf Jahre lang für Eric, als mein Bruder noch ein Kleinkind war. Harmsworth beging irgendwann Selbstmord, und zwar mit einer elektrischen Bohrmaschine, bestückt mit einem Viertelzollbohrer. Er führte ihn seitlich in seinen Schädel ein, und als er feststellte, daß er immer noch lebte, wenn auch unter großen Schmerzen, fuhr er in ein Krankenhaus, wo er später starb. Wie die Dinge liegen, kann es durchaus sein, daß ich ein wenig mit seinem Tod zu tun habe, denn er ereignete sich ein knappes Jahr nachdem die Stoves ihr einziges Kind verloren hatten, Esmeralda. Ohne daß sie es wußten – und ohne daß sonst jemand es wußte, nebenbei bemerkt –, war sie eins meiner Opfer.

An diesem Abend lag ich im Bett und wartete auf die Rückkehr meines Vaters oder auf das Läuten des Telefons, während ich über die Ereignisse des Tages nachdachte. Vielleicht stammte der große Rammler von irgendwo außerhalb des Kaninchenhains, vielleicht war es irgendein wildes Tier, das von jenseits des Geheges eingedrungen war, um die Einheimischen zu terrorisieren und sich selbst zum Anführer zu machen, nur um dann in einer Begegnung mit einem überlegenen Wesen zu sterben, das er nicht richtig begreifen konnte.

Wie auch immer, es war ein Zeichen. Dessen war ich sicher. Mit dieser ganzen bedeutungsvollen Begebenheit sollte etwas zum Ausdruck gebracht werden. Meine automatische Reaktion hatte möglicherweise etwas mit dem Feuer zu tun, das die Fabrik angekündigt hatte, aber in meinem tiefsten Innern wußte ich, daß mehr dahintersteckte und daß noch mehr kommen würde. Das Zeichen verbarg sich im Ganzen, nicht nur in der unerwarteten Grausamkeit des Rammlers, den ich getötet hatte, sondern auch in meiner zornigen, fast gedankenlosen Reaktion und dem Schicksal der unschuldigen Kaninchen, die die Wucht meiner Rache getroffen hatte.

Das Geschehene bedeutete ebenso einen Rückblick als eine Vorausschau. Mein erster Mord geschah wegen der Begegnung der Kaninchen mit einem feurigen Tod, und diese Begegnung mit jenem feurigen Tod geschah durch die Düse eines Flammenwerfers, der buchstäblich identisch war mit dem, den ich zur Durchführung meines Racheaktes an dem ganzen Gehege benutzte. Es war alles zu viel, zu dicht und zu vollkommen. Die Ereignisse formten sich schneller und unheilvoller, als ich es hätte erwarten können. Ich drohte die Kontrolle über die Situation zu verlieren. Der Kaninchenhain – dieses angeblich so erfreuliche Jagdrevier – hatte gezeigt, daß es passieren konnte.

Vom kleinsten bis zum größten blieben sich die Muster stets treu, und die Fabrik hatte mich gelehrt, auf der Hut vor ihnen zu sein und sie zu respektieren.

Das war das erste Mal, daß ich jemanden umgebracht habe, und zwar wegen der Dinge, die unser Vetter Blyth Cauldhame unseren Kaninchen, Erics und meinen, angetan hatte. Es war Eric, der als erster den Flammenwerfer erfunden hatte, und er lag in dem Schuppen, der damals unser Fahrradschuppen war (heute mein Schuppen), als unser Vetter, der mit seinen Eltern angereist war, um das Wochenende bei uns zu verbringen, beschloß, daß es ein Riesenspaß sein würde, mit Erics Fahrrad durch den weichen Schlamm am südlichen Ende der Insel zu fahren. Diesem Spaß gab er sich dann auch ausgiebig hin, während Eric und ich Drachen steigen ließen. Dann kam er zurück und füllte den Flammenwerfer mit Benzin. Er saß damit im hinteren Teil des Gartens, dem Blick durch die Fenster des Salons (wo seine Eltern und mein Vater saßen) durch die Wäsche verborgen, die im Wind auf der Leine flatterte; er entzündete den Flammenwerfer und bespritzte unsere beiden Kaninchenställe mit Feuer, wodurch er all unsere Lieblinge in Brand steckte.

Besonders Eric war sehr traurig darüber. Er weinte wie ein Mädchen. Ich hätte Blyth am liebsten auf der Stelle umgebracht; der Schutz, den ihm sein Vater, meines Vaters Bruder James, angedeihen ließ, war nach meinem Ermessen nicht ausreichend, nicht nach dem, was er Eric, *meinem* Bruder, angetan hatte. Eric war untröstlich, verzweifelt darüber, daß er das Gerät hergestellt hatte, das Blyth benutzt hatte, um unsere geliebten Tierchen umzubringen. Er war schon immer ein wenig sentimental gewesen, immer der Empfindsame, der Kluge; bis zu seinem abscheulichen Schicksalsschlag dachte jeder, daß er es weit bringen würde. Jedenfalls war das der Anfang von Schädelhain, dem Gebiet um die große, alte, zum Teil von Erde bedeckte Düne hinter dem Haus, wo alle unsere Tiere nach ihrem Tod landeten. Mit den verbrannten Kaninchen fing das an. Der Alte Saul war vor ihnen dort gewesen, doch dabei hatte es sich nur um eine einmalige Angelegenheit gehandelt.

Ich hatte niemandem etwas darüber gesagt, nicht einmal Eric, was ich mit Blyth zu tun beabsichtigte. Selbst damals war ich trotz meiner Kindlichkeit klug, im zarten Alter von fünf Jahren, in dem die meisten Kinder ihren Eltern und Freunden unermüdlich an den Kopf werfen, wie sehr sie sie haßten und wünschten, sie wären tot. Ich hielt den Mund.

Als Blyth im nächsten Jahr wiederkam, gebärdete er sich noch unangenehmer als zuvor, nachdem er bei einem Verkehrsunfall das linke Bein ab dem Knie abwärts verloren hatte (der Junge, mit dem er ›Fuchs und Gans‹ gespielt hatte, war tot). Blyth litt sehr unter seiner Behinderung; er war damals zehn Jahre alt und sehr aktiv. Er versuchte so zu tun, als ob es das häßliche rosafarbene Ding, das er sich anschnallen mußte, gar nicht gäbe, daß es nichts mit ihm zu tun hätte. Er schaffte es so eben, Fahrrad zu fahren, und er liebte Ringkämpfe und Fußballspiele, bei denen er meistens im Tor stand. Ich war damals erst sechs, und obwohl Blyth wußte, daß ich in frühester Kindheit mal irgendeine Art von Unfall gehabt hatte, mußten ihm meine körperlichen Fähigkeiten sicher in vielem den seinen überlegen erscheinen. Es bereitete ihm unbändiges Vergnügen, mich herumzuwerfen und mit mir zu ringen, mich zu boxen und zu treten. Ich lieferte etwa eine Woche lang eine überzeugende Darstellung, wie gern ich diese derben Spiele mitmachte und wieviel Spaß sie mir bereiteten, während ich darüber nachdachte, was ich unserem Vetter antun könnte. Mein anderer Bruder, ein Vollbruder, Paul, war damals noch am Leben. Er, Eric und ich sollten Blyth bei guter Laune halten. Wir taten unser Bestes, nahmen Blyth zu unseren Lieblingsplätzen mit, ließen ihn mit unserem Spielzeug spielen und machten Spiele mit ihm. Eric und ich mußten ihn manchmal zurückhalten, wenn er Dinge tun wollte, wie zum Beispiel den kleinen Paul ins Wasser werfen, um zu sehen, ob er unterging oder nicht, oder einmal, als er einen gefällten Baum über die Eisenbahnlinie nach Porteneil legen wollte, doch in der Regel kamen wir überraschend gut miteinander aus, obwohl es eine Schmach war, wenn man sah, wie Eric, der genauso alt war wie Blyth, offenbar Angst vor ihm hatte.

Eines Tages also, die Luft war schwül und voller Insekten, bewegt von einer schwachen Brise, die vom Meer heraufwehte, lagen wir alle im Gras auf der Fläche, die südlich ans Haus angrenzte. Paul und Blyth waren eingeschlafen, und Eric lag mit im Nacken verschränkten Händen da und blickte schläfrig in das Blau des Himmels hinauf. Blyth hatte sein hohles Plastikbein abgeschnallt, und nun lag es umschlungen von den losen Riemen zwischen den hohen Grashalmen. Ich beobachtete, wie Eric allmählich einschlief, wobei sein Kopf sanft zu einer Seite nickte und seine Augen zufielen. Ich stand auf, um spazierenzugehen, und landete schließlich beim Bunker. Er hatte noch nicht die volle Bedeutung gewonnen, die er später in meinem Leben haben würde, obwohl ich den Ort damals schon mochte und mich in seiner Kühle und Dunkelheit sehr zu Hause fühlte. Es war eine alte Pillenschachtel aus Beton, die kurz vor Ende des letzten Krieges gebaut worden war, um eine Kanone zum Schutz der Förde zu beherbergen, und sie ragte aus dem Sand wie ein großer grauer Zahn. Ich ging hinein und fand eine Schlange. Es war eine Natter. Ich hatte sie zunächst nicht gesehen, denn ich war zu sehr damit beschäftigt, einen alten, verfaulten Zaunpfahl durch die Schlitze in der Pillenschachtel zu schieben und so zu tun, als wäre er eine Kanone, mit der ich auf imaginäre Schiffe feuerte. Erst als ich mich in diesem Tun unterbrach und in eine Ecke ging, um zu pinkeln, sah ich zufällig in die andere Ecke hinüber, wo verrostete Dosen und alte Flaschen aufgestapelt waren; dort entdeckte ich die unregelmäßigen Streifen der schlafenden Schlange.

Ich kam augenblicklich zu einem Schluß, was ich zu tun hatte. Ich schlich mich leise hinaus und fand ein Stück Treibholz in der angemessenen Form, kehrte in den Bunker zurück, erwischte die Schlange mit dem Holzstück am Hals und stopfte sie in die nächste rostige Dose, die ich fand und die noch einen Deckel hatte.

Ich glaube nicht, daß die Schlange vollständig aufwachte, als ich sie erwischte, und ich gab acht, sie nicht zu schütteln, während ich zu der Stelle zurückrannte, wo mein Bruder und Blyth im Gras lagen. Eric hatte sich herumgerollt und eine Hand unter den Kopf geschoben, mit der anderen bedeckte er sich die Augen. Sein Mund war leicht geöffnet, und seine Brust bewegte sich langsam. Paul lag zu einer kleinen Kugel zusammengerollt in der Sonne, sehr still, und Blyth lag auf dem Bauch; er hatte die Hände unter die Wangen geschoben, und den Stumpf seines linken Beins hatte er im Gras zwischen den Blumen angezogen, so daß er wie eine gewaltige Erektion aus seinen Shorts herausragte. Ich ging näher, wobei ich immer noch die rostige Dose hinter meinem Rücken umklammerte. Die Giebelseite des Hauses sah aus einer Entfernung von vielleicht fünfzig Metern zu uns her, fensterlos. Weiße Leintücher flatterten träge im hinteren Garten. Mein Herz klopfte wild, und ich leckte mir über die Lippen.

Ich ließ mich neben Blyth nieder, sorgsam darauf bedacht, daß mein Schatten nicht auf sein Gesicht fiel. Ich legte ein Ohr an die Dose und hielt sie still. Ich konnte weder hören noch fühlen, daß sich die Schlange bewegte. Ich streckte die Hand nach Blyths künstlichem Bein aus, das glatt und rosafarben im Schatten seines Rückens lag. Ich hielt das Bein an die Dose und nahm den Deckel ab, wobei ich gleichzeitig das Bein über die Öffnung schob. Dann drehte ich langsam die Dose und das Bein so, daß die Dose über dem Bein war, Ich schüttelte die Dose und spürte, wie die Schlange in das Bein fiel. Zunächst gefiel ihr das nicht, und sie bewegte sich und schlug gegen die Seitenwände des Plastikbeins und die Öffnung der Dose, während ich beides festhielt und schwitzte, dem Summen der Insekten und dem Rascheln des Grases lauschte, Blyth betrachtete, der reglos und leise dalag und dessen Haar sich hin und wieder im leichten Wind kräuselte. Meine Hände zitterten, und der Schweiß lief mir in die Augen.

Die Schlange bewegte sich nicht mehr. Ich hielt Bein und Dose noch eine Weile fest und blickte wieder zum Haus hinüber. Dann drehte ich das Bein und die Dose behutsam um, bis das Bein im gleichen Winkel im Gras lag wie zuvor, hinter Blyth. Im letzten Moment zog ich vorsichtig die Dose weg. Nichts geschah. Die Schlange war immer noch in dem Bein, und ich sah sie nicht einmal. Ich stand auf, ging rückwärts zur nächsten Düne, warf die Dose hoch über deren Spitze, dann kehrte ich zurück und ließ mich dort nieder, wo ich zuvor gesessen hatte; ich schloß die Augen.

Eric erwachte als erster, dann öffnete ich die Augen und tat sehr verschlafen, und wir weckten den kleinen Paul und unseren Vetter. Blyth ersparte mir die Peinlichkeit, eine Runde Fußball vorzuschlagen, indem er es selbst tat. Eric, Paul und ich stellten die Torpfosten auf, während Blyth hastig sein Bein anschnallte.

Niemand hatte den geringsten Verdacht. Vom ersten Moment an, als meine Brüder und ich fassungslos dastanden, während Blyth schrie und hüpfte und an seinem Bein zerrte, bis zu dem tränenreichen Abschied von Blyths Eltern und dem Auftauchen von Diggs, der Aussagen notierte (ein Artikel darüber erschien sogar im *Inverness Courier,* der wegen seines reißerischen Werts von einigen der Fleet-Street-Blätter übernommen wurde), kam kein Mensch auch nur im entferntesten auf die Idee, daß es sich um etwas anderes als einen tragischen Unfall mit einem makabren Aspekt handelte. Nur ich wußte es besser.

Ich klärte Eric nicht auf. Er war über das Geschehene erschüttert und empfand echtes Mitleid für Blyth und seine Eltern. Ich äußerte lediglich die Bemerkung, daß es die gerechte Strafe Gottes sei, daß Blyth zuerst sein Bein verloren hatte und der Ersatz anschließend das Instrument für seinen Untergang geworden war. Alles wegen der Kaninchen. Eric, der zu jener Zeit eine Phase religiöser Anwandlung durchmachte, die ich vermutlich bis zu einem gewissen Grad nachahmte, war der Ansicht, daß es entsetzlich war, so etwas zu sagen. So war Gott nicht. Ich entgegnete, daß der, an den ich glaubte, sehr wohl so war.

Jedenfalls, das war der Anlaß, aus dem dieser spezielle Fleck des Geländes seinen Namen bekam: der Schlangenpark.

Ich lag im Bett und dachte an all das zurück. Vater war noch immer nicht nach Hause gekommen. Vielleicht würde er die ganze Nacht ausbleiben. Das war äußerst ungewöhnlich und ziemlich beunruhigend. Womöglich war er zusammengeschlagen worden oder an einem Herzanfall gestorben.

Ich hatte schon immer eine ziemlich zwiespältige Einstellung zu der Vorstellung, daß meinem Vater etwas zustoßen könnte, und sie hatte sich nicht geändert. Ein Todesfall ist immer etwas Aufregendes, führt einem immer vor Augen, wie lebendig man selbst ist, wie verletzlich, wie man aber bis-jetzt-Glück-gehabt-hat; doch der Tod eines nahestehenden Menschen bietet einem einen Vorwand, eine Weile verrückt zu spielen und Dinge zu tun, die unter normalen Umständen unverzeihlich wären. Welche Wonne, sich so richtig schlecht zu benehmen und dennoch mit Mitleid überschüttet zu werden!

Aber er würde mir fehlen, und ich weiß nicht, wie die juristische Lage wäre, wenn ich hier allein bliebe. Würde ich all sein Geld bekommen? *Das* wäre gut, dann könnte ich mir jetzt gleich mein Motorrad kaufen und brauchte nicht zu warten. Herrje, es gäbe so viele Dinge, die ich tun könnte, daß ich nicht einmal wüßte, wo ich anfangen sollte, sie mir auszudenken. Aber es wäre eine einschneidende Veränderung, und ich weiß nicht, ob ich jetzt schon reif dafür bin.

Ich spürte, wie ich in den Schlaf abglitt; ich begann zu fantasieren und sah alle möglichen absonderlichen Dinge hinter meinen Augen: verschwommene Formen und sich ausbreitende Flächen unbekannter Farben, dann fantastische Gebäude und Raumschiffe und Waffen und Landschaften. Ich habe mir schon oft gewünscht, ich könnte mich besser an meine Träume erinnern ...

Zwei Jahre nach meinem Mord an Blyth brachte ich meinen jüngeren Bruder Paul um, aus ganz anderen und entschieden fundamentaleren Gründen als die, aus denen ich Blyth aus dem Weg geräumt hatte, und ein weiteres Jahr später erledigte ich meine Cousine Esmeralda, mehr oder weniger aus einer Laune heraus.

Das ist mein derzeitiger Stand an Opfern. Drei. Ich habe seit Jahren niemanden mehr umgebracht, und ich habe auch nicht die Absicht, es je wieder zu tun.

Es war lediglich eine Phase, die ich durchlaufen habe.

IM BUNKER

Meine größten Feinde sind Frauen und das Meer. Das sind die Dinge, die ich hasse. Frauen deshalb, weil sie schwach und dumm sind und im Schatten der Männer leben und im Vergleich zu ihnen nichts sind, und das Meer deshalb, weil es mich schon immer geärgert hat, indem es das zerstörte, was ich gebaut hatte, das wegspülte, was ich liegengelassen hatte, die Markierungen auslöschte, die ich angebracht hatte. Und ich bin auch ganz und gar nicht sicher, ob der Wind daran so völlig unschuldig ist.

Das Meer ist so etwas wie mein mythologischer Feind, und ich bringe ihm etwas dar, was man seelisches Opfer nennen könnte, da ich es ein wenig fürchte, es achte, wie es sein soll, es in vielerlei Hinsicht jedoch wie meinesgleichen behandle. Es bewirkt Dinge in der Welt, genau wie ich; wir sollten gleichermaßen gefürchtet sein. Frauen… na ja, Frauen kommen einem immer irgendwie zu nah, was mich betrifft. Ich kann es nicht einmal leiden, wenn sie auf der Insel sind, nicht einmal Mrs. Clamp, die jede Woche samstags kommt, um das Haus zu putzen und Nachschub an Lebensmitteln zu bringen. Sie ist uralt und geschlechtslos in der Weise, wie es sehr alte und sehr junge Menschen sind, aber immerhin *war* sie einst eine Frau, und das nehme ich ihr übel, aus ganz persönlichen Gründen.

Ich wachte am nächsten Morgen auf und fragte mich, ob mein Vater zurückgekommen war oder nicht. Ohne mir die Mühe zu machen, mich anzuziehen, ging ich zu seinem Zimmer. Ich war gerade im Begriff, die Tür zu öffnen, da hörte ich sein Schnarchen, bevor ich die Klinke berührt hatte, also machte ich kehrt und ging ins Bad.

Im Bad, nachdem ich gepinkelt hatte, erledigte ich mein tägliches Waschritual. Zunächst duschte ich. Das Duschen ist die einzige Zeit während des Vierundzwanzigstundentags, zu der ich meine Unterhose richtig ausziehe. Ich warf die getragene in den Schmutzwäschekorb im Lüftungsraum. Ich duschte mit großer Sorgfalt, angefangen mit meinen Haaren bis zu den Zehen und den Streifen unter den Zehennägeln. Manchmal, wenn ich wertvolle Substanzen züchten muß, wie zum Beispiel Fußkäse oder Bauchnabelflusen, muß ich tagelang ohne Dusche oder Bad auskommen; ich hasse das, weil ich mich sehr bald schmutzig fühle und es mich juckt, und der einzige Lichtblick während solcher Zeiten der Enthaltsamkeit ist das unglaublich gute Gefühl, wenn man an ihrem Ende duscht.

Nach dem Duschen und kräftigen Abrubbeln, zunächst mit einem Gesichtstuch und dann mit einem Handtuch, schnitt ich mir die Nägel. Dann putzte ich mir die Zähne gründlich mit meiner elektrischen Zahnbürste. Als nächstes war das Rasieren dran. Ich benutze stets Rasierschaum und die neuesten Rasierapparate (Zwillingsklingen mit Schwenkkopf sind zur Zeit der letzte Schrei), und entfernte den braunen Flaum, der während des vergangenen Tages und der letzten Nacht gewachsen war, mit Geschicklichkeit und Präzision. Wie alle meine Verrichtungen folgt der Rasiervorgang bei mir einem ganz bestimmten vorgegebenen Muster; ich ziehe jeden Morgen die gleiche Anzahl von Streifen in der gleichen Länge, in der gleichen Reihenfolge. Wie immer empfand ich den aufsteigenden Kitzel der Erregung bei der Betrachtung der peinlich sauber geschorenen Oberfläche meines Gesichts.

Ich putzte und bohrte mir die Nase frei, wusch mir die Hände, säuberte den Rasierapparat, die Nagelschere, die Dusche und das Waschbecken, spülte die Frottiertücher aus und kämmte mir die Haare. Glücklicherweise hatte ich keine Pickel, so daß nichts weiter nötig war als eine abschließende Wäsche der Hände und eine frische Unterhose. Ich plazierte all meine Waschutensilien, Handtücher, Rasierapparat und so weiter genau an die Stellen, wohin sie gehörten, wischte etwas niedergeschlagenen Dampf vom Spiegel des Badezimmerschranks und ging in mein Zimmer zurück.

Dort zog ich Socken an, grün für diesen Tag. Weiterhin ein khakifarbenes Hemd mit Taschen. Im Winter hätte ich ein Unterhemd unter und einen grünen Armeepullover über das Hemd angezogen, im Sommer jedoch nicht. Als nächstes kam meine grüne Cordsamthose, gefolgt von meinen fahlen Turnschuhen, von denen ich das Firmenzeichen abgetrennt hatte wie von allen meinen Sachen, weil ich mich weigere, für irgend jemanden Reklame zu laufen. Meine Kampfjacke, das Messer, die Umhängebeutel, die Schleuder sowie alles andere Zubehör nahm ich mit hinunter in die Küche.

Es war noch früh, und der Regen, der tags zuvor angekündigt worden war, war offenbar im Begriff niederzugehen. Ich nahm mein bescheidenes Frühstück ein und war fertig.

Ich ging in den frischen, feuchten Morgen hinaus und bewegte mich schnell, um mich warm zu halten und die Insel zu umrunden, bevor der Regen einsetzte. Die Hügel jenseits der Stadt waren in Wolken gehüllt, und das Meer kräuselte sich im auffrischenden Wind. Tau machte das Gras schwer; Dunsttropfen beugten die ungeöffneten Blüten und hafteten auch an meinen Opferpfählen, benäßten wie durchsichtiges Blut die verschrumpelten Köpfe und die winzigen verwesenden Körper.

Irgendwann heulte ein Paar Düsenflugzeuge vom Typ Jaguar über die Insel, Flügel an Flügel in einer Höhe von hundert Metern und mit hoher Geschwindigkeit; sie überquerten die ganze Insel in der Zeit eines Wimpernschlags und jagten aufs Meer hinaus. Ich sah ihnen nach, dann setzte ich meinen Weg fort. Einmal hatten mich welche veranlaßt, vor Schreck einen Satz zu machen, ein anderes Paar, einige Jahre zuvor. Sie flogen unerlaubt tief nach einer Scheinbombardierung auf den Truppenübungsplatz direkt unten bei der Förde und donnerten so plötzlich über die Insel, daß ich aufsprang, gerade während ich mit der kniffligen Arbeit beschäftigt war, eine Wespe von dem alten Baumstumpf in der Nähe des zusammengebrochenen Schafspferchs am nördlichen Ende der Insel in ein Glas zu locken. Die Wespe stach mich.

Ich ging noch am selben Tag in die Stadt, kaufte mir ein naturgetreues Plastikmodell eines Jaguar-Bombers, bastelte den Bausatz am Nachmittag zusammen und zerfetzte ihn mit einer kleinen Rohrbombe auf dem Dach des Bunkers in aller Feierlichkeit in tausend Stücke. Zwei Wochen später stürzte ein Jaguar bei Nairn ins Meer, obwohl sich der Pilot noch rechtzeitig mit dem Schleudersitz retten konnte. Ich bildete mir gern ein, daß meine Macht diesen Unfall damals bewirkt hatte, doch ich habe den Verdacht, daß es sich um puren Zufall handelte; hochgezüchtete Düsenflugzeuge stürzten so oft ab, daß es nicht allzu überraschend war, wenn meine symbolische und die tatsächliche Zerstörung innerhalb von vierzehn Tagen aufeinander folgten.

Ich saß auf dem Erdwall, von dem man auf den Muddy Creek hinuntersah, und aß einen Apfel. Ich lehnte mich an den jungen Baum zurück, der als Schößling für mich Der Killer gewesen war. Inzwischen war er gewachsen und ein gutes Stück größer als ich, doch als ich noch jünger war und wir die gleiche Größe hatten, hatte er mir als feststehende Schleuder zu Verteidigung des südlichen Zugangs zur Insel gedient. Später, wie auch jetzt, hatte man von ihm einen Ausblick über den breiten Meeresarm und den graublauen Schlamm mit dem wie angefressen aussehenden Wrack eines alten Fischerkahns, der daraus hervorragt.

Nach der Erzählung über den Alten Saul setzte ich die Schleuder für einen anderen Zweck ein, und der Baum wurde Der Killer; die Geißel für Hamster, Mäuse und Frettchen.

Ich weiß noch, daß man damit einen faustgroßen Stein mit Leichtigkeit über den Meeresarm und mindestens zwanzig Meter weit in den welligen Boden des Festlandes schleudern konnte, und wenn ich mich einmal in seinen natürlichen Rhythmus eingefügt hatte, konnte ich alle zwei Sekunden einen Schuß abgeben.

Ich konnte die Richtung innerhalb eines Winkels von sechzig Grad beliebig bestimmen, je nachdem, wie ich den Schößling nach unten und zur Seite bog. Ich benutzte nicht alle zwei Sekunden ein kleines Tier, sondern beschränkte mich auf einige wenige pro Woche. Sechs Monate lang war ich der beste Kunde in der Tierhandlung von Porteneil, da ich jeden Samstag hinging und mir ein paar Tiere kaufte, und außerdem kaufte ich im Spielwarenladen einen Satz Federbälle. Ich bezweifle, daß irgend jemand außer mir zwischen beidem einen Zusammenhang sah.

Das alles diente natürlich einem bestimmten Zweck; ich tue kaum etwas, bei dem das nicht der Fall ist, so oder so. Ich war auf der Suche nach dem Schädel vom Alten Saul.

Ich warf das Kerngehäuse des Apfels über den Meeresarm; es plumpste mit einem tiefen befriedigenden Schmatzen in den Matsch am anderen Ufer. Ich beschloß, daß es an der Zeit sei, einen gründlichen Blick in den Bunker zu tun, und setzte mich entlang des Uferwalls im Laufschritt in Bewegung; bei der südlichsten Düne schwenkte ich in Richtung der alten Pillenschachtel ab. Ich blieb stehen, um die Küste zu betrachten. Es schien dort nichts Interessantes zu geben, doch ich erinnerte mich an die Lektion vom Tag zuvor, als ich stehengeblieben war, um in die Luft zu schnuppern und alles in Ordnung gefunden hatte, und zehn Minuten später war ich in einen Ringkampf mit einem Kamikaze-Kaninchen verwickelt, also trabte ich vom Hang der Düne weg hinunter zu dem Streifen Unrat, den das Meer angespült hatte.

Es war eine Flasche darunter. Ein sehr harmloser Feind, dazu noch leer. Ich ging an den Rand des Wassers und warf die Flasche hinaus. Sie trudelte und landete mit dem Hals nach oben zehn Meter weit draußen. Die Flut hatte die Kieselsteine noch nicht überflutet, also nahm ich eine Handvoll davon auf und warf sie der Flasche nach. Die Entfernung war gering genug, daß ich den Unter-Arm-Stil anwenden konnte, und die Kieselsteine, die ich ausgewählt hatte, waren alle ungefähr von der gleichen Größe, so daß mein Geschoß sehr zielgenau einschlug: vier Treffer innerhalb Spritzweite und ein fünfter direkt am Hals der Flasche. Wirklich ein unbedeutender Sieg, denn die entscheidende Niederlage der Flaschen war vor langer Zeit besiegelt worden, kurz nachdem ich zu werfen gelernt hatte, als mir zum erstenmal klar wurde, daß das Meer der Feind ist. Es forderte mich dennoch immer noch von Zeit zu Zeit erneut heraus, und ich war nicht in der Stimmung, auch nur den geringsten Übergriff auf mein Territorium zu dulden.

Die Flasche sank, ich ging zu den Dünen zurück,

stieg auf den Gipfel derer, unter der der Bunker zur Hälfte begraben war, und blickte mit meinem Fernglas in alle Richtungen. Die Küste war klar, auch wenn es das Wetter nicht war. Ich ging hinunter zum Bunker.

Ich habe die Stahltür vor Jahren schon repariert, indem ich die rostigen Scharniere wieder gängig machte und die Führung für den Bolzen geradebog. Ich holte den Schlüssel für das Vorhängeschloß heraus und öffnete die Tür. Im Innern war der vertraute Geruch nach Wachs und Verbranntem. Ich schloß die Tür und lehnte einen Holzklotz dagegen, dann blieb ich eine Weile stehen und wartete, bis sich meine Augen an das Dämmerlicht und mein Geist an die Ausstrahlung des Ortes gewöhnt hatten.

Nach einer gewissen Zeit konnte ich einigermaßen sehen dank des Lichtschimmers, der durch das Sackleinen hereinfiel, mit dem die beiden schmalen Schlitze, die einzigen Fenster des Bunkers, verhängt waren. Ich nahm meine Schultertasche und das Fernglas ab und hängte sie an Nägel, die in den leicht bröseligen Beton geschlagen waren. Ich nahm die Blechbüchse mit den Streichhölzern in die Hand und zündete die Kerzen an; sie brannten gelblich, und ich kniete mich hin, ballte die Hände zu Fäusten und dachte nach. Fünf oder sechs Jahre zuvor hatte ich die Gerätschaften zur Herstellung von Kerzen im Schrank gefunden und monatelang mit Farben und Zusammensetzungen herumexperimentiert, bevor mir die Idee kam, das Wachs als Wespengefängnis zu benutzen. Ich blickte auf und sah den Kopf einer Wespe, der aus dem oberen Ende einer der Kerzen auf dem Altar herausragte. Die frisch angesteckte Kerze, blutrot und dick wie mein Handgelenk, enthielt die stille Flamme und den kleinen Kopf in ihrem Krater aus Wachs wie Teile eines uralten Spiels. Während ich zusah, befreite die Flamme, die einen Zentimeter hinter dem wachsüberzogenen Kopf der Wespe brannte, die Fühler vom

Fett, und sie richteten sich kurz auf, bevor sie zusammensackten. Der Kopf begann zu rauchen, als das Wachs von ihm abtropfte, dann fingen die Rauchschwaden Feuer, und der Wespenkörper, eine zweite Flamme in dem Krater, flackerte und knisterte, während das Feuer das Insekt vom Kopf abwärts verzehrte.

Ich entzündete die Kerze im Schädel des Alten Saul. Diese Kugel aus Knochen, ausgehöhlt und vergilbt, hatte all jene kleinen Kreaturen getötet, die ihrem Tod im Schlamm am gegenüberliegenden Ufer des Meeresarmes begegnet waren. Ich beobachtete die rauchende Flamme, die in jenem Raum flimmerte, der einst das Gehirn des Hundes beherbergt hatte, und ich schloß die Augen. Ich sah wieder den Kaninchenhain vor mir, mit den brennenden Körpern, die sprangen und rannten. Ich sah wieder das eine Tier vor mir, das dem Hain entkommen war und starb, kurz bevor es den Meeresarm erreichte. Ich sah den Schwarzen Zerstörer und erinnerte mich an seine Auflösung. Ich dachte an Eric und fragte mich, was es mit der Warnung der Fabrik auf sich haben mochte.

Ich sah mich selbst, Frank L. Cauldhame, und ich sah mich so, wie ich hätte sein können: ein großer schlanker Mann, kräftig und entschlossen, seinen Weg durch die Welt machend, zielstrebig und seiner Sache sicher. Ich öffnete die Augen und schluckte und atmete tief durch. Stinkende Flammen zuckten aus den Augenhöhlen des Alten Sauls. Die Kerzen zu beiden Seiten des Altars flackerten gemeinsam mit der Schädelflamme im Luftzug.

Ich sah mich im Bunker um. Die konservierten Köpfe der Möwen, Kaninchen, Krähen, Mäuse, Eulen, Maulwürfe und kleinen Eidechsen blickten auf mich herab. Sie hingen zum Trocknen in kleinen Schlingen aus schwarzem Garn, festgebunden an einem langen Stück Schnur, das an den Wänden entlang von Ecke zu Ecke gespannt war, und düstere Schatten drehten sich langsam an den Wänden hinter ihnen. Ringsherum am Fuß der Wände, auf Sockeln aus Holz oder Stein oder auf Flaschen und Dosen, die das Meer angespült hatte, beobachtete mich meine Sammlung von Totenschädeln. Die gelben Stirnbeine von Pferden, Hunden, Vögeln, Fischen und Hornschafen waren auf den Alten Saul gerichtet, einige Schnäbel waren geöffnet, einige Kiefer klafften auseinander, andere waren geschlossen, die Zähne wie eingezogene Krallen freigelegt. Rechts von dem Altar aus Backstein, Holz und Beton, auf dem die Kerzen und der Schädel standen, waren meine kleinen Fläschchen mit wertvollen Flüssigkeiten aufgebaut; links türmte sich ein hoher Satz von Plastikschubladen, gedacht zum Aufbewahren von Schrauben, Dichtungen, Nägeln und Haken. Jede Schublade, nicht viel größer als eine Streichholzschachtel, enthielt den Körper einer Wespe, die in der Fabrik bearbeitet worden war.

Ich griff nach links zu einer großen Blechbüchse, lockerte den festsitzenden Deckel mit meinem Messer und benutzte einen kleinen Teelöffel, der in der Dose lag, um etwas von der weißen Mischung aus der Dose auf eine runde Metallplatte vor dem Schädel des alten Hundes zu stäuben. Dann nahm ich den ältesten der Wespenkadaver von dem kleinen Tablett und tauchte ihn in die aufgehäuften weißen Körnchen. Ich verstaute die verschlossene Büchse und die Plastikschublade wieder an ihren Plätzen und zündete den winzigen Scheiterhaufen mit einem Streichholz an.

Die Mischung aus Zucker und Unkrautvertilger zischte und loderte; das grelle Licht brannte sich durch mich hindurch, und Rauchwolken stiegen auf und hüllten meinen Kopf ein, während ich den Atem anhielt und meine Augen tränten. Nach einer Sekunde erlosch die Flamme; von der Mischung und der Wespe war nur noch ein einziger schwarzer Klumpen verkohlten, blasigen Schutts übrig, dessen grellgelbe Hitze abkühlte. Ich schloß die Augen, um die Muster zu erkennen, doch es blieb nur das Nachbild des Brennens, das ebenso verblaßte wie das Glühen auf der Metallscheibe. Es tanzte mir kurz auf der Netzhaut herum, dann verschwand es. Ich hatte gehofft, Erics Gesicht zu sehen oder weiteren Aufschluß über die bevorstehenden Ereignisse zu erhalten, doch war mir nichts davon beschieden.

Ich beugte mich vor, blies die Wespenkerzen aus, zuerst die rechte, dann die linke, dann blies ich durch eine Augenhöhle des Hundeschädels und löschte die Kerze darin. Noch blind nach dem hellen Licht, ertastete ich meinen Weg durch die Dunkelheit und den Rauch bis zur Tür. Ich ging hinaus und ließ den Qualm und den Gestank hinaus in die feuchte Luft entweichen; Spiralen in Blau und Grau schlängelten sich aus meinen Haaren und Kleidern, während ich so da stand und tief durchatmete. Ich schloß die Augen für eine Weile, dann ging ich zurück in den Bunker, um aufzuräumen.

Ich schloß die Tür und verriegelte sie. Ich ging nach Hause zum Mittagessen und traf meinen Vater beim Holzhacken im hinteren Garten an.

»Guten Tag«, sagte er und wischte sich über die Stirn. Es war schwül, und er hatte sich bis aufs Unterhemd ausgezogen.

»Hallo«, sagte ich.

»Gestern alles gutgegangen?«

»Alles gutgegangen.«

»Ich bin erst sehr spät zurückgekommen.«

»Ich habe schon geschlafen.«

»Das habe ich mir gedacht. Du hast sicher Hunger.«

»Ich mache heute was zu essen, wenn du willst.«

»Nein, laß nur. Du kannst Holz hacken, wenn dir der Sinn danach steht. Ich mache uns das Mittagessen.« Er legte die Axt weg und wischte sich die Hände an der Hose ab, wobei er mich musterte. »War gestern alles ruhig?«

»Ja, ja.« Ich nickte und stand einfach nur da.

»Nichts passiert?«

»Nichts Besonderes«, versicherte ich ihm, während ich meine Sachen ablegte und die Jacke auszog. Ich hob die Axt auf. »Eigentlich war es sehr ruhig.«

»Gut«, sagte er, anscheinend überzeugt, und ging ins Haus. Ich holte mit der Axt aus und ließ sie auf einen Holzklotz niedersausen.

Nach dem Mittagessen nahm ich mein Fahrrad namens Kiesel und etwas Geld und ging in die Stadt. Ich erklärte meinem Vater, daß ich vor dem Abendessen zurück sein würde. Als ich die halbe Strecke nach Porteneil zurückgelegt hatte, fing es an zu regnen, also hielt ich an, um meine Regenhaut überzuziehen. Ich kam nur schwer voran, aber ich gelangte ohne weitere Unannehmlichkeiten dort an. Die Stadt war grau und leer in der dumpfen Nachmittagsbeleuchtung; Autos platschten über die Straße, die nach Norden führte, einige mit eingeschalteten Scheinwerfern, was alles noch düsterer erscheinen ließ. Ich ging zuerst in den Laden für Jagd- und Angelbedarf, um den alten Mackenzie zu besuchen und eine neue amerikanische Jagdschleuder mitzunehmen sowie auch ein paar Luftgewehrkugeln.

»Wie geht es dir heute, junger Mann?«

»Sehr gut, und selbst?«

»Och, nicht schlecht, weißt du«, sagte er und schüttelte langsam den grauen Kopf; seine gelblichen Augen und Haare wirkten im elektrischen Licht des Ladens ziemlich ungesund. Wir wechseln immer die gleichen Worte. Oft bleibe ich länger in dem Laden, als ich beabsichtigt hatte, weil es so gut riecht.

»Und wie geht es deinem Onkel zur Zeit? Ich habe ihn seit… schon ziemlich lange nicht mehr gesehen.«

»Es geht ihm gut.«

»Ach, das ist gut, gut«, sagte Mackenzie, wobei er die Augen mit einem leicht gequälten Ausdruck verdrehte und langsam nickte. Ich nickte ebenfalls und sah auf die Uhr.

»So, jetzt muß ich weiter«, sagte ich und schickte mich zum Weggehen an; ich verstaute meine neue Schleuder in dem Tornister auf meinem Rücken und stopfte die Kugeln, die in braunem Papier eingepackt waren, in die verschiedenen Taschen meiner Kampfjacke.

»Na ja, wenn du mußt, dann mußt du«, sagte Mackenzie und nickte zur Glastheke hinunter, als ob er die Fliegen, Angelrollen und Entenpfeifen darin überprüfen wollte. Er nahm ein Tuch, das neben der Registrierkasse lag, fuhr damit langsam über die Oberfläche und blickte nur noch einmal auf, als ich den Laden verließ, um »also dann, auf Wiedersehen« zu sagen.

»Ja, auf Wiedersehen.«

Im Café ›Fördeblick‹, das offenbar nach seiner Namensgebung der Schauplatz einer furchtbaren und lokal begrenzten Absackung des Bodens gewesen sein mußte, denn es hätte mindestens ein Stockwerk höher sein müssen, um die Sicht auf das Wasser zu gewähren, gönnte ich mir eine Tasse Kaffee und ein Spiel ›Invasoren aus dem All‹. Sie hatten eine neue Maschine aufgestellt, aber nachdem ich etwa ein Pfund ausgegeben hatte, hatte ich sie im Griff und gewann ein Raumschiff zusätzlich. Es fing an, mich zu langweilen, und ich setzte mich mit meinem Kaffee an einen Tisch.

Ich studierte die Plakate an den Wänden des Cafés, um zu sehen, ob in der nächsten Zeit in der Gegend etwas Interessantes geboten sein würde, doch abgesehen vom Filmclub war nicht viel los. Als nächstes stand *Die Blechtrommel* auf dem Programm, doch mein Vater hatte mir das Buch vor Jahren geschenkt, eins der wenigen wirklichen Geschenke, die er mir je gemacht hatte, und ich hatte daher geflissentlich vermieden, es zu lesen, genau wie *Myra Breckinridge*, ein anderes seiner seltenen Geschenke. Meistens gibt mir mein Vater einfach das Geld, das ich haben will, damit ich mir meine Wünsche selbst erfüllen kann. Ich glaube nicht, daß es ihn wirklich interessiert, aber andererseits hat er mir auch noch nie etwas abgeschlagen. Soweit ich das beurteilen kann, besteht zwischen uns so etwas wie eine unausgesprochene Vereinbarung, daß ich den Mund halte über meine offizielle Nichtexistenz und als Gegenleistung auf der Insel mehr oder weniger alles tun kann, was mir beliebt, und mir in der Stadt mehr oder weniger alles kaufen kann, was ich will. Das einzige, worüber wir kürzlich in Streit geraten waren, war ein Motorrad für mich. Er sagte, daß er mir eins kaufen würde, wenn ich ein bißchen älter wäre. Ich schlug vor, daß es sinnvoll wäre, es mir im Hochsommer zu kaufen, damit ich etwas Übung hätte, bevor die Straßen vom feuchten Wetter glitschig wären, doch er war der Ansicht, daß im Sommer zu viele Touristen in der Stadt und auf den Landstraßen herumführen. Ich glaube, er will es einfach hinausschieben, vielleicht befürchtet er, ich könnte zuviel Unabhängigkeit erlangen, oder vielleicht hat er einfach nur Angst, daß ich mich damit umbringen könnte, wie es vielen Jugendlichen passiert, wenn sie ein Motorrad bekommen. Ich weiß es nicht; ich weiß nie genau, was er eigentlich für mich empfindet. Und wenn ich schon darüber nachdenke, ich weiß auch nie genau, was ich eigentlich für ihn empfinde.

Ich hatte im stillen gehofft, daß ich jemand Bekannten in der Stadt treffen würde, doch die einzigen Leute, mit denen ich sprach, waren der alte Mackenzie im Laden für Jagd- und Angelbedarf und Mrs. Stuart im Café, die gähnend und fett hinter ihrer Resopaltheke saß und ein Groschenheft las. Es ist ohnehin nicht so, daß ich allzuviele Menschen kenne, wenn ich ehrlich bin; Jamie ist mein einziger echter Freund, obwohl ich durch ihn ein paar Leute in meinem Alter kennengelernt habe, die ich als Bekannte betrachte. Die Tatsache, daß ich nicht zur Schule gehe und so tun muß, als ob ich nicht dauernd auf der Insel leben würde, hat dazu geführt, daß ich ohne andere Kinder meiner Altersstufe aufgewachsen bin (abgesehen von Eric natürlich, doch auch der war sehr lange weg), und ungefähr zu jener Zeit, als ich daran dachte, mich weiter von zu Hause weg zu wagen und mehr Leute kennenzulernen, drehte Eric durch, und es wurde in der Stadt eine Zeitlang ungemütlich.

Mütter ermahnten ihre Kinder, sich ordentlich zu benehmen, sonst würde *Eric Cauldhame* sie holen und ihnen schreckliche Dinge mit Würmern und Maden antun. Ich vermute, es war unvermeidlich, daß sich die Gerüchte allmählich dahingehend auswuchsen, daß Eric Kinder in Brand setzte, nicht nur ihre Hunde, und wahrscheinlich war es ebenso unvermeidlich, daß viele Kinder schließlich *mich* für Eric hielten oder annahmen, ich hätte die gleichen Neigungen. Oder vielleicht ahnten ihre Eltern etwas im Zusammenhang mit Blyth, Paul und Esmeralda. Wie auch immer, sie liefen vor mir davon oder bewarfen mich aus der Ferne mit unschönen Dingen, also trat ich möglichst wenig in Erscheinung und beschränkte meine kurzen Besuche in der Stadt auf ein wortkarges Minimum. Bis zum heutigen Tag werde ich mit sonderbaren Blicken bedacht, von Kindern, Jugendlichen und Erwachsenen, und ich weiß, daß einige Mütter ihren Kindern androhen, wenn sie sich nicht benähmen, würde sie *Frank schnappen,* aber das stört mich nicht. Ich werde damit fertig.

Ich stieg auf mein Fahrrad und fuhr etwas leichtsinnig nach Hause zurück, indem ich durch die Pfützen auf dem Weg schoß und den sogenannten Hopser – eine Wegstrecke, die ein langes Stück abwärts führt und dann ein kurzes Stück bergauf, wo es leicht passieren kann, daß man vom Boden abhebt – mit einer Geschwindigkeit von mindestens vierzig Kilometern durchraste, woraufhin ich platschend im Schlamm landete, nur knapp neben dem Ginstergestrüpp. Das trug mir einen schmerzenden Hintern ein, der so weh tat, daß ich am liebsten laut gejammert hätte. Doch ich kam sicher zu Hause an. Ich beteuerte meinem Vater, daß ich okay sei und in etwa einer Stunde zum Essen kommen würde. Dann ging ich in den Schuppen, um Kiesel sauberzureiben. Nachdem ich damit fertig war, bastelte ich ein paar neue Bomben als Ersatz für die, die ich tags zuvor gebraucht hatte, und noch einige zusätzliche. Ich schaltete das alte elektrische Feuer im Schuppen an, nicht so sehr, um mich zu wärmen, sondern vor allem, um zu verhindern, daß die äußerst hygroskopische Mischung Feuchtigkeit aus der Luft aufsog.

Mir wäre es natürlich lieber gewesen, wenn ich mir nicht die Mühe hätte machen müssen, kiloweise Zucker und jede Menge Packungen Unkrautvertilger aus der Stadt heranzuschleppen, um sie in die Führungsrohre für elektrische Leitungen zu stopfen, die Jamie der Zwerg mir bei der Baufirma besorgt, bei der er arbeitet. Wenn man den Keller voll von Kordit hat, genug, um die halbe Insel von der Landkarte zu wischen, kommt einem das ein bißchen doof vor, aber mein Vater ließ mich nun mal nicht in die Nähe des Zeugs.

Es war sein Vater, Colin Cauldhame, gewesen, der das Kordit von einem Schiffsschrottplatz, den es früher einmal an der Küste gab, aufgetrieben hatte. Einer seiner Verwandten arbeitete dort, und er hatte ein altes Kriegsschiff entdeckt, dessen Magazin noch mit diesem Explosivstoff gefüllt war. Colin kaufte das Kordit und pflegte damit Feuer anzumachen. Lose verwendet, eignet sich Kordit ausgezeichnet als Feueranzünder. Colin kaufte so viel, daß es zweihundert Jahre lang für den Hausgebrauch gereicht hätte, selbst wenn sein Sohn es weiterhin benutzt hätte, also hatte er möglicherweise daran gedacht, es zu verkaufen. Ich weiß, daß mein Vater es eine Zeitlang zum Anzünden des Herds benutzt hat, doch nun schon lange nicht mehr. Gott allein wußte, wieviel dort unten noch lagerte; ich habe große Ballen und Bündel gesehen, die noch mit dem Zeichen der Royal Navy markiert waren, und ich habe mir im Traum unzählige Möglichkeiten ausgedacht, wie ich an das Zeug herankommen könnte, aber außer dem Bau eines Tunnels vom Schuppen aus, so daß ich die Ballen von hinten herausziehen könnte und der Vorrat vom Innern des Kellers aus unversehrt aussehen würde, kommt mir keine brauchbare Idee. Mein Vater prüft den Inhalt des Kellers alle paar Wochen, indem er sich nervös mit einer Lampe hinunterbegibt, die Ballen zählt und herumschnüffelt und die Thermometer und Hygrometer abliest.

Es ist angenehm kühl im Keller, überhaupt nicht feucht, obwohl ich vermute, daß er kaum über dem Grundwasserspiegel liegen kann, und mein Vater weiß offenbar, was er tut, und ist überzeugt davon, daß der Explosivstoff noch intakt ist, aber ich glaube, er macht ihn irgendwie nervös, und zwar seit dem Bombenkreis. (Auch hier bin ich wieder schuld, es war mein Fehler. Mein zweiter Mord, derjenige, bei dem meiner Vermutung nach einige Familienmitglieder Verdacht schöpften.) Wenn es ihm jedoch soviel Angst macht, verstehe ich nicht, warum er das Zeug nicht einfach wegwirft. Aber ich glaube, er nährt seinen persönlichen kleinen Aberglauben, was das Kordit betrifft. Irgend etwas, das mit dem Bindeglied zur

Vergangenheit zu tun hat oder einem Dämon des Bösen, den wir verbergen, ein Symbol für alle Missetaten unserer Familie, der vielleicht darauf lauert, uns eines Tages zu überraschen.

Wie auch immer, ich habe keinen Zugang dazu, und ich muß meterweise schwarze Metallrohre mühsam aus der Stadt heranschaffen, sie im Schweiße meines Angesichts bearbeiten, biegen und schneiden und bohren und falzen und wieder biegen, mich damit am Schraubstock abrackern, bis die Werkbank und der Schuppen von meiner Anstrengung quietschen. Ich vermute, in gewisser Weise ist es eine Handwerkskunst, und bestimmt erfordert es einiges Geschick, aber manchmal langweilt es mich, und nur der Gedanke an den Zweck, den diese kleinen schwarzen Torpedos erfüllen werden, ermutigt mich zu weiterem Schuften und Werkeln.

Nach meiner Bombenherstellungsaktion räumte ich alles weg und putzte den Schuppen, dann ging ich zum Abendessen ins Haus.

»Er wird gesucht«, sagte mein Vater unvermittelt zwischen zwei Mundvoll Kohl und Sojabällchen. Seine dunklen Augen flackerten mich an wie hohe, rußige Flammen, dann senkte er den Blick wieder. Ich trank von dem Bier, das ich aufgemacht hatte. Das zweite Ergebnis meines Selbstbrauens war wohlschmeckender geraten, und stärker.

»Eric?«

»Ja, Eric. Er wird im Moor gesucht.«

»Im Moor?«

»Sie glauben, er könnte im Moor sein.«

»Ja, das paßt zu ihnen, daß sie ihn dort suchen.«

»In der Tat«, sagte mein Vater und nickte dazu. »Warum summst du vor dich hin?«

Ich räusperte mich, aß meine Frikadellen weiter und tat so, als ob ich ihn nicht richtig verstanden hätte.

»Ich habe nachgedacht«, sagte er, während er sich noch etwas von der grün-braunen Mischung ins Gesicht löffelte und lange darauf herumkaute. Ich wartete, was er als nächstes sagen würde. Er schwenkte seinen Löffel schlaff hin und her, deutete damit vage die Treppe hinauf und sagte schließlich: »Was schätzt du, wie lang ist die Telefonschnur?«

»Locker hängend oder straff angezogen?« fragte ich schnell und stellte mein Glas Bier ab. Er gab einen Grunzton von sich und sagte nichts mehr, sondern wandte sich wieder seinem Teller mit dem Essen zu, offensichtlich zufrieden, wenn nicht sogar äußerst angetan. Ich trank.

»Hast du einen besonderen Wunsch, was ich dir aus der Stadt bestellen soll?« fragte er nach einiger Zeit, bevor er sich den Mund mit frischgepreßtem Orangensaft ausspülte. Ich schüttelte den Kopf, trank mein Bier.

»Nein, nur das übliche.« Ich zuckte die Achseln.

»Schnellkartoffeln und fertige Frikadellen und Zucker-und-Minze-Pasteten und Cornflakes und solchen Mist, nehme ich an.« Mein Vater lächelte leicht höhnisch, obwohl seine Aufzählung einigermaßen neutral geklungen hatte.

Ich nickte. »Ja, das genügt vollkommen. Du kennst meine Vorlieben.«

»Du ernährst dich nicht richtig. Ich hätte strenger mit dir sein müssen.«

Ich erwiderte nichts, sondern aß langsam weiter. Ich spürte, daß mich mein Vater vom anderen Ende des Tisches ansah; er betrachtete meinen über den Teller gebeugten Kopf, während er seinen Saft in dem Glas schwenkte. Er schüttelte den Kopf und stand vom Tisch auf, dabei nahm er seinen Teller mit und ließ im Spülbecken Wasser darüberlaufen.

»Gehst du heute abend noch weg?« fragte er, während er den Hahn abdrehte.

»Nein, heute bleibe ich zu Hause. Morgen gehe ich aus.«

»Ich hoffe, du besäufst dich nicht wieder sinnlos. Einmal wird man dich festnehmen, und was dann?« Er sah mich an. »Hm?«

»Ich werde mich nicht sinnlos betrinken«, versicherte ich ihm. »Ich trinke ein Glas oder zwei, um nicht ungesellig zu sein, das ist alles.«

»Na ja, du machst immer ziemlich viel Krach für jemanden, der nur ein bißchen gesellig war, das muß ich schon sagen.« Er warf mir wieder einen finsteren Blick zu und setzte sich.

Ich hob die Schultern. Natürlich betrinke ich mich. Welchen Sinn hat das Trinken, wenn man davon nicht betrunken wird? Aber ich bin vorsichtig, ich möchte jegliche Komplikationen vermeiden.

»Also, paß nur gut auf. Deine Fürze verraten mir immer, was du intus hast.« Er blies Luft durch die Lippen, als ob er einen nachmachen wollte.

Mein Vater hat eine Theorie, nach der die Verbindung zwischen Geist und Darm sehr elementar und direkt ist. Das ist ebenfalls eine seiner Ideen, für die er ständig andere Menschen zu interessieren versucht; er hat ein Manuskript zu diesem Thema in der Schublade (›Über das Wesen des Furzes‹), das er auch immer wieder an Londoner Verlage schickt und natürlich postwendend zurückerhält. Er hatte mehrfach behauptet, daß ihm Fürze nicht nur verraten, was jemand gegessen oder getrunken hat, sondern auch, um was für eine Art von Mensch es sich handelt, was sie essen *sollten,* ob sie emotional instabil oder traurig sind, ob sie Geheimnisse mit sich herumtragen, ob sie sich hinter jemandes Rücken über ihn lustig machen oder versuchen, sich bei jemandem einzuschmeicheln, oder sogar, was sie in dem Moment denken, in dem sie den Furz lassen (hierbei urteilt er in erster Linie nach dem Ton). Alles totaler Unsinn.

»Hm«, sagte ich, mir keiner Schuld bewußt.

»Oh, das kann ich wirklich«, sagte er, während ich meine Mahlzeit beendete und mich zurücklehnte, mir den Mund mit dem Handrücken abwischte, vor allem, um ihn zu ärgern, und weniger aus irgendeinem anderen Grund. Er nickte immer wieder. »Ich weiß, ob du Starkbier getrunken hast oder Lager. Und ich kann auch Guinness herausriechen.«

»Ich trinke nie Guinness«, log ich, insgeheim beeindruckt. »Ich habe Angst, eine Sportlerkehle zu bekommen.«

Das Witzchen war offenbar an ihn vergeudet, denn er fuhr ohne Unterbrechung fort: »Das ist nur zum Fenster hinausgeworfenes Geld, weißt du. Erwarte nicht von mir, daß ich deinen Alkoholismus finanziere.«

»O je, du redest einen Mist«, sagte ich und stand auf.

»Ich weiß, wovon ich rede. Ich habe bessere Männer als dich gesehen, die dachten, sie könnten mit dem Trinken umgehen, und die mit einer Flasche Wermut in der Gosse endeten.«

Wenn dieser letzte Schlag unter die Gürtellinie zielen sollte, dann ging er daneben; die Wirkung von diesem ›Bessere-Männer-als-du‹ war schon längst verpufft.

»Es ist doch wohl mein Leben, oder nicht?« sagte ich und stellte meinen Teller ins Spülbecken, bevor ich die Küche verließ. Mein Vater sagte nichts.

An diesem Abend sah ich fern und erledigte einigen Papierkram, brachte die Landkarten auf den aktuellen Stand, indem ich den neu benannten ›Hügel Des Schwarzen Zerstörers‹ einfügte, schrieb einen kurzen Bericht über das, was ich mit den Kaninchen gemacht hatte, wobei ich sowohl die Wirkung der benutzten Bomben als auch die neueste Herstellungsmethode festhielt. Ich beschloß, in Zukunft die Polaroidkamera in den Kriegsutensilienbeutel zu packen; bei Strafexpeditionen mit geringem Risiko, wie die gegen die Kaninchen, würde sich das zusätzliche Gewicht und der Zeitaufwand für ihren Einsatz mehr als auszahlen. Bei ernsthafteren Kampfhandlungen müßte der Kriegsutensilienbeutel natürlich aufs Nötigste beschränkt bleiben, und eine Kamera wäre lediglich eine Belastung, doch ich war seit Jahren keiner echten Bedrohung mehr ausgesetzt gewesen, seit jener Zeit, als einige größere Jungen aus der Stadt mich auf dem Heimweg von Porteneil aus dem Hinterhalt angegriffen und verprügelt hatten.

Eine Zeitlang hatte ich das Gefühl, daß das Leben ganz schön schwer war, doch es entwickelte sich dann doch nicht so schlimm, wie ich erwartet hatte. Einmal bedrohte ich sie mit meinem Messer, nachdem sie mich auf dem Fahrrad angehalten hatten und anfingen, mich herumzuschubsen, und Geld von mir verlangten. Sie zogen sich damals zurück, doch ein paar Tage später versuchten sie einen Überfall auf die Insel. Ich hielt sie mit Stahlprojektilen und Steinen zurück, und sie feuerten mit Luftgewehren zurück, und eine Zeitlang war das Ganze ziemlich aufregend, doch dann kam Mrs. Clamp mit dem wöchentlichen Nachschub und drohte, die Polizei zu holen, und nachdem sie ihr ein paar häßliche Worte an den Kopf geworfen hatten, verschwanden sie.

Damals fing ich an, mein System der geheimen Vorratslager einzurichten, indem ich Stahlgeschosse, Steine, Bolzen und Bleigewichte zum Angeln hortete und verpackt in Plastiktüten oder Schachteln an strategischen Stellen überall auf der Insel vergrub. Ich legte auch Schlingen und Stolperdrähte, die mit Glasflaschen verbunden waren, im Gras und auf den Dünen über dem Bach aus, so daß jeder, der sich anzuschleichen versuchte, sich entweder in der Schlinge verfangen oder über den Draht stolpern und die Flasche aus ihrem Loch im Sand ziehen und auf einen Stein schleudern würde. Ich blieb während der nächsten paar Nächte wach, den Kopf aus der rückseitigen Schräge des Dachbodens gereckt, angestrengt auf das Klirren von brechendem Glas oder gemurmelte Verwünschungen lauschend oder das einfachste Signal, nämlich die Vögel, die sich gestört fühlten und davonflatterten, doch es geschah nichts mehr. Ich ging den Jungen in der Stadt eine Zeitlang aus dem Weg, indem ich nur mit meinem Vater hinging oder wenn ich wußte, daß sie in der Schule waren.

Das System der geheimen Vorratslager hat noch immer Bestand, und ich habe das eine oder andere Versteck noch durch Benzinbomben ergänzt, wo eine mutmaßliche Angriffslinie sich über ein Gebiet erstreckt, in dem die zerberstenden Flaschen als Warnanlage dienen; die Schlingen habe ich allerdings entfernt und im Schuppen verstaut. Mein Verteidigungshandbuch umfaßt Dinge wie Karten der Insel, auf denen die Munitionsverstecke und mögliche Angriffslinien gekennzeichnet sind, sowie eine Zusammenfassung meiner Kampftaktiken, eine Liste von Waffen, die ich besitze oder noch anzufertigen gedenke; diese letzte Kategorie einschließlich einiger ziemlich unerfreulicher Vorrichtungen wie Stolperdrähte und Fußangeln, so ausgelegt, daß fallende Körper auf verborgene Flaschen mit abgebrochenem Hals, die senkrecht im Gras stecken, treffen, elektrisch auszulösende Minen aus Rohrbomben und kleinen Nägeln, alles im Sand vergraben, und einige hochinteressante, wenn auch schwer zu realisierende Waffen wie Wurfscheiben, deren Ränder mit Rasierklingen ausgerüstet sind.

Nicht, daß ich zur Zeit jemanden umbringen will, all das dient viel mehr Verteidigungs- denn Angriffszwecken und gibt mir ein Gefühl größerer Sicherheit. Bald habe ich das nötige Geld für eine richtige große

Armbrust, und darauf freue ich mich riesig; das wird mich über die Tatsache hinwegtrösten, daß sich mein Vater niemals hat überreden lassen, eine Flinte oder ein Gewehr zu kaufen, mit dem ich wirklich etwas hätte anfangen können. Ich habe zwar meine Schleudern und Wurfgeschosse und mein Luftgewehr, und unter den richtigen Voraussetzungen können sie alle tödlich sein, aber sie haben eben nicht die große Reichweite, die ich anstrebe. Mit den Rohrbomben ist es dasselbe. Sie müssen direkt am Zielobjekt plaziert oder können allenfalls geworfen werden, und selbst das Schleudern von speziell dafür konstruierten Bomben mit dem Katapult ist ungenau und langsam. Ich kann mir auch vorstellen, daß mit einem Katapult ziemlich unerfreuliche Dinge passieren können; die Schleuderbomben müssen mit einer recht kurzen Zündschnur ausgestattet sein, wenn sie so schnell nach der Landung am Ziel detonieren sollen, damit sie nicht zurückgeworfen werden können, und ich bin bereits ein paarmal nur knapp davongekommen, als sie losgingen, gleich nachdem sie aus der Schleuder abgeschossen waren.

Natürlich habe ich mit Kanonen herumexperimentiert, sowohl mit reinen Projektilwaffen als auch mit Mörsern, die die Schleuderbomben weiter tragen würden, doch alle waren unhandlich, gefährlich, träge und neigten leicht dazu, in die Luft zu fliegen.

Eine Schrotflinte wäre das Ideale, obwohl mein Traum eine .22er Büchse mit gezogenem Rohr wäre, aber ich werde mich mit einer Armbrust begnügen müssen. Vielleicht wird es mir eines Tages gelingen, einen Weg zur Umgehung meiner offiziellen Nichtexistenz zu finden und selbst einen Antrag auf eine Waffe zu stellen, obwohl, wenn man alle Umstände in Betracht zieht, man mir wahrscheinlich den Waffenschein verweigern wird. Oh, wenn ich doch nur in Amerika leben würde! denke ich manchmal.

Ich zerlegte gerade die Benzinbomben aus den versteckten Waffenlagern, da ich sie seit einiger Zeit nicht mehr hinsichtlich der Verdunstung überprüft hatte, als das Telefon klingelte. Ich sah auf meine Armbanduhr und war überrascht, wie spät es bereits war: fast elf Uhr. Ich rannte zum Telefon hinunter und hörte, wie mein Vater zur Tür seines Zimmers ging, als ich daran vorbeikam.

»Porteneil fünfdreieins.« Piepser ertönten.

»Scheiße, Frank, ich habe elende Schwielen an den Füßen. Wie geht's dir, zum Teufel, mein junger Freund?«

Ich sah den Hörer an, dann zu meinem Vater hinauf, der sich im oberen Stock über das Treppengeländer beugte und sich die Schlafanzugjacke in die Hose stopfte. Ich sprach ins Telefon: »Hallo, Jamie, was veranlaßt dich, mich so spät noch anzurufen?«

»Wie…? Ach so, der Alte ist in der Nähe, was?« sagte Eric. »Richte ihm einen Gruß von mir aus, und daß er ein Sack voll schäumendem Eiter ist.«

»Jamie läßt dich grüßen«, rief ich zu meinem Vater hinauf, der sich ohne ein Wort umdrehte und in seinem Zimmer verschwand. Ich hörte, wie er die Tür schloß, und wandte mich wieder dem Telefon zu. »Eric, wo bist du diesmal?«

»Ach, wieder diese Scheiße. Ich sage es dir nicht. Rate mal!«

»Wie soll *ich* das wissen… Glasgow?«

»Ah ha ha ha ha ha!« grölte Eric. Ich umklammerte fest das Plastik in meiner Hand.

»Wie geht es dir? Alles in Ordnung?«

»Mir geht es hervorragend. Wie geht es dir?«

»Großartig. Hör mal, wie ernährst du dich? Hast du Geld? Fährst du per Anhalter, oder was? Du wirst gesucht, weißt du das? Aber bis jetzt haben sie noch nichts in den Nachrichten durchgesagt. Du bist noch nicht…« Ich hielt inne, bevor ich etwas sagte, bei dem er einhaken könnte.

»Ich komme gut zurecht. Ich esse Hunde. Ha ha ha.«

Ich stöhnte auf. »O Gott, das ist doch nicht dein Ernst, oder?«

»Was soll ich denn sonst essen? Es ist toll, Frankieboy; ich treibe mich in den Feldern und Wäldern herum, gehe viel zu Fuß und werde hin und wieder von einem Auto mitgenommen, und wenn ich in die Nähe einer Stadt komme, suche ich mir einen schön fetten, saftigen Hund aus und freunde mich mit ihm an und nehme ihn mit in den Wald und schneide ihm die Kehle durch und esse ihn. Was könnte einfacher sein? Ich liebe das Leben in der freien Natur.«

»Du *kochst* sie aber doch wenigstens, oder?«

»Natürlich koche ich sie. Scheiße!« sagte Eric in beleidigtem Ton. »Für wen hältst du mich denn?«

»Und das ist alles, wovon du lebst?«

»Nein, ich klaue mir auch was. Ladendiebstahl ist so leicht. Ich klaue Sachen, die ich nicht essen kann, nur so zum Spaß. Wie Tampons und Mülleimereinsätze aus Plastik und Partypackungen Knabbergebäck und einhundert Cocktailspießchen und zwölf Kuchenherzen in verschiedenen Farben und Fotorahmen und Lenkradhüllen aus unechtem Leder und Handtuchhalter und Weichspüler und doppelt wirksame Luftreiniger, um lästige Küchengerüche zu tilgen, und niedliche kleine Kästchen für dies und das und Zehnerpackungen von Kassetten und verschließbare Tankdeckel und Plattenputzer und Telefonverzeichnisse, Schlankheitshefte, Topfhalter, Packungen mit Aufklebern, künstliche Wimpern, Make-up-Sortimente, Antirauchmittel, Spielzeuguhren …«

»Magst du kein Knabbergebäck?«

»He?« Er hörte sich verwirrt an.

»Du hast Partypackungen Knabbergebäck unter den Dingen aufgezählt, die du nicht essen kannst.«

»Um Himmels willen, Frank, könntest du eine Partypackung Knabbergebäck essen?«

»Und wie lebst du so? Ich meine, du schläfst doch bestimmt ziemlich hart. Erkältest du dich nicht oder so?«

»Ich schlafe nicht.«

»Du *schläfst* nicht?«

»Natürlich nicht. Man braucht keinen Schlaf. Das ist nur etwas, das sie einem einreden, damit sie die Kontrolle über einen haben. Niemand braucht Schlaf; wenn man Kind ist, reden sie einem ein, daß man schlafen muß. Wenn man wirklich dazu entschlossen ist, kommt man darüber hinweg. Ich habe mir das Bedürfnis zu schlafen abgewöhnt. Ich schlafe jetzt überhaupt nicht mehr. Auf diese Art ist es viel einfacher, Wache zu halten und aufzupassen, daß sie sich nicht an einen *heranschleichen,* und man bleibt in Bewegung. Es geht nichts darüber, in Bewegung zu bleiben. Man wird wie ein Schiff.«

»Wie ein *Schiff?*« Jetzt war ich verwirrt.

»Wiederhol doch nicht immer alles, was ich sage, Frank!« Ich hörte, wie er weitere Münzen in den Schlitz steckte. »Ich werde dir beibringen, ohne Schlaf auszukommen, wenn ich dort bin.«

»Danke. Was meinst du, wann du hier ankommst?«

»Früher oder später. Ha ha ha ha.«

»Hör mal Eric, warum ißt du Hunde, wenn du dir doch alles klauen kannst?«

»Das habe ich dir doch schon erklärt, du *Idiot.* Von dem ganzen Zeug kann ich doch nichts essen.«

»Aber warum klaust du dann nicht Sachen, die du essen kannst, anstatt das Zeug zu klauen, das du nicht essen kannst, und dich mit den Hunden herumzuquälen?« schlug ich vor. Ich wußte bereits, daß das keine gute Idee war; ich hörte selbst, wie meine Stimme im Laufe des Satzes immer höher anstieg, und das war stets ein Zeichen dafür, daß ich mich in einer verbalen Sackgasse verrannte.

Eric schrie: »Bist du *verrückt?* Was ist denn los mit

dir? Was soll das Ganze? Es geht doch um *Hunde,* oder? Es ist ja nicht so, als ob ich Katzen oder Feldmäuse oder Goldfische oder so was töten würde. Ich spreche von *Hunden,* du bescheuerter Holzklotz! *Hunde!*«

»Du brauchst mich nicht so anzubrüllen«, sagte ich mit ruhiger Stimme, obwohl ich mich allmählich über mich selbst ärgerte. »Ich habe dich nur gefragt, warum du soviel Zeit dafür verschwendest, etwas zu stehlen, das du nicht essen kannst, und dann noch mehr Zeit dafür verschwendest, Hunde zu stehlen, wenn du genausogut in einem Aufwasch stehlen und essen könntest.«

»Genausogut? *Genausogut?* Was brabbelst du da?« geiferte Eric mit rauher, halberstickter Stimme in Kontraaltlage.

»O Gott, schrei nicht so«, stöhnte ich, während ich mir eine Hand auf die Stirn legte, mir damit durch die Haare fuhr und die Augen schloß.

»Ich schreie, wenn ich Lust zum Schreien habe!« schrie Eric. »Was glaubst du denn, warum ich das alles mache? He? Was, zum Teufel, glaubst du denn, warum ich das alles mache? Es sind *Hunde,* du hirnverbrannter kleiner Scheißhaufen! Hast du denn überhaupt keinen Verstand mehr? Was ist mit deinem *Verstand* geschehen, Frankie? Hat dir jemand ins Hirn geschissen? Ich sagte, hat dir jemand ins *Hirn* geschissen?«

»Knall jetzt nicht den...«, sagte ich, nicht direkt in die Sprechmuschel.

»Iiiiiaaaaaaarrrrchhh Blliiiaaaarrrchchllleeeooorrrchchch!« Eric spuckte und würgte durch die Leitung, und dann folgte das Geräusch eines Telefonhörers, der durch eine Telefonzelle gedonnert wurde. Ich seufzte und legte den Hörer auf die Gabel. Offenbar war ich einfach nicht in der Lage, mit Eric am Telefon richtig umzugehen.

Ich ging in mein Zimmer zurück und versuchte, nicht mehr an meinen Bruder zu denken; ich wollte zeitig ins Bett gehen, damit ich früh aufstehen konnte, um der Taufzeremonie für die neue Schleuder beizuwohnen. Ich würde über eine bessere Methode, mit Eric umzugehen, nachdenken, wenn ich das erst mal erledigt hätte.

... Wie ein *Schiff*, in der Tat. Was für ein Wahnsinniger!

4

DER BOMBENKREIS

Ich habe mich selbst oft als Staat empfunden, als Land oder zumindest als Stadt. Manchmal hatte es für mich den Anschein, als ob die verschiedenen Gefühle, die ich hinsichtlich dieser und jener Ideen, Handlungsweisen und so weiter hegte, vergleichbar wären mit den politischen Schwankungen, die ein Land durchmacht. Ich war immer der Ansicht, daß die Menschen nicht deshalb eine neue Regierung wählen, weil sie mit deren Politik übereinstimmen, sondern einfach deshalb, weil sie eine Veränderung wollen. Irgendwie glauben sie, daß sich unter einer neuen Mannschaft alles zum Besseren wendet. Nun, die Menschen sind dumm, doch all das scheint mehr mit Launen, Stimmungen und der allgemeinen Atmosphäre zu tun zu haben als mit wohldurchdachten Argumenten. Manchmal harmonieren meine Gedanken und Gefühle nicht miteinander, also kam ich zu dem Schluß, daß in meinem Gehirn etliche verschiedene Personen sein müssen.

Zum Beispiel gab es in mir immer einen Teil, der sich wegen der Morde an Blyth, Paul und Esmeralda schuldig fühlte. Eben jener Teil fühlte sich jetzt schuldig wegen des Racheaktes an den harmlosen Kaninchen, da er in Wirklichkeit doch nur einem einzigen tollwütigen Männchen galt. Ich vergleiche diesen Teil mit einer Oppositionspartei im Parlament oder mit der kritischen Presse, die als Gewissen und Bremse fungieren, jedoch nicht an der Macht sind und sehr wahrscheinlich auch niemals an sie gelangen werden. Ein anderer Teil von mir ist überzeugter Rassist, wahrscheinlich weil ich kaum je farbigen Menschen begegnet bin und ich über sie nur weiß, was ich in der Zeitung gelesen oder im Fernsehen gesehen habe, wo Schwarze lediglich als Zahlenfaktor vorkommen oder als Schuldige hingestellt werden, bis ihre Unschuld bewiesen ist. Dieser Teil von mir ist immer noch ziemlich stark, obwohl ich natürlich weiß, daß es keinen vernünftigen Grund für Rassenhaß gibt. Immer wenn ich Farbige in Porteneil sehe, die Souvenirs kaufen oder irgendwo einen Imbiß essen, hoffe ich, daß sie mich etwas fragen, damit ich meine Höflichkeit zeigen und beweisen kann, daß meine Vernunft stärker ist als meine radikaleren Instinkte oder meine Erziehung.

Aus dem gleichen Grund bestand auch keinerlei Veranlassung, sich an den Kaninchen zu rächen. Es gibt nie eine Veranlassung, auch nicht in der Welt der Großen. Ich bin der Meinung, daß Repressalien gegen Personen, die nur entfernt oder bedingt mit jenen verbunden sind, die Unrecht getan haben, den Rächenden ein gutes Gefühl verschaffen. Es ist wie mit der Todesstrafe: Man will sie, weil man sich selbst dadurch besser fühlt, nicht etwa, weil sie als Abschreckung dient oder so etwas Unsinniges.

Wenigstens werden die Kaninchen nie erfahren, daß Frank Cauldhame ihnen das angetan hat, was er ihnen angetan hat, während eine menschliche Gemeinschaft sehr wohl erfährt, was ihnen die Übeltäter angetan haben, so daß die Rache schließlich die entgegengesetzte Wirkung von der angestrebten zeitigt, den Widerstand eher anheizt als niederschlägt. Immerhin gestehe ich ein, daß das alles nur dazu diente, mein Ego aufzuwerten, meinen Stolz wiederherzustellen und mir Vergnügen zu bereiten, und nicht etwa, das Land zu retten oder der Gerechtigkeit zum Durchbruch zu verhelfen oder die Toten zu ehren.

Es gab also Teile von mir, die der Taufzeremonie für die neue Schleuder mit einiger Erheiterung, sogar mit Verachtung beiwohnten. In dem Staat in meinem Kopf ist diese Richtung mit den Intellektuellen eines Landes vergleichbar, die die Religion verhöhnen, während sie die Wirkung, die sie auf die Masse der Menschen ausübt, nicht leugnen können. Die Zeremonie bestand darin, daß ich Metall-, Gummi- und Plastikteile des neuen Geräts mit Ohrenschmalz, Rotz, Blut, Urin, Bauchnabelflusen und Fußkäse beschmierte und die Schleuder taufte, indem ich mit der gespannten Sehne ohne Geschoß auf eine flügellose Wespe zielte, die auf der Fassade der Fabrik herumkrabbelte, und nebenbei zielte ich auf meinen nackten Fuß, was einen blauen Fleck zur Folge hatte.

Teile von mir stempelten das Ganze als kompletten Unsinn ab, doch sie stellten eine winzige Minderheit dar. Der Rest von mir wußte, daß derartige Dinge *funktionierten*. Sie verliehen mir Macht, machten mich zu einem Bestandteil meiner Besitztümer und meiner Umgebung. Sie geben mir ein gutes Gefühl.

Ich fand in einem der Alben, die ich auf dem Dachboden aufbewahrte, eine Fotografie von Paul als Baby, und nach der Zeremonie schrieb ich den Namen der neuen Schleuder auf die Rückseite des Bildes, knüllte es um ein Stahlprojektil und befestigte es mit einem kleinen Stück Klebstreifen, dann verließ ich den Dachboden, ging hinunter und aus dem Haus, hinaus in den kühlen Nieselregen eines neuen Tages.

Ich ging zu dem zusammengebrochenen Teil der alten Schiffsrutsche an der Nordspitze der Insel. Ich spannte die Gummisehne fast bis zum äußersten und schickte das Geschoß mit dem Foto weit hinaus ins Meer. Ich sah nicht, wie es ins Wasser platschte.

Die Schleuder sollte eigentlich geschützt sein, solange niemand ihren Namen kannte. Gewiß, das hatte dem Schwarzen Zerstörer nichts genützt, doch er war umgekommen, weil ich einen Fehler gemacht hatte, und meine Macht ist so stark, daß, falls sie einmal fehlschlägt – was selten vorkommt, jedoch nicht ganz auszuschließen ist –, selbst solche Dinge verletzbar werden, die ich mit einem großen Schutzbann ausgestattet habe. Wieder empfand ich in dem Staat in meinem Kopf Ärger darüber, daß mir ein solcher Fehler unterlaufen war, und es bildete sich der feste Entschluß, so etwas nie wieder vorkommen zu lassen. Meine Situation war vergleichbar mit der eines Generals, der eine Schlacht oder irgendein bedeutendes Territorium verloren hat und vor ein Kriegsgericht gestellt oder auch gleich erschossen wird.

Nun, ich hatte zum Schutz der neuen Schleuder alles in meiner Macht Stehende getan. Obwohl es mir leid tat, daß der Vorfall im Kaninchenhain mich eine zuverlässige Waffe, deren Name mit vielen ehrenvollen Schlachten verbunden war, gekostet hatte (ganz zu schweigen von der beträchtlichen Summe, die ich aus diesem Grund dem Verteidigungsetat hatte entnehmen müssen), dachte ich, daß alles, was geschehen war, so hatte kommen müssen. Der Teil von mir, der den Fehler mit dem Rammler gemacht hatte, indem ich zugelassen hatte, daß er mir für kurze Zeit überlegen war, würde vielleicht noch weiterhin unverdrossen sein Unwesen treiben, wenn dieser extreme Härtetest ihn nicht entlarvt hätte. Der unfähige oder fehlgeleitete General war entlassen worden. Es konnte gut sein, daß Erics Rückkehr Höchstleistungen von meinen Reaktionen und Kräften erforderte.

Es war immer noch ziemlich früh, und obwohl der Nebel und der Nieselregen mich eigentlich hätten bedrücken müssen, war ich nach der Taufzeremonie in unverändert guter Laune und voller Zuversicht.

Ich hatte Lust auf einen Dauerlauf, deshalb ließ ich meine Jacke in der Nähe des Pfostens zurück, an dem ich mich an jenem Tag aufgehalten hatte, als Diggs gekommen war und die Neuigkeit überbracht hatte; ich klemmte die Schleuder sicher zwischen den Bund meiner Cordsamthose und den Gürtel. Nachdem ich überprüft hatte, daß meine Socken gerade und glatt saßen, zog ich die Schnürsenkel meiner knöchelhohen Turnschuhe stramm, dann trabte ich langsam zu der Linie aus festem Sand zwischen den mit Seegras bedeckten Streifen von Ebbe und Flut. Der Nieselregen setzte immer wieder ein und hörte wieder auf, und die Sonne war gelegentlich durch den Dunst und die Wolken wie eine rote, verhangene Scheibe sichtbar. Eine leichte Brise wehte aus Norden, und ich drehte mich in den Wind. Ich legte allmählich an Geschwindigkeit zu, verfiel in einen mühelosen, langgestreckten Laufschritt, der meine Lunge gut durcharbeitete und meine Beine lockerte. Meine Arme, mit zu Fäusten geballten Händen, bewegten sich in einem fließenden Rhythmus, während sich meine Schultern abwechselnd nach vorn schoben. Ich gelangte zu dem Netz von Nebenarmen des Flusses, das sich über den Sand ausbreitete, und paßte meine Schritte so an, daß ich die Kanäle leicht und sauber überspringen konnte, jeweils mit einem Satz. Als ich das hinter mich gebracht hatte, senkte ich den Kopf und steigerte die Geschwindigkeit. Mein Kopf und meine Fäuste rammten sich in die Luft, meine Füße bogen sich, schlugen aus, stießen sich vom Boden ab und schoben mich voran.

Die Luft peitschte mich; kleine Tropfengestöber piekten leicht, wenn sie mich trafen. Meine Lungenflügel explodierten, implodierten, explodierten, implodierten; Klumpen nassen Sandes flogen von meinen Schuhsohlen, immer höher, je schneller ich wurde, fielen in kleinen Bogen zu Boden und spritzten auf, während ich weiterrannte und mich schnell von ihnen entfernte. Ich hob das Gesicht und legte den Kopf in den Nacken, setzte meinen Hals dem Wind aus wie ein Liebender, bot mich dem Regen dar. Ich stieß den Atem keuchend aus der Kehle, und der Anflug von Übermut, den ich anfangs wegen der übermäßigen Sauerstoffzufuhr empfunden hatte, ließ nach, je mehr meine Muskeln den zusätzlichen Schub in meinem Blut in Kraft umsetzten. Ich legte einen Spurt ein, erhöhte die Geschwindigkeit, wobei ich den ausgefransten Strandstreifen mit abgestorbenem Tang und altem Holz und Dosen und Flaschen aufwühlte; ich kam mir vor wie eine Perle auf einer Schnur, an einer Leine durch die Luft gezogen, im Sog der Kehle, der Lunge, der Beine, die andauernde Wucht von fließender Energie. Ich dehnte den Spurt aus, so lang ich konnte, dann merkte ich, wie meine Leistung nachließ, ich mich entspannte und schließlich für eine Weile in einen gemäßigten Laufschritt zurückfiel.

Ich jagte über den Sand, die Dünen zu meiner Linken bewegten sich an mir vorbei wie die Tribüne eines Rennplatzes. Vor mir sah ich den Bombenkreis, wo ich anhalten oder wenden würde. Ich erhöhte meine Anstrengung erneut, mit gesenktem Kopf und mich selbst im stillen anfeuernd, im Geist schreiend, mit einer Stimme wie eine Presse, deren Schraube sich immer fester zudreht, um die letzte Leistung aus meinen Beinen herauszuquetschen. Ich *flog* über den Sand, den Körper wie wahnsinnig nach vorn gebeugt, mit berstenden Lungenflügeln, mit stampfenden Beinen.

Der Augenblick ging vorüber, und ich verlangsamte meine Geschwindigkeit allmählich, bis ich schließlich in Trab verfiel, als ich dem Bombenkreis näher kam. Ich wäre fast hineingestolpert, dann warf ich mich auf den Sand im Innern des Kreises und blieb mit allen vieren von mir gestreckt mitten zwischen den Steinen liegen, japsend, keuchend, um Luft ringend, und blickte zum Himmel und dem unsichtbaren Nieselregen empor. Meine Brust hob und senkte sich, mein

Herz pochte heftig in seinem Käfig. Ein dumpfes Dröhnen toste in meinen Ohren, und mein ganzer Körper prickelte und surrte. Meine Beinmuskeln schienen sich im Dunst einer zitternden Spannung zu befinden. Ich ließ den Kopf zu einer Seite fallen und legte die Wange auf den kühlen, feuchten Sand.

Ich fragte mich, wie es sich wohl anfühlen mochte zu sterben.

Der Bombenkreis, das Bein meines Vaters und sein Stock, vielleicht sein Zögern, mir ein Motorrad zu kaufen, die Kerzen in dem Totenkopf, die unzähligen toten Mäuse und Hamster – an alledem ist Agnes schuld, die zweite Frau meines Vaters und meine Mutter.

Ich kann mich nicht an meine Mutter erinnern, und wenn ich es könnte, würde ich sie hassen. Es ist sogar so, daß ich ihren Namen hasse, die bloße Vorstellung von ihr. Sie war es, die zuließ, daß die Stoves Eric mit nach Belfast nahmen, weg von der Insel, weg von allem, was ihm vertraut war. Man hielt meinen Vater für einen schlechten Erziehenden, denn er steckte Eric in Mädchenkleider und ließ ihn wild herumlaufen, und meine Mutter hatte nichts dagegen, daß sie ihn mitnahmen, weil sie Kinder im allgemeinen und Eric im besonderen nicht mochte; sie dachte, er würde irgendwie ihrem Karma schaden. Wahrscheinlich hatte sie diese Abneigung gegen Kinder auch veranlaßt, mich gleich nach der Geburt zu verlassen und nur zu jener einen verhängnisvollen Gelegenheit zurückzukehren, bei der sie zumindest teilweise für meinen kleinen Unfall verantwortlich war. Im großen und ganzen, denke ich, habe ich allen Grund, sie zu hassen. Ich lag da in dem Bombenkreis, wo ich ihren anderen Sohn getötet hatte, und hoffte, daß auch sie tot war.

Ich nahm meinen gemächlichen Lauf wieder auf, glühend vor Energie, und fühlte mich sogar noch besser als am Anfang, als ich mit dem Dauerlauf begonnen hatte. Ich freute mich bereits aufs Ausgehen heute abend – ein paar Drinks und eine Plauderei mit Jamie, meinem Freund, und ein paar schnulzige Ohrwürmer in den ›Cauldhame Arms‹ ... Ich legte einen ganz kurzen Spurt ein, nur um während des Laufens den Kopf zu schütteln und etwas Sand aus dem Haar zu schleudern, dann entspannte ich mich und ging wieder zum Trab über.

Die Steine des Bombenkreises machten mich für gewöhnlich nachdenklich, und auch dieses Mal bildete keine Ausnahme, besonders in Anbetracht der Art und Weise, wie ich mich in ihn hineingelegt hatte, wie ein Christus oder so was, dem Himmel geöffnet und vom Tod träumend. Nun, Pauls Dahinscheiden war so schnell wie nur irgend möglich vonstatten gegangen; ich war damals zweifellos sehr human. Blyth hatte ausreichend Zeit, sich darüber klarzuwerden, was mit ihm geschah, während er schreiend im Schlangenpark herumhüpfte, weil die aufgebrachte, tobende Schlange ihn immer wieder in seinen Beinstumpf biß, und die kleine Esmeralda hatte bestimmt auch noch geahnt, wie es mit ihr ausgehen würde, während sie langsam vom Wind davongetragen wurde.

Mein Bruder Paul war fünf Jahre alt, als ich ihn tötete. Ich war acht. Es war mehr als zwei Jahre nachdem ich Blyth mit Hilfe einer Schlange ins Jenseits befördert hatte, als sich mir die Gelegenheit bot, Paul loszuwerden. Nicht daß ich eine persönliche Abneigung gegen ihn hegte, ich spürte lediglich, daß er nicht bleiben konnte. Ich wußte, daß ich mich niemals von dem Hund befreien könnte, bevor er verschwunden war (Eric, der arme, wohlmeinende, kluge, doch unwissende Eric dachte, ich könnte mich niemals davon befreien, und ich konnte ihm einfach nicht erklären, warum ich wußte, daß es auf diese Art gelingen würde.)

Paul und ich hatten uns zu einem Strandspaziergang in Richtung Norden aufgemacht, an einem ruhigen, strahlenden Herbsttag, nachdem in der Nacht zuvor ein orkanartiger Sturm getobt hatte, der Schieferplatten vom Dach geweht, einen der Bäume beim alten Schafpferch entwurzelt und sogar eins der Haltetaue der Fußgänger-Hängebrücke gekappt hatte. Vater hatte Eric dazu verdonnert, ihm beim Aufräumen und den Reparaturen zu helfen, während ich Paul mitnahm, damit wir beide aus dem Weg waren.

Ich bin mit Paul immer gut ausgekommen. Vielleicht weil ich im frühesten Stadium seines Daseins wußte, daß er nicht lange auf dieser Welt weilen würde, bemühte ich mich, ihm die Zeit so angenehm wie möglich zu machen, und so kam es, daß ich ihn entschieden besser behandelte, als die meisten Jungen ihre jüngeren Brüder behandeln.

Wir bemerkten gleich, als wir an den Wasserlauf kamen, der die Insel begrenzte, daß der Sturm eine Menge verändert hatte. Der Strom war enorm angeschwollen und grub breite Kanäle in den Sand, riesige schäumende braune Wassermassen fluteten vorbei und rissen immer wieder Brocken aus dem Ufer und trugen sie mit sich fort. Wir mußten fast bis an den Ebbestreifen ans Meer herangehen, bevor wir hindurchwaten konnten. Wir marschierten weiter; ich führte Paul an der Hand, und kein Arg erfüllte mein Herz. Paul sang vor sich hin und stellte Fragen, wie es typisch für Kinder ist, zum Beispiel, warum bei dem Sturm nicht alle Vögel weggeblasen worden waren und warum sich das Meer nicht bis obenhin mit Wasser füllte, da doch der Strom so schnell floß?

Während wir schweigend über den Sand voranschritten und nur hie und da stehenblieben, um irgend etwas Interessantes zu betrachten, das angespült worden war, verschwand der Strand allmählich. Wo sich der Sand in einer ununterbrochenen Linie aus

Gold bis zum Horizont erstreckt hatte, sahen wir jetzt immer mehr Steine, je weiter wir an der Küste entlangblickten, bis in der Ferne die Dünen sich nur noch einem Felsenstreifen gegenübersahen. Der Sturm hatte während der Nacht allen Sand weggeweht, angefangen gleich hinter dem Fluß bis zu Orten, die viel, viel weiter waren als alle, deren Namen ich kannte, geschweige denn, die ich je gesehen hatte. Es war ein eindrucksvoller Anblick, der mir zunächst etwas Angst einjagte, einfach weil es eine so einschneidende Veränderung war und ich fürchtete, das gleiche könnte irgendwann mit der ganzen Insel geschehen. Ich erinnerte mich jedoch, daß mein Vater mir erzählt hatte, solche Dinge hätten sich in der Vergangenheit bereits öfter ereignet, und jedesmal war der Sand im Laufe der nächsten Wochen oder Monate zurückgekehrt.

Paul machte es ungeheuren Spaß, von Stein zu Stein zu springen und Kiesel in die Wasserbecken zwischen den Felsen zu werfen. Meeresteiche waren eine aufregende Neuheit für ihn. Wir gingen weiter an dem verwüsteten Strand entlang und fanden immer wieder interessante Stücke im Treibgut, bis wir schließlich zu einem verrosteten Schrottbrocken kamen, den ich aus der Ferne für einen Wassertank oder ein halb eingegrabenes Kanu hielt. Er ragte etwa anderthalb Meter aus einem Sandhaufen heraus, steil aufgerichtet. Paul versuchte, in einem der Wasserbecken Fische zu fangen, während ich das Ding betrachtete.

Ich berührte staunend die Seite des spitz zulaufenden Zylinders und fühlte dabei etwas sehr Ruhiges und Starkes, wenn ich auch nicht genau wußte, warum. Dann trat ich ein paar Schritte zurück und betrachtete es erneut. Langsam ahnte ich seine Form und erriet ungefähr, wieviel davon noch unter dem Sand begraben sein mußte. Es war eine Bombe, die senkrecht auf dem Hinterteil stand.

Ich ging vorsichtig wieder zu ihr hin, streichelte sie sanft und erzeugte mit den Lippen beruhigende Töne. Sie war rot von Rost und schwarz vom Verfall ihrer gerundeten Form; muffig riechend und einen langgezogenen Schatten werfend. Ich folgte der Linie des Schattens über den Sand, über die Steine, und fand mich Paul gegenüber, der vergnügt in einem Becken herumplanschte und mit einem flachen Holz, das fast so groß war wie er selbst, ins Wasser schlug. Ich lächelte und rief ihn zu mir herüber.

»Siehst du das da?« sagte ich. Es war eine rhetorische Frage. Paul nickte, er betrachtete das Ungetüm mit großen Augen. »Das«, erklärte ich ihm, »ist eine Glocke. Wie die von der Kirche in der Stadt. Das Gebimmel, das wir sonntags hören, weißt du?«

»Ja. Nach dem Frühtick, Frank?«

»Was?«

»Das Bimmel nach dem Somtagfrühtick, Frank.« Paul klopfte mir mit seiner Patschhand leicht aufs Knie.

Ich nickte. »Ja, stimmt. Glocken haben so einen Klang. Es sind große, hohe Metallgebilde, angefüllt mit Klang, und diesen Klang lassen sie am Sonntag morgen nach dem Frühstück heraus. So etwas ist das.«

»Ein Frühtick?« Paul blickte zu mir auf, die kleine Stirn angestrengt gefurcht. Ich schüttelte geduldig den Kopf.

»Nein, eine Glocke, die bim-bam macht.«

»Bim-bam macht das B«, sagte Paul leise, nickte vor sich hin und besah sich den rostigen Gegenstand. Wahrscheinlich erinnerte er sich an ein altes Kinderlesebuch. Er war ein helles Kerlchen; mein Vater hatte die Absicht, ihn zur gegebenen Zeit auf eine gute Schule zu schicken, und er hatte bereits angefangen, ihm das Alphabet beizubringen.

»Stimmt. Na ja, diese alte Glocke ist wahrscheinlich

von einem Schiff gefallen, oder vielleicht hat sie die Flut hier angetrieben. Ich weiß, was wir machen werden. Ich gehe da hinten in die Dünen, und du schlägst mit deiner Holzlatte auf die Glocke, dann werden wir herausfinden, ob ich sie hören kann. Sollen wir das machen? Würde dir das gefallen? Sie wird sehr laut klingen, und vielleicht bekommst du Angst.«

Ich ging in die Hocke, damit mein Gesicht auf gleicher Höhe mit dem seinen war. Er schüttelte heftig den Kopf und stieß mit seiner Nase gegen meine. »Nein! Ich hab nich Angs!« schrie er. »Ich werd …«

Er war im Begriff, an mir vorbeizusausen und mit der Latte gegen die Bombe zu schlagen – er hatte sie bereits über den Kopf erhoben und holte aus –, als ich den Arm ausstreckte und ihn in der Taille umfaßte.

»*Jetzt* noch nicht!« sagte ich. »Warte, bis ich ein bißchen weiter weg bin. Es ist eine alte Glocke, die vielleicht nur noch ein einziges Bim-bam in sich hat. Das willst du doch nicht vergeuden, oder?«

Paul wand sich in meinem Griff, und sein Gesichtsausdruck schien anzudeuten, daß es ihm eigentlich gar nichts ausmachte, irgend etwas zu vergeuden, so lang er mit seiner Latte gegen die Glocke schlagen durfte. »Allo gut«, sagte er und hörte auf zu zappeln. Ich ließ ihn los. »Aber daf ich ganz, *ganz* fest draufhaun?«

»So fest du kannst, wenn ich dir einen Wink von der Düne herunter gebe. Okay?«

»Daf ich üben?«

»Übe, indem du in den Sand schlägst.«

»Daf ich in die Pützen haun?«

»Ja, übe, indem du in die Pfützen schlägst. Das ist eine sehr gute Idee.«

»Daf ich in *diese* Pütze haun?« Er deutete mit der Latte auf den runden Trichter im Sand um die Bombe. Ich schüttelte den Kopf.

»Nein, das macht die Glocke vielleicht ärgerlich.«

Er runzelte die Stirn. »Werden Glocken eggelich?«

»Ja, das werden sie. Ich gehe jetzt. Du haust ganz fest auf die Glocke, und ich lausche ganz fest. Einverstanden?«

»Ja, Frank.«

»Und du haust nicht auf die Glocke, bevor ich dir ein Zeichen gebe, versprichst du das?«

Er schüttelte den Kopf. »Ich versbech.«

»Gut. Es wird nicht lange dauern.« Ich drehte mich um und entfernte mich in gemächlichem Laufschritt in die Dünen. Im Rücken hatte ich ein komisches Gefühl. Während des Laufens sah ich mich um und vergewisserte mich, daß niemand in der Nähe war. Es tummelten sich jedoch nur ein paar Möwen in der Nähe, die ihre Kreise an einem von zerfetzten Wolken verhangenen Himmel zogen. Als ich über die Schulter zurückblickte, sah ich Paul. Er stand immer noch neben der Bombe und prügelte mit seiner Latte auf den Sand ein, indem er sie mit beiden Händen hochhob und mit aller Kraft niedersausen ließ, während er gleichzeitig in die Luft sprang und einen Schrei ausstieß. Ich rannte schneller, über die Steine auf den festen Sand, über die Brandungslinie hinweg und weiter den goldenen Sand hinauf, langsamer und in Trockenheit, und dann hinauf ins Gras der ersten Düne. Ich taumelte auf den Gipfel und blickte hinunter auf den Strand und zu den Steinen, wo Paul stand, eine winzige Gestalt gegen die spiegelnde Helligkeit der Wasserbecken und des nassen Sandes, im Schatten des leicht geneigten Kegels an seiner Seite. Ich stand aufrecht, wartete, bis er mich bemerkte, dann schwenkte ich beide Hände hoch über dem Kopf und warf mich flach zu Boden.

Während ich dort lag und wartete, fiel mir ein, daß ich Paul nicht gesagt hatte, *wo* er auf die Bombe schlagen sollte. Nichts geschah. Ich lag da und spürte, wie mein Magen langsam in den Sand auf dem Gipfel der Düne sackte. Ich seufzte leise und blickte auf.

Paul war eine weit entfernte Marionette, die hüpfte und sprang und die Arme zurückwarf und immer wieder auf die Seite der Bombe einprügelte. Ich hörte gerade noch sein vergnügtes Jauchzen über das Wispern des Grases im Wind. »Scheiße«, sagte ich zu mir selbst, und stützte mein Kinn mit einer Hand ab, genau in dem Moment, als Paul nach einem kurzen Blick in meine Richtung anfing die Nase der Bombe anzugreifen. Er hatte sie einmal getroffen, und ich hatte vorsorglich die Hand unter dem Kinn weggenommen, um mich zu ducken, als Paul, die Bombe und der kleine Trichter, der sie wie ein Halo umgab, sowie alles andere in einem Umkreis von etwa zehn Metern plötzlich im Innern einer aufsteigenden Säule aus Sand und Rauch und herumfliegenden Steinen verschwand, einmal kurz von innen erleuchtet, in jenem blendenden ersten Augenblick der Detonation einer hochexplosiven Masse.

Der aufsteigende Turm aus Schutt formte sich zur Blüte und verzerrte sich in der Schwebe; langsam senkte er sich, während die Druckwelle die Düne unter mir pulsieren ließ. Undeutlich kam mir zu Bewußtsein, daß an den trockenen Flächen der Dünen um mich herum eine Menge kleiner Sandlawinen abgingen. Der Lärm dröhnte jetzt herüber, ohrenbetäubendes Krachen und Donnern wie ein gigantisches Bauchrumpeln. Ich beobachtete einen sich allmählich erweiternden Kreis von Einschlaglöchern, der von der Mitte der Explosion ausging, während die Schutteile nach und nach zu Boden fielen. Die Säule aus Gas und Sand wurde vom Wind auseinandergetrieben, sie verdunkelte den Sand unter ihrem Schatten und bildete einen Dunstvorhang an ihrer Unterseite, wie man ihn manchmal unter einer regenschweren Wolke sieht, die im Begriff ist, sich zu entladen. Jetzt sah ich den Krater.

Ich rannte hinunter. Ich stand etwa fünfzig Meter

entfernt von dem noch rauchenden Loch. Ich warf keinen allzu eingehenden Blick auf den Schutt und die Bruchstücke, die ringsum lagen, sondern linste nur aus dem Augenwinkel in ihre Richtung, da ich kein blutiges Fleisch oder Kleiderfetzen sehen wollte. Der Krach dröhnte undeutlich von den Hügeln jenseits der Stadt wider. Die Ränder des Kraters waren mit riesigen Gesteinssplittern aus dem felsigen Untergrund unter dem Sand gesäumt; sie standen wie abgebrochene Zähne rings um den Schauplatz, entweder zum Himmel weisend oder vornüber geneigt, kurz vor dem Umfallen. Ich sah der Explosionswolke nach, die über die Förde hinwegschwebte und sich auflöste, dann drehte ich mich um und rannte so schnell ich konnte nach Hause.

Heute kann ich sagen, daß es sich um eine deutsche Bombe von fünfhundert Kilogramm handelte und daß sie von einer lädierten He 111 abgeworfen worden war, die versucht hatte, nach einem erfolglosen Angriff auf den Flugboot-Stützpunkt etwas weiter unten an der Förde zu ihrem eigenen Stützpunkt in Norwegen zurückzukehren. Ich stelle mir gern vor, daß es die Kanone in meinem Bunker gewesen war, von der sie getroffen worden war und die den Piloten in die Flucht geschlagen und veranlaßt hatte, seine Bomben abzuwerfen.

Die Spitzen einiger dieser großen Brocken eruptiven Gesteins ragen noch immer aus der Oberfläche des längst zurückgekehrten Sandes heraus, und sie bilden den Bombenkreis, das überaus passende Denkmal für den armen toten Paul; ein lästerlicher Steinkreis, in dem die Schatten spielen.

Wieder einmal hatte ich Glück gehabt. Niemand hat etwas gesehen, niemand konnte glauben, daß ich es *getan* hatte. Diesmal war ich vor Kummer außer mir, von Schuldgefühlen zerrissen, und Eric mußte sich um mich kümmern, während ich meine Rolle bis zur

Perfektion spielte, das muß ich selbst sagen. Ich betrog Eric nicht gern, aber ich wußte, daß es nötig war; ich konnte ihm nicht sagen, daß ich es getan hatte, denn er hätte nicht verstanden, *warum* ich es getan hatte. Er wäre entsetzt gewesen und hätte mir wahrscheinlich ein für allemal die Freundschaft gekündigt. Also mußte ich das trauernde, sich mit Selbstvorwürfen quälende Kind mimen, und Eric mußte mich trösten, während mein Vater ins Grübeln verfiel.

Eigentlich gefiel mir die Art, wie mich Diggs befragte, überhaupt nicht, und eine Weile lang dachte ich, er hätte eine Ahnung, doch meine Antworten schienen ihn zufriedenzustellen. Es machte die Sache nicht leichter, daß ich meinen Vater ›Onkel‹ und Eric und Paul ›Vettern‹ nennen mußte; das war meines Vaters Idee und der Versuch, den Polizisten hinsichtlich meiner Abstammung hinters Licht zu führen, damit Diggs nicht Erkundigungen einholen und entdecken würde, daß ich offiziell nicht existierte. Laut meiner Geschichte war ich der verwaiste Sohn des seit langem verschollenen jüngeren Bruders meines Vaters und weilte nur gelegentlich in verlängerten Ferien auf der Insel, während ich von einem Verwandten zum anderen geschoben wurde, bis über meine Zukunft beschlossen würde.

Jedenfalls brachte ich dieses heikle Zwischenspiel hinter mich, und in diesem einen Fall spielte sogar das Meer mit, indem es gleich nach der Explosion stieg und die Flut alle möglicherweise verräterischen Spuren verwischte, die ich möglicherweise hinterlassen hatte; danach verging noch eine Stunde, bevor Diggs aus der Stadt erschien und den Schauplatz der Katastrophe in Augenschein nahm.

Als ich zurückkam, war Mrs. Clamp im Haus; sie war gerade beim Auspacken des riesigen Weidenkorbs vorn an ihrem uralten Fahrrad, das an den Küchentisch gelehnt stand. Sie war emsig damit beschäftigt, unsere Schränke, den Kühlschrank und die Tiefkühltruhe mit Nahrungsmitteln und Vorräten vollzustopfen, die sie aus der Stadt mitgebracht hatte.

»Guten Morgen, Mrs. Clamp«, sagte ich freundlich, als ich die Küche betrat. Sie drehte sich um und sah mich an. Mrs. Clamp ist sehr alt und außergewöhnlich klein. Sie ließ den Blick an mir auf und ab schweifen und sagte: »Oh, *du* bist es, ja?«, dann wandte sie sich gleich wieder ihrem Korb am Fahrrad zu, indem sie mit beiden Händen in seine Tiefe tauchte und lange, in Zeitungspapier eingewickelte Packen zum Vorschein brachte. Sie tippelte zur Tiefkühltruhe, stieg auf einen kleinen Hocker, der daneben stand, wickelte die Pakete auf und enthüllte verschiedene Tiefkühlpakkungen meiner Frikadellen und verstaute sie in der Truhe, wobei sie sich so weit hineinbeugte, daß sie fast darin verschwand. Ich hatte plötzlich die Eingebung, wie leicht es wäre, sie zu... Ich schüttelte den Kopf, um ihn von derart törichten Gedanken zu befreien. Ich setzte mich an den Küchentisch, um Mrs. Clamp beim Arbeiten zuzuschauen.

»Wie geht es Ihnen denn so zur Zeit, Mrs. Clamp?« fragte ich.

»Na ja, *mir* geht es ganz gut«, sagte Mrs. Clamp, schüttelte den Kopf, stieg vom Hocker, holte weitere tiefgekühlte Frikadellen und ging wieder zur Tiefkühltruhe zurück. Ich fragte mich, ob sie so etwas wie Erfrierungen bekommen könnte; ich war sicher, kleine Eiskristalle in ihrem flaumigen Schnurrbart glitzern zu sehen.

»Meine Güte, heute haben Sie uns aber eine große Lieferung gebracht. Es überrascht mich, daß Sie damit nicht unterwegs mit dem Rad umgefallen sind.«

»Das wirst du nicht erleben, daß *ich* umfalle, nein, nein.« Mrs. Clamps schüttelte erneut den Kopf, ging zum Spülbecken, stellte sich auf die Zehenspitzen und langte nach oben und an die Wand, drehte den Heißwasserhahn an, ließ Wasser über ihre Hände laufen, trocknete sie an ihrem blaugemusterten, pflegeleichten Hauskittel ab und holte Käse vom Fahrrad.

»Kann ich Ihnen eine Tasse von irgendwas machen, Mrs. Clamp?«

»Nicht für *mich*«, sagte Mrs. Clamp und schüttelte den Kopf, der tief im Kühlschrank steckte, knapp unter der Höhe des Eisfaches.

»Na gut, dann nicht.« Ich sah ihr zu, wie sie sich noch einmal die Hände wusch. Während sie sich daran machte, den Feldsalat vom Spinat zu trennen, ging ich weg und auf mein Zimmer.

Wir verzehrten unser übliches Samstagsmittagessen: Fisch mit Kartoffeln aus dem Garten. Mrs. Clamp saß meinem Vater gegenüber am anderen Ende des Tisches, an meinem üblichen Platz, wie es der Brauch war. Ich saß in der Mitte zwischen den beiden Enden am Tisch, mit dem Rücken zum Spülbecken, und legte mit den Fischgräten bedeutungsvolle Muster auf meinem Teller aus, während Vater und Mrs. Clamp sehr formelle, fast rituelle Höflichkeiten austauschten. Ich bildete ein winziges menschliches Skelett aus den Gräten des toten Fisches und verteilte ein wenig Ketchup darauf, um es realistischer aussehen zu lassen.

»Noch etwas Tee, Mr. Cauldhame?« fragte Mrs. Clamp.

»Nein danke, Mrs. Clamp«, antwortete mein Vater.

»Francis?« fragte Mrs. Clamp mich.

»Nein, danke«, sagte ich. Eine Erbse würde den Schädel des Skeletts schön grün machen. Ich plazierte eine an der entsprechenden Stelle. Vater und Mrs. Clamp schwafelten weiter über dies und das.

»Ich habe gehört, daß der Herr Wachtmeister neulich hier war, wenn Sie es mir nicht übelnehmen wollen, daß *ich* das erwähne«, sagte Mrs. Clamp und hüstelte höflich.

»So ist es«, bestätigte mein Vater und schaufelte sich so viel Essen in den Mund, daß er mindestens während der nächsten Minute nicht mehr in der Lage sein würde zu reden. Mrs. Clamp nickte auf ihren gut gesalzenen Fisch hinunter und schlürfte ihren Tee. Ich summte vor mich hin, und mein Vater warf mir über seine wie Schwergewichtsringer arbeitenden Kiefer einen Blick zu.

Damit war dieses Thema erledigt.

Am Samstag abend ging ich in die ›Cauldhame Arms‹, und dort hockte ich wie üblich im hinteren Teil des vollgestopften, verqualmten Raums hinter dem Hotel, in der Hand einen Plastikbecher mit Lager, die Beine leicht am Boden vor mir abgestützt, den Rücken an den tapezierten Pfeiler gelehnt, während Jamie der Zwerg auf meinen Schultern saß, sein Glas mit Starkbier hin und wieder auf meinem Kopf absetzte und mich in ein Gespräch verwickelte.

»Was machst du so in der letzten Zeit, Frankie?«

»Nicht viel. Ich habe neulich ein paar Kaninchen getötet, und ich bekomme seltsame Anrufe von Eric, aber das ist auch schon so ungefähr alles. Und du?«

»Nicht viel. Wie kommt's, daß Eric dich anruft?«

»Hast du es nicht gehört?« sagte ich und blickte zu ihm hinauf. Er beugte sich vor und sah zu mir herunter. Umgekehrte Gesichter sehen komisch aus. »Oh, er ist entwischt.«

»*Entwischt?*«

»*Pscht!* Wenn die Leute es nicht wissen, brauchen sie auch nichts davon zu erfahren. Ja, er ist abgehauen. Er hat ein paarmal zu Hause angerufen und gesagt, daß er auf dem Weg hierher ist. Diggs ist vorbeigekommen und hat uns berichtet, daß er ausgebrochen ist.«

»Herrje! Suchen sie ihn?«

»Das behauptet Angus jedenfalls. Ist in den Nachrichten nichts davon erwähnt worden? Ich dachte, du hättest bestimmt etwas darüber gehört.«

»Nö. Jesses! Glaubst du vielleicht, die Leute in der Stadt erfahren was davon, wenn er nicht geschnappt wird?«

»Ich weiß nicht.« Normalerweise hätte ich an dieser Stelle die Achseln gezuckt.

»Und wenn er immer noch die Marotte hat, Hunde anzuzünden? Scheiße. Und die Sache mit den Würmern, die er den Kindern in den Mund schob, damit sie sie essen sollten. Die Leute hier werden durchdrehen.« Ich spürte, daß er den Kopf schüttelte.

»Ich denke, sie werden Stillschweigen darüber bewahren. Wahrscheinlich rechnen sie damit, daß sie ihn schnappen.«

»Glaubst du, daß sie ihn schnappen?«

»Hm. Ich weiß nicht. Vielleicht ist er verrückt, aber er ist schlau. Wenn er es nicht wäre, hätte er es schon gar nicht geschafft auszubrechen, und bei seinen Anrufen hört er sich ganz pfiffig an. Pfiffig, aber plemplem.«

»Du scheinst dir keine allzu großen Sorgen zu machen.«

»Ich hoffe, er schafft es. Ich würde ihn gern wiedersehen. Und es würde mir gefallen, wenn er den Weg hierher zurück schaffte, weil... na ja, einfach deshalb.« Ich nahm einen Schluck.

»Scheiße! Ich hoffe, er verursacht keinen Zoff.«

»Das kann schon passieren. Das ist das einzige, worüber ich mir Sorgen mache. Er hört sich immer noch so an, als ob er keine besondere Vorliebe für Hunde hätte. Allerdings glaube ich, daß die Kinder nichts von ihm zu befürchten haben.«

»Wie bewegt er sich denn voran? Hat er dir gesagt, wie er beabsichtigt, hierherzukommen? Hat er Geld?«

»Er muß welches haben, sonst könnte er nicht telefonieren. Das meiste Zeug klaut er sich.«

»Gut. Na ja, jedenfalls gehen die mildernden Umstände nicht flöten, wenn man aus einer Klapsmühle ausbricht.«

»Jo«, sagte ich. In diesem Moment kam die Band herein, eine aus vier Punkern bestehende Gruppe mit dem Namen ›Kotzbrocken‹. Der Hauptsänger hatte einen Irokesen-Haarschnitt und jede Menge Ketten und Reißverschlüsse. Er griff nach dem Mikrofon, während die anderen drei anfingen, ihre Instrumente zu bearbeiten und zu brüllen:

»Frau und Job sin' weg, ich fühl' mich wie 'n Klotz,
ich hol mir einen runter, und's kommt nich' mal ...«

Ich kuschelte meinen Kopf ein wenig dichter an den Pfeiler und nippte an meinem Glas, während Jamies Füße mir auf die Brust trommelten und die heulende, pochende Musik durch den schweißgefüllten Raum dröhnte. Das hörte sich ganz so an, als könnte der Abend noch lustig werden.

Während der Pause, in der einer der Barkeeper mit einem Schrubber und einem Eimer vor die Bühne kam, wo alle hingespuckt hatten, ging ich zur Bar, um noch ein paar Drinks zu holen.

»Das übliche?« fragte Duncan, der hinter der Bar stand. Jamie nickte. »Und wie geht es dir, Frank?« fuhr Duncan fort, während er ein Lager und ein Starkbier zapfte.

»Okay. Und selbst?« antwortete ich.

»Man lebt, man lebt. Sammelst du immer noch Flaschen?«

»Nein danke, ich habe jetzt genug für mein selbstgebrautes Zeug.«

»Wir werden dich aber trotzdem noch hier bei uns sehen, oder?«

»Na klar«, sagte ich. Duncan streckte die Hand aus, um Jamie sein Glas zu reichen, und ich nahm meins entgegen, während ich gleichzeitig das Geld auf den Tresen legte.

»Prost, Jungs«, sagte Duncan, als wir zu unserem Pfeiler zurückgingen.

Ein paar Gläser später, während der ersten Zugabe der ›Kotzbrocken‹, hatten sich Jamie und ich zum Tanzen hinreißen lassen; wir hüpften auf und ab, Jamie schrie und klatschte sich in die Hände und zappelte auf meiner Schulter herum. Es macht mir nichts aus, mit Mädchen zu tanzen, wenn ich Jamie damit einen Gefallen tun kann, obwohl er einmal bei einem sehr großen Mädchen darauf bestanden hatte, daß wir beide nach draußen gingen, damit er sie küssen konnte. Bei dem Gedanken, wie sich ihre Titten gegen mein Gesicht drücken würden, kam es mir beinah hoch, und ich mußte ihn enttäuschen. Jedenfalls riechen die wenigsten der Punkmädchen nach Parfüm, und sie tragen selten Röcke und wenn, dann im allgemeinen welche aus Leder. Jamie und ich wurden ziemlich herumgeschubst, und ein paarmal wären wir fast hingefallen, doch wir erlebten das Ende des Abends ohne Schrammen oder Prellungen. Unglücklicherweise hatte Jamie schließlich ein Gespräch mit irgendeiner Frau angefangen, während ich zu sehr damit beschäftigt war zu versuchen, einigermaßen Luft zu bekommen und die gegenüberliegende Wand in der Senkrechten zu halten, als daß ich mich darum hätte kümmern können.

»Klar, bald hol' ich mir 'n Motorrad. 'ne Zweihundertfünfziger, versteht sich«, sagte Jamie gerade. Ich hörte mit halbem Ohr zu. Er würde niemals ein Motorrad haben, weil er mit den Füßen gar nicht an die Pedale kommen konnte, aber ich hätte auch dann nichts gesagt, wenn ich dazu in der Lage gewesen wäre, denn niemand erwartet, daß man Frauen die Wahrheit sagt, und überhaupt, dafür hat man ja Freunde, wie man so schön sagt. Als ich das Mädchen richtig sehen konnte, entpuppte es sich als derbe Zwanzigjährige mit soviel Schichten Farbe im Gesicht, wie ein Rolls-Royce auf der Tür hat. Sie rauchte eine abscheuliche französische Zigarettenmarke.

»Meine Freundin – Sue – hat 'ne Maschine. 'ne Suzuki 185 GT, die hat ihr Bruder vorher gefahr'n, aber jetzt spart se auf 'ne Gold Wing.«

Man stellte bereits die Stühle auf die Tische und fegte den Dreck zusammen und las die zerknüllten Crisp-Tüten auf, und ich fühlte mich immer noch nicht allzu wohl. Das Mädchen hörte sich immer schlimmer an, je mehr ich ihr zuhörte. Ihr Akzent klang fürchterlich; sie mußte irgendwo von der Westküste stammen, Glasgow, wenn mich nicht alles täuschte.

»Nö, so eine will ich nich'. Zu schwer. 'ne Fünfhunderter reicht mir vollkommen. Eigentlich hätt' ich am liebsten 'ne Moto Guzzi, aber ich bin nich' so recht überzeugt von der Antriebswelle ...«

Herrje, ich war im Begriff, die Jacke des Mädchens vollzukotzen, ihre Reißverschlüsse zu verkleben und die Taschen zu füllen und wahrscheinlich Jamie mit dem ersten Schwall quer durch den Raum in die Bierkästen unter den Lautsprechertürmen zu schleudern, und diese beiden quasselten etwas über ihre absurden Motorrad-Träumereien.

»Willste 'ne Zigarette?« sagte das Mädchen und schob eine Packung an meiner Nase vorbei zu Jamie hoch. Ich sah immer noch die Lichtschweife von der blauen Packung an mir vorbeiziehen, als sie die Packung längst wieder gesenkt hatte. Jamie mußte wohl eine Zigarette genommen haben, obwohl ich wußte, daß er nicht rauchte, denn ich sah, wie das Feuerzeug aufleuchtete, das vor meinen Augen entzündet wurde und ein Feuerwerk von Funken versprühte. Ich konnte geradezu fühlen, wie mein Okzipitallappen dahinschmolz. Ich erwog, irgendeine geistreiche Bemerkung über Jamies Wachstumshemmung loszulassen, doch sämtliche Verbindungen zu und von meinem Gehirn schienen durch dringende Botschaften von meinen Eingeweiden blockiert zu sein. Ich spürte, daß sich dort unten ein grauenvolles Schäumen abspielte, und ich wußte, daß das nur auf eine Weise enden konnte, doch ich konnte mich nicht bewegen. Ich war zwischen dem Boden und dem Pfeiler eingeklemmt wie eine Stützstrebe, und Jamie plapperte immer noch etwas daher von dem unvergleichlichen Klang einer Triumph, und das Mädchen gab an mit ihren Geschwindigkeitsnachtfahrten in Loch Lomond.

»Biste in Ferien hier?«

»Jo, mit meinen Freundinnen. Ich hab 'nen Freund, aber der malocht auf 'ner Bohrinsel.«

»Aso.«

Ich atmete noch immer schwer und versuchte, meinen Kopf durch Sauerstoff zu klären. Ich verstand Jamie nicht; er war etwa halb so groß wie ich, wog halb soviel oder weniger, und egal, wieviel wir auch tranken, wir gerieten uns niemals in die Haare. Er knallte niemals sein Glas auf den Kneipenboden, sonst wäre ich naß geworden. Ich merkte, daß das Mädchen endlich von meiner Anwesenheit Notiz genommen hatte. Sie klopfte mir auf die Schulter, und ich begriff langsam, daß das nicht zum erstenmal geschah.

»He«, sagte sie.

»Was?« Ich riß mich zusammen.

»Alles in Ordnung mit dir?«

»Jo.« Ich nickte langsam und hoffte, daß ich sie damit zufriedenstellen würde. Dann wandte ich den Blick zur Seite und nach oben, als ob ich unbedingt etwas höchst Interessantes und Wichtiges an der

Decke betrachten müßte. Jamie stupste mich mit dem Fuß an. »Was?« sagte ich darauf noch mal und versuchte, ihn nicht anzusehen.

»Willst du die ganze Nacht hierbleiben?«

»Was?« sagte ich. »Nein. Ach so, bist du fertig? Also los!« Ich streckte die Hände nach hinten aus, um nach dem Pfeiler zu tasten, fand ihn und schob mich daran hoch, wobei ich hoffte, daß meine Füße auf dem biernassen Boden nicht wegrutschen würden.

»Vielleicht wäre es besser, wenn du mich runterlassen würdest, Frank, mein Junge«, sagte Jamie, und versetzte mir einen kräftigeren Fußtritt. Ich verdrehte die Augen schräg nach oben, als ob ich zu ihm hochsehen wollte, und nickte. Ich ließ meinen Rücken am Pfeiler nach unten gleiten, bis ich direkt am Boden hockte. Das Mädchen half Jamie beim Abspringen. Seine roten Haare und ihre blonden wirkten aus diesem Blickwinkel in dem mittlerweile hell erleuchteten Raum plötzlich grellfarben. Duncan kam mit einem Besen und einem großen Eimer näher zu uns heran, wobei er Aschenbecher leerte und da und dort etwas zusammenfegte. Ich bemühte mich aufzustehen, dann spürte ich, wie mich Jamie und das Mädchen jeweils unter einem Arm packten und hochzogen. Ich begann, alles um mich herum dreifach zu sehen und fragte mich, wie so etwas mit nur zwei Augen möglich war. Ich war nicht sicher, ob sie mit mir sprachen oder nicht.

Ich sagte ›Jo‹, für den Fall, daß sie es taten, dann merkte ich, wie ich durch den Notausgang an die frische Luft geführt wurde. Ich hatte den Drang, auf die Toilette zu gehen, und bei jedem Schritt gingen von meinen Eingeweiden schlimmere Krämpfe aus. Ich hatte die schreckliche Vision, daß mein Körper aus zwei fast völlig gleich großen Abteilungen bestünde, eine angefüllt mit Pisse, die andere mit unverdautem Bier, Whisky, Crisps, gerösteten Erdnüssen, Spucke,

Rotz, Galle und dem einen oder anderen Brocken Fish and Chips. Irgendein kranker Teil meines Gehirns bildete sich plötzlich Spiegeleier ein, die in reichlich Fett schwammen, umgeben von Speck, hochgekringelt und mit kleinen Vertiefungen, in denen sich Fettpfützen gebildet hatten; der Rand des Tellers war fleckig von Klumpen geronnenen Fetts. Ich kämpfte das aus meinem Magen aufsteigende Ekelgefühl nieder und versuchte, an etwas *Schönes* zu denken. Als mir das nicht gelang, beschloß ich, mich auf das zu konzentrieren, was sich um mich herum abspielte. Wir hatten die Kneipe verlassen und gingen auf dem Gehsteig an der Bank vorbei, Jamie zu meiner einen Seite, das Mädchen auf der anderen. Die Nacht war wolkenverhangen und kühl, und die Straßenbeleuchtung bestand aus Natriumdampflampen. Wir ließen den Alkohol- und Tabakgestank hinter uns, und ich versuchte, meinen Kopf von der frischen Luft durchpusten zu lassen. Mir wurde bewußt, daß ich leicht schwankte und hin und wieder Jamie oder das Mädchen anrempelte, aber ich konnte es nicht verhindern; ich kam mir ungefähr vor wie einer jener Urzeitdinosaurier, die so riesig waren, daß sie buchstäblich ein Extragehirn brauchten, um ihre Hinterbeine zu beherrschen. Ich schien ein Extragehirn für jedes einzelne meiner Gliedmaßen zu haben, doch sie hatten offenbar die diplomatischen Beziehungen untereinander abgebrochen. Ich taumelte und stolperte voran, so gut es ging, auf mein Glück und die beiden Menschen zu meinen Seiten vertrauend. Offen gestanden, hatte ich weder zu dem einen noch zu dem anderen besonders großes Vertrauen, da Jamie zu klein war, um mich aufzufangen, wenn ich ernstlich stürzen sollte, und da das Mädchen eben nur ein Mädchen war. Wahrscheinlich war sie ohnehin zu schwach, doch selbst wenn sie es nicht war, erwartete ich von ihr, daß sie mich mit dem Schädel auf das Pflaster knallen lassen würde, weil Frauen den Anblick von hilflosen Männern genießen.

»Seid ihr zwei beide immer wie de Ratten?« fragte das Mädchen.

»Wie was?« sagte Jamie, nach meinem Empfinden ohne die angemessene Empörung in der Stimme, aus der sich später vielleicht ein Vorteil schlagen ließe.

»Daß de ihm auf'n Schultern sitzt?«

»Ne, ne, das war nur so, damit ich die Band besser sehen kann.«

»Gott sei Dank. Ich dachte schon, ihr macht's wie die Ratten.«

»Ach so. Nö, aber wenn wir aufs Klo müssen, gehen wir in 'n richtiges Kabuff. Frank benutzt die Schüssel, während ich in den Spülkasten mache.«

»Machst wohl Witze?«

»Klar«, sagte Jamie mit einer Stimme, die durch ein Grinsen verfremdet war. Ich ging weiter, so gut ich konnte, und hörte mir all diesen Mist an. Ich war ziemlich sauer, daß Jamie überhaupt etwas davon zur Sprache brachte, wenn auch nur im Spaß, wie ich auf die Toilette zu gehen pflegte; er weiß genau, wie empfindlich ich in dieser Hinsicht bin. Nur ein- oder zweimal hatte er mich höhnisch zu dem angeblich so interessanten Sport überreden wollen, in den ›Cauldhame Arms‹ (anderswo wäre es vermutlich das gleiche Spiel gewesen) die im Männerpissoir ertrunkenen Zigarettenkippen mit dem Pinkelstrahl zu treffen.

Ich muß zugeben, daß ich Jamie dabei beobachtet habe und einigermaßen beeindruckt war. Die Einrichtung in den ›Cauldhame Arms‹ eignet sich vorzüglich für diesen Sport, da sie ein breites, langes rinnsteinartiges Urinierbecken bietet, das sich über die ganze Länge einer Wand und bis zur Mitte der nächsten erstreckt und nur einen einzigen Abfluß besitzt. Laut Jamie bestand das Spiel darin, eine aufgeweichte Zigarettenkippe von jeder beliebigen Stelle in dem Kanal zu dem unbedeckten Loch zu treiben und hinunterzuspülen, und sie unterwegs so weit wie möglich aufzulösen. Man bekommt je einen Punkt für die Abschnitte in dem unterteilten Keramikbecken, über die man den Stummel bewegt (und dazu einen Extrapunkt, wenn es einem tatsächlich gelingt, ihn den Abfluß hinunterzuspülen, und noch einen, wenn man es mit einem Strahl vom anderen Ende des Rinnsteins bis zum Loch schafft), sowie für die zustande gebrachte Zerstörung – offenbar ist es sehr schwierig, den kleinen schwarzen Kegel an der abgebrannten Seite aufzulösen – und, über den ganzen Abend gerechnet, für die Zahl der Kippen, die man auf diese Weise befördert hat.

Man kann das Spiel auch in begrenzterer Form in den kleinen Einzelurinierschüsseln spielen, die heutzutage mehr in Mode sind, aber Jamie hat das niemals selbst ausprobiert, da er bedingt durch seinen kleinen Wuchs ungefähr einen Meter weit von diesen Becken entfernt stehen und sein Wasser im hohen Bogen abschlagen muß.

Jedenfalls hat es den Anschein, als ob längere Pinkeleien durch dieses Treiben um einiges interessanter würden, aber für mich ist es nichts, aufgrund meines persönlichen Mißgeschicks.

»Isser dein Bruder oder so?«

»Ne, er is' mein Freund.«

»Isser immer so besoffen?«

»Meist Samstagabends.«

Das ist natürlich eine ungeheuerliche Lüge. Ich bin selten so betrunken, daß ich nicht mehr sprechen oder geradeaus gehen kann. Ich hätte Jamie gern zurechtgewiesen, wenn ich in der Lage gewesen wäre zu sprechen und nicht meine ganze Konzentration dafür gebraucht hätte, einen Fuß vor den anderen zu setzen. Ich war mir nicht ganz sicher, ob ich mich jetzt übergeben müßte, doch derselbe unverantwortliche, zerstörerische Teil meines Gehirns – wahrscheinlich handelte es sich nur um ein paar einzelne Neuronen, doch ich vermute, daß jedes Gehirn einige davon besitzt, und ein kleines verkommenes Element genügt, um das Ganze in Verruf zu bringen – stellte sich immer noch unablässig die Spiegeleier mit Schinken auf dem kalten Teller vor, und jedesmal hob sich mir der Magen. Es bedurfte äußerster Willensanstrengung, an eine kühle Brise auf den Hügeln zu denken oder an das Muster, das der Schatten des Wassers auf wellengekräuseltem Sand zeichnet – Dinge, die für mich schon immer der Inbegriff von Reinheit und Frische waren und mir halfen, meinen Geist vom Grübeln über den Inhalt meines Magens abzulenken.

Allerdings mußte ich noch dringender als zuvor pinkeln. Jamie und das Mädchen gingen nur ein paar Zentimeter entfernt neben mir her und hielten mich jeweils an einem Arm fest, wobei sie häufig von mir angerempelt wurden, doch meine Betrunkenheit war jetzt in ein solches Stadium gekommen – da die beiden letzten schnell hinuntergestürzten Glas Bier und der begleitende Whisky meinen dahinjagenden Blutstrom eingeholt hatten –, daß ich mich genausogut auf einem anderen Planeten hätte befinden können, was meine Hoffnung anging, daß ich ihnen mein Verlangen verständlich machen könnte. Sie gingen neben mir her und unterhielten sich, plapperten ausgemachten Mist daher, als ob er wer weiß wie bedeutend wäre, und ich, der mit mehr Verstand als die beiden zusammen und einem Wissen von absolut lebenswichtiger Natur ausgestattet war, brachte kein Wort heraus.

Es mußte eine Möglichkeit geben. Ich versuchte, meinen Kopf durch Schütteln klar zu bekommen, und holte ein paarmal tief Luft. Ich raffte mich zu einem gleichmäßigeren Gang auf. Ich dachte sehr sorgfältig über *Worte* nach und darüber, wie man sie bildete. Ich probierte meine Zunge aus und prüfte meine Kehle. Ich *mußte* mich zusammenreißen. Ich mußte mich *verständlich* machen. Ich sah mich um, als wir eine Straße überquerten; ich sah das Straßenschild der Union Street, das an einer niedrigen Mauer angebracht war. Ich wandte mich zuerst an Jamie und dann an das Mädchen, räusperte mich und sagte mit großer Deutlichkeit: »Ich weiß nicht, ob ihr beide jemals diese Ansicht geteilt habt – oder, besser gesagt, teilt, und, wie die Dinge liegen, geht es dabei zumindest um eine beiderseitige Angelegenheit zwischen euch, die auf keinen Fall mich einschließt –, und der Fehldeutung erliegt, die ich einst den Worten auf jenem Schild dort angedeihen ließ, aber es ist nun mal Tatsache, daß ich den Begriff ›Union‹ in der besagten Wortverbindung für die Vereinigung der Werktätigen hielt und damals den Stadtvätern erstaunliche sozialistische Einsichten unterstellte, indem sie eine Straße derart benannt hatten; ich hegte die Hoffnung, daß doch noch nicht alles verloren sein mochte hinsichtlich der Aussichten eines möglichen Friedens oder zumindest eines Waffenstillstands im Klassenkampf, wenn die Anerkennung des Wertes der Gewerkschaften ihren Niederschlag fand auf einem so ehrwürdigen und wichtigen Schild einer überaus belebten Straße, aber ich muß gestehen, daß ich von diesem unseligen übertriebenen Optimismus geheilt wurde, als mein Vater – Gott behüte seinen Sinn für Humor – mir eröffnete, daß es sich um die seinerzeit gerade erst besiegelte Vereinigung zwischen dem englischen und schottischen Parlament handelte, die die Ehrenwerten der Stadt – gemeinsam mit Hunderten von anderen Stadträten im ganzen Land, das bis zu jenem Zeitpunkt ein unabhängiges Königreich gewesen war – mit solcher Feierlichkeit und Dauerhaftigkeit zu würdigen gedachten, zweifellos auch im Hinblick auf die profitablen Gelegenheiten, die eine so unverzügliche Handlung der Anpassung an die neuen Verhältnisse bot.«

Das Mädchen warf Jamie einen Blick zu. »Hatter was gesagt?«

»Ich glaube, er hat sich nur einfach geräuspert«, sagte Jamie.

»Ich dachte, er hätte was von Bananen erzählt.«

»*Bananen?*« wiederholte Jamie ungläubig und erwiderte den Blick des Mädchens.

»Nö«, sagte sie, während sie mich ansah und den Kopf schüttelte. »Schon gut.«

Soviel zum Thema ›verständlich machen‹, dachte ich. Offenbar waren die beiden so betrunken, daß sie nicht einmal korrekt gesprochenes Englisch verstanden. Ich seufzte tief, während ich erst den einen und dann den anderen betrachtete, während wir unseren Weg langsam entlang der Hauptstraße fortsetzten, vorbei an Woolworth und verschiedenen Verkehrsampeln. Ich starrte geradeaus und überlegte krampfhaft, was ich tun sollte. Sie führten mich über die nächste Straße, und ich wäre beinah über den Bordstein auf der anderen Seite gestolpert. Plötzlich kam mir die Verletzbarkeit meiner Nase und meiner Vorderzähne eindringlich ins Bewußtsein, für den Fall, daß sie zufällig mit dem Granitgestein des Pflasters von Porteneil in Berührung kommen sollten, und zwar bei jeder Geschwindigkeit, die auch nur eine Spur über einem Meter pro Sekunde lag.

»Ich unne Freundinnen von mir war'n ma inne Berge und sin' die Forstwege gefahren, bei fünfzig sin' wer rumgerutscht wie beim Speedway-Rennen.«

Mein Gott, sie sprachen immer noch über Motorräder!

»Wohin bring'wer den da überhaupt?«

»Zu meiner Mutter. Wenn sie noch auf ist, macht sie uns Tee.«

»Zu deine Mudder?«

»Jo.«

»Aso.«

Es durchzuckte mich wie ein Blitz. Es lag so deutlich auf der Hand, daß ich nicht begriff, warum ich es nicht früher gesehen hatte. Ich wußte, daß keine Zeit zu verlieren war und es keinen Sinn hatte, lange zu zögern – ich war im Begriff zu explodieren –, also senkte ich den Kopf, brach aus dem Griff von Jamie und dem Mädchen aus und rannte die Straße hinunter. Ich wollte fliehen; ich brauchte bloß einen einfachen Eric zu vollführen, dann konnte ich mir ein nettes, stilles Plätzchen zum Pinkeln suchen.

»Frank!«

»Mann ei, Schittkram, watten Blödmann, wat hatter denn jetzt vor?«

Das Pflaster war immer noch unter meinen Füßen, die sich mehr oder weniger so bewegten, wie sie es sollten. Ich hörte Jamie und das Mädchen, die schreiend hinter mir herrannten, aber ich war bereits an der alten Fischbude und dem Kriegerdenkmal vorbei und wurde immer schneller. Meine prallgefüllte Blase begünstigte mein Vorankommen nicht besonders, aber sie behinderte mich auch nicht so sehr, wie ich befürchtet hatte.

»Frank! Komm zurück! Frank, bleib stehen! Was ist denn los, du bist doch bescheuert, du wirst dir das Genick brechen.«

»Komm ei, lassen doch, die alte Knalltüte!«

»Nein! Er ist mein Freund. *Frank!*«

Ich bog um die Ecke in die Bank Street, wich beim Traben gerade noch zwei Laternenpfeilern aus, machte eine scharfe Kehre nach links in die Adam Smith Street und gelangte zu McGarvies Tankstelle. Ich flitzte über den Vorplatz und hinter eine Zapfsäule, japsend und keuchend und mit dröhnendem Kopf. Ich ließ meine Cordsamthose herunter und hockte mich hin, zurückgelehnt an die Super-Zapfsäule und schwer atmend, während sich eine Pfütze aus dampfender Pisse auf dem gewellten rohen Beton in der Benzinauffangrinne sammelte.

Fußtritte erklangen, und ein Schatten tauchte rechts von mir auf. Ich drehte mich um und sah Jamie.

»Ha-ha-ha-«, japste er und legte eine Hand auf eine andere Zapfsäule, um sich abzustützen, während er sich ein wenig vorbeugte und auf seine Füße hinabsah; seine andere Hand lag auf einem Knie, seine Brust hob und senkte sich schnell. »Hier – ha – hier – ha – bist du also – ha. Pau pau.« Er setzte sich auf die Sockelplatte unter den Zapfsäulen und starrte eine Weile das dunkle Glas des Büros an. Ich saß ebenfalls da, gegen die Zapfsäule gesackt, und ließ die letzten Tropfen ungehindert heraussickern. Ich taumelte zurück und ließ mich schwerfällig auf den Sockel fallen, dann stand ich taumelnd auf und zog mir die Hose wieder hoch.

»Warum hast du das gemacht?« fragte Jamie, immer noch um Luft ringend.

Ich winkte ihm zu, während ich mich bemühte, meinen Gürtel zu schließen. Mir wurde allmählich wieder schlecht, als mir die Schwaden von Kneipengestank aus meiner Kleidung in die Nase stiegen.

»Tuut ...« Ich wollte sagen ›tut mir leid‹, doch statt dessen kam nur ein Seufzen heraus. Dieser widerspenstige Teil meines Gehirns dachte plötzlich wieder an fettige Eier mit Speck, und mein Magen sprudelte wie ein Geysir. Ich krümmte mich zusammen, würgend und keuchend, und fühlte, wie sich meine Eingeweide wie eine Faust zusammenballten; meinem Willen nicht unterworfen, mit einem eigenen Leben; so mußte sich eine Frau fühlen, wenn ein Ungeborenes in ihr strampelt. Meine Kehle wurde aufgeschürft durch den aufsteigenden Schwall von Mageninhalt. Jamie fing mich auf, als ich im Begriff war umzufallen. Ich stand da in der Haltung eines halbgeöffneten Taschenmessers und ließ das Erbrochene geräuschvoll auf den Tankstellenboden platschen. Jamie schob mir eine Hand hinten in die Cordsamthose, um zu verhindern, daß ich nach vorn mit dem Gesicht in die Kotze fiel, und legte mir die andere Hand auf die Stirn, während er etwas vor sich hin murmelte. Ich übergab mich immer wieder; inzwischen tat mir der Magen schrecklich weh. Tränen standen mir in den Augen, meine Nase lief, und mein Kopf fühlte sich insgesamt wie eine reife Tomate an, kurz vor dem Aufplatzen. Zwischen den einzelnen Würgeanfällen rang ich um Luft, bekam kleine Brocken von Erbrochenem in die Luftröhre, hustete und spuckte gleichzeitig. Ich hörte mich selbst, wie ich ein ebenso schreckliches Geräusch von mir gab wie Eric, als er am Telefon durchgedreht war, und hoffte, daß niemand vorbeikäme und mich in einer so würdelosen und schwachen Verfassung sähe. Ich hielt inne, fühlte mich ein wenig besser, dann ging es wieder los, und ich fühlte mich noch zehnmal schlechter. Mit Jamies Hilfe bewegte ich mich zur Seite und ließ mich an einer verhältnismäßig sauberen Stelle des Betons, wo die Ölflecken alt aussahen, auf Hände und Knie nieder. Ich hustete und spuckte und würgte einige Male, dann fiel ich in Jamies Arme zurück und zog gleichzeitig die Beine bis zum Kinn an, um den Schmerz in meiner Magenmuskulatur zu lindern.

»Geht's jetzt besser?« fragte Jamie. Ich nickte. Ich ließ mich runtersacken, so daß ich mit beiden Hinterbacken auf den Fersen saß, und vergrub den Kopf zwischen den Knien. Jamie tätschelte mir die Schulter. »Gleich ist alles wieder gut, Frankie, mein Junge.« Ich spürte, wie er sich für ein paar Sekunden entfernte. Er kam mit einigen rauhen Papiertüchern aus dem Handtuchspender auf dem Tankstellenplatz zurück und rieb mir den Mund mit einem Zipfel davon ab und danach den Rest meines Gesichts mit einem anderen Stück. Er brachte sie sogar in den Abfalleimer.

Obwohl ich mich immer noch betrunken fühlte, mir der Bauch weh tat und meine Kehle sich anfühlte, als hätte darin ein Rudel Stachelschweine einen Kampf ausgefochten, ging es mir erheblich besser. »Danke«, brachte ich heraus und unternahm den Versuch, aufzustehen. Jamie half mir auf die Füße.

»Herrje, da hast du dich ja schön zugerichtet, Frank.«

»Jo«, sagte ich, während ich mir die Augen mit dem Ärmel abwischte und mich umschaute, um zu sehen, ob wir noch immer allein waren. Ich klopfte Jamie ein paarmal auf die Schulter, und wir setzten uns in Richtung Straße in Bewegung.

Wir gingen die verlassene Straße entlang, ich schwer atmend und Jamie mich bei einem Ellbogen festhaltend. Das Mädchen war verschwunden, soviel war mir klar, doch ich war nicht traurig darüber.

»Warum bist du abgehauen?«

Ich schüttelte den Kopf. »Ich mußte mal.«

»Was?« Jamie lachte. »Warum hast du das nicht einfach gesagt?«

»Konnte nicht.«

»Nur weil das Mädchen dabei war?«

»Nein«, sagte ich und hustete. »Konnte nicht sprechen. War zu betrunken.«

»Was?« Jamie lachte.

Ich nickte. »Ja«, sagte ich. Er lachte erneut und schüttelte den Kopf. Wir gingen weiter.

Jamies Mutter war noch auf und machte uns Tee. Sie ist eine große Frau, immer mit einem grünen Morgenmantel bekleidet, wenn ich nachts nach der Kneipe, wie es oft geschieht, noch mit ihrem Sohn bei ihr zu Hause aufkreuze. Sie ist nicht allzu unfreundlich, obwohl sie vorgibt, mich mehr zu mögen, als sie es meines Wissens in Wirklichkeit tut.

»Ach, mein Junge, du siehst nicht besonders gut aus. Hier, nimm Platz, ich setze Teewasser auf. Ach, du kleines Lämmchen.« Ich wurde in einen Sessel im Wohnzimmer eines Reihenhäuschens des sozialen

Wohnungsbaus gesetzt, während Jamie unsere Jacken aufhängte. Ich hörte, wie er im Flur herumhüpfte.

»Danke«, krähte ich mit trockener Kehle.

»Wird schon wieder, mein Kleiner. Sag mal, soll ich das Feuer für dich anmachen? Frierst du?«

Ich schüttelte den Kopf, und sie lächelte und nickte und klopfte mir auf die Schulter und watschelte in die Küche davon. Jamie kam herein und setzte sich dicht neben meinem Sessel auf die Couch. Er sah mich an und grinste und schüttelte den Kopf.

»Was für 'n Zustand! Was für 'n *Zustand!*« Er klatschte in die Hände und schaukelte auf der Couch nach vorn, wobei er die Füße waagerecht von sich gestreckt hielt. Ich verdrehte die Augen und sah weg. »Mach dir nichts draus, Frankie, mein Junge. Ein paar Tassen Tee, und dir geht's wieder gut.«

»Hm«, brachte ich heraus und zitterte.

Ich machte mich gegen ein Uhr morgens auf den Heimweg, einigermaßen nüchtern und vollgepumpt mit Tee. Mein Magen und meine Kehle fühlten sich fast wieder normal an, obwohl sich meine Stimme immer noch rauh anhörte. Ich wünschte Jamie und seiner Mutter eine gute Nacht und marschierte durch die Vororte der Stadt zu dem Weg, der auf die Insel führte, danach auf diesem Weg weiter durch die Schwärze, wobei ich hin und wieder meine kleine Taschenlampe anknipste, um schließlich über die Brücke zum Haus zu gehen.

Es war eine stille Wanderung durch die Marsch- und Dünenlandschaft und über die fleckigen Weiden. Außer den wenigen Geräuschen, die ich selbst auf dem Weg erzeugte, hörte ich nichts anderes als das seltene entfernte Dröhnen eines schweren Lastwagens auf der Straße durch die Stadt. Wolken bedeckten den größten Teil des Himmels, und der Mond spendete kaum Licht, vor mir war es vollkommen dunkel.

Ich erinnerte mich, wie ich einmal im Hochsommer zwei Jahre zuvor, als ich spät abends nach einem ausgedehnten Spaziergang durch die Hügel über der Stadt auf diesem Pfad zurückkehrte, in der sich verdichtenden Nacht merkwürdige Lichter wahrgenommen hatte, die weit über und jenseits der Insel in der Luft schwebten. Sie wankten und bewegten sich auf eine unheimliche Weise, schimmernd und wabernd und glühend, schwer und massiv, wie es kein in der Luft schwebender Gegenstand normalerweise tat. Ich stand da und beobachtete sie eine Weile, richtete mein Fernglas auf sie ein und glaubte dann und wann in den sich bewegenden Bildern aus Licht Strukturen zu erkennen. Eine Eiseskälte durchfuhr mich irgendwann, und mein Gehirn war begierig, vernunftmäßig zu erforschen, was ich um mich herum sah. Ich blickte mich schnell in der Düsternis um und schaute dann wieder zu jenen weit entfernten, vollkommen stillen Türmen aus flackernden Flammen. Sie hingen am Himmel wie Gesichter aus Feuer, die auf die Insel herabsahen, als ob sie auf etwas warteten.

Dann überkam mich ein Geistesblitz, und ich wußte Bescheid.

Ein Trugbild, Reflexe an verschiedenen Luftschichten draußen auf dem Meer. Ich beobachtete den Gasschein einer Ölförderanlage, die mehrere hundert Kilometer weit entfernt war, draußen in der Nordsee. Als ich die verschwommenen Formen um die Flammen erneut betrachtete, erschienen sie mir als nichts anderes mehr denn als Bohrtürme, die an ihren eigenen Gasfackeln undeutlich zu erkennen waren. Danach ging ich glücklich meiner Wege – in der Tat glücklicher als zu der Zeit, bevor ich diese sonderbare Erscheinung gesehen hatte –, und mir kam der Gedanke, daß ein Mensch mit weniger logischem Denkvermögen und weniger Fantasie bereitwillig zu der Schlußfolgerung gekommen wäre, ein UFO gesehen zu haben.

Allmählich gelangte ich auf die Insel. Das Haus war dunkel. Ich stand da und betrachtete es in der Dunkelheit; dumpf drang mir seine Massigkeit im schwachen Licht des gebrochenen Mondes ins Bewußtsein, und ich hatte den Eindruck, daß es noch größer aussah, als es in Wirklichkeit war, wie der Kopf eines steinernen Riesen, ein gewaltiger mondbeschienener Totenschädel voller Formen und Erinnerungen, der hinausstarrte aufs Meer und mit einem mächtigen Körper verbunden war, der wiederum im Felsen und Sand des Bodens begraben war, bereit, sich freizuschütteln und auf einen unhörbaren Befehl oder ein Stichwort hin selbst aufzulösen.

Das Haus starrte aufs Meer hinaus, in die Nacht, und ich ging hinein.

5

EIN BLUMENSTRAUSS

Ich habe die kleine Esmeralda umgebracht, weil ich das Gefühl hatte, ich schuldete das sowohl mir selbst als auch der Welt im allgemeinen. Schließlich hatte ich zwei männliche Kinder auf dem Gewissen und hatte somit der weiblichen Bevölkerung einen statistischen Gefallen getan. Wenn mein Mut wirklich so groß wie meine Überzeugung war, so redete ich mir ein, dann müßte ich das Gleichgewicht wenigstens einigermaßen wiederherstellen. Meine Cousine war vermutlich das leichteste und nächstliegende Opfer.

Wieder muß ich sagen, daß ich absolut nichts persönlich gegen sie hatte. Kinder sind keine richtigen Leute, in dem Sinne, daß sie nicht kleine Frauen und Männer sind, sondern eine eigene Spezies, die sich zur gegebenen Zeit (sehr wahrscheinlich) zu dem einen oder anderen entwickeln. Vor allem kleinere Kinder, bevor der verhängnisvolle und schlechte Einfluß der Gesellschaft und ihrer Eltern so richtig auf sie einwirken kann, sind geschlechtslos und nach allen Seiten hin offen und deshalb ungeheuer liebenswert. Ich mochte Esmeralda (auch wenn ich ihren Namen ein wenig überspannt fand) und spielte während ihres längeren Aufenthalts viel mit ihr. Sie war die Tochter von Harmsworth und Morag Stove, meines Halbonkels und meiner Halbtante aufgrund der ersten Ehe meines Vaters; das war das Ehepaar, das sich zwischen Erics drittem und fünftem Lebensjahr um ihn gekümmert hatte. Manchmal kamen sie uns besuchen und blieben den ganzen Sommer; mein Vater verstand sich ganz gut mit Harmsworth, und weil ich mich mit Esmeralda beschäftigte, konnten sie hier einen angenehmen, erholsamen Urlaub genießen. Ich glaube, Mrs. Stove hatte in jenem bestimmten Sommer einige Bedenken, mir ihre Tochter anzuvertrauen, da es der erste war, nachdem ich den kleinen Paul in der Blüte seiner Kindheit ins Jenseits befördert hatte, aber im Alter von neun Jahren war ich ein offensichtlich glückliches und gut angepaßtes Kind, verantwortungsvoll und wohlerzogen und, wenn die Sprache zufällig darauf kam, voll tiefempfundener Trauer wegen des Dahinscheidens meines Bruders. Ich bin überzeugt davon, daß es nur meinem wahrhaft unbelasteten Gewissen zu verdanken war, daß ich die Erwachsenen ringsum glauben machen konnte, ich sei vollkommen unschuldig. Ich scheute sogar vor einem Übergag nicht zurück, indem ich mir in Maßen *ungerechtfertigterweise* Selbstvorwürfe machte, so daß die Erwachsenen auf mich einredeten, daß ich keinerlei Schuldgefühle zu haben brauchte, weil ich nicht in der Lage gewesen war, den kleinen Paul rechtzeitig zu warnen. Es war eine geniale Leistung.

Ich hatte den Entschluß zu Esmeraldas Ermordung gefaßt, noch bevor sie und ihre Eltern eintrafen, um ihre Ferien bei uns zu verbringen. Eric war unterwegs auf einer Schulfahrt, so daß nur ich und sie hier sein würden. Es würde etwas riskant sein, so kurz nach Pauls Tod, aber ich mußte einfach etwas tun, um das Gleichgewicht wieder einigermaßen herzustellen. Ich spürte es in den Eingeweiden, in den Knochen; es *mußte* einfach sein. Es war wie ein Stich, etwas, dem ich nichts entgegenzusetzen hatte, wie wenn ich auf dem Pflaster von Porteneil daherspaziere und mir zufällig einen Absatz an einem Pflasterstein losreiße. Dann *muß* ich den anderen Absatz ebenfalls abreißen, in der Hoffnung, daß er möglichst das gleiche Gewicht wie der erste haben möge, um mich wieder gut zu fühlen. Das gleiche gilt, wenn ich mir einen Arm an einer Wand oder einem Laternenpfahl aufschürfe; ich muß mir dann den anderen ebenfalls aufschürfen, und zwar sehr bald, oder ihn zumindest mit der anderen Hand aufkratzen. Es gibt viele Bereiche dieser Art, in denen ich das Gleichgewicht aufrechtzuerhalten versuche, obwohl ich keine Ahnung habe, warum ich das tue. Ich mußte *irgendeine* Frau aus dem Weg räumen, um den Zeiger in die andere Richtung ausschlagen zu lassen.

Ich hatte in diesem Jahr mit dem Basteln von Drachen begonnen. Es war 1973, schätze ich. Ich verwendete viele Materialien für ihre Herstellung: Rohrstöcke und Dübel und Kleiderbügel aus Metall und Zeltstangen aus Aluminium und Schrankauslegware aus Papier und Plastik und Müllbeutel und Leintücher und Saiten und Nylonschnur und Zwirn und alle Arten von kleinen Spangen und Schließen und Ösen und Stücken von Seil und Gummiband und Draht und Nadeln und Schrauben und Nägel und Bestandteile, die beim Auseinanderlegen von Modellschiffen und verschiedenen Spielzeugen angefallen waren. Ich fertigte eine Handwinde mit einer doppelten Kurbel und einem Sperrhaken und Platz für einen halben Kilometer Zwirn auf der Trommel; ich bastelte verschiedene Arten von Schwänzen für diejenigen Drachen, die welcher bedurften, und Dutzende von großen und kleinen Drachen, einige davon Kunstflugdrachen. Ich bewahrte sie im Schuppen auf und mußte irgendwann, als die Sammlung zu groß wurde, die Fahrräder nach draußen unter eine Plane stellen.

In diesem Sommer nahm ich Esmeralda ziemlich oft zum Drachenfliegen mit. Ich ließ sie mit einem kleinen Drachen spielen, der nur eine einzige Leine hatte, während ich mich mit einem Kunstflugdrachen beschäftigte. Ich pflegte ihn über und unter ihrem durchsausen oder ihn in den Sand hinabtauchen zu lassen, indem ich auf einer Düne stand und den Drachen herabzog, um prächtige Sandburgen, die ich gebaut hatte, zum Einsturz zu bringen, ihn dann wieder hochzog, wobei der Drachen eine Spur von Sprühsand aus der zusammengebrochenen Burg hinter sich herzog. Obwohl es ziemlich lange dauerte und ich ein paar Bruchlandungen machte, gelang es mir schließlich sogar, einen Damm mit einem Drachen einzureißen. Ich vollführte derart geschickte Sturzflüge damit, daß er jedesmal mit einer Ecke den Damm streifte und schließlich eine Kerbe in die Barriere aus Sand schlug, durch die das Wasser fließen konnte, woraufhin es bald den ganzen Damm mitriß und das Dorf aus Sandhäusern darunter überflutete.

Eines Tages stand ich auf dem höchsten Punkt einer Düne und kämpfte gegen den Wind an, der an dem Drachen zerrte, indem ich die Leine mit festem Griff umfaßte und einholte und losließ und anpaßte und drehte, bis sich bei einer Drehung die Leine unversehens wie bei einer Strangulation um Esmeraldas Hals legte, und damit war eine Idee geboren. Man würde einen Drachen benutzen.

Ich dachte schweigend darüber nach, blieb so auf der Stelle stehen, als ob nichts anderes meine Sinne beschäftigte als die ständigen Berechnungen hinsichtlich der Steuerung des Drachens, und mir kam die Sache immer vernünftiger vor. Je mehr ich darüber nachdachte, desto mehr nahm die Erkenntnis Formen an, sie blühte regelrecht auf und steigerte sich schließlich zu dem, was meiner Cousine zum Verhängnis werden sollte. In diesem Moment grinste ich vor mich hin, so erinnere ich mich, und brachte den Kunstflieger schnell und exakt über den Tang und das Wasser, den Sand und die Brandung herunter, ließ ihn quer zum Wind treiben, damit er einen Satz machte und ausbrach, kurz bevor er das Mädchen erwischte, das auf einer Düne saß, mit einer Leine in der Hand als Verbindung zum Himmel. Sie drehte sich um, lächelte und schrie plötzlich auf, im Licht der Sommersonne zappelnd. Ich lachte ebenfalls, während ich das Ding am Himmel über mir und das Ding im Gehirn darunter gleichermaßen gut beherrschte.

Ich baute einen großen Drachen.

Er war so groß, daß er nicht einmal in den Schuppen paßte. Ich bastelte ihn aus alten Zeltstangen aus Aluminium, von denen ich einige lange Zeit zuvor auf dem Speicher gefunden und einige vom städtischen Müllplatz geholt hatte. Als Spannmaterial benutzte ich anfangs schwarze Platiksäcke, später jedoch Zeltplane, ebenfalls vom Speicher.

Als Leine nahm ich schwere orangefarbene Angelschnur, die um eine eigens angefertigte Trommel mit Handkurbel gewickelt war, die ich verstärkt und mit Gurtband umwickelt hatte. Der Schwanz des Drachens bestand aus verzwirbelten Zeitschriftenseiten – *Waffen und Munition,* die ich zu jener Zeit abonniert hatte. Ich malte mit roter Farbe einen Hundekopf auf die Planen, weil ich damals noch nicht wußte, daß ich kein Canis war. Mein Vater hatte mir Jahre zuvor erzählt, daß ich unter dem Sternzeichen des Hundes geboren sei, weil Sirius zu jener Zeit am höchsten stand. Na ja, das war sowieso nur ein Symbol.

Eines Morgens ging ich sehr früh hinaus, kurz nach Sonnenaufgang und lange bevor irgend jemand sonst wach war. Ich begab mich zum Schuppen, holte den Drachen heraus, marschierte an den Dünen entlang und baute ihn nebenher zusammen, schlug einen Zelthering in den Boden, verknotete das Nylonband darum herum und ließ den Drachen eine Weile an der kurzen Leine fliegen. Ich mußte mich dabei ganz schön anstrengen und kam ins Schwitzen, selbst bei harmlosem Wind, und meine Hände, die in dicken

Schweißerhandschuhen steckten, wurden heiß. Ich kam zu dem Schluß, daß der Drachen für meine Zwecke gut geeignet wäre, und holte ihn ein.

Am Nachmittag desselben Tages, als der gleiche Wind, wenn auch etwas aufgefrischt, immer noch über die Insel und hinaus auf die Nordsee wehte, gingen Esmeralda und ich wie gewöhnlich ins Freie und machten beim Schuppen halt, um den auseinandergenommenen Drachen zu holen. Sie half mir beim Tragen entlang der Dünen, wobei sie pflichtbewußt die Leinen und die Winde umklammerte und an ihre flache kleine Brust drückte, die Leine in der Sperre an der Trommel eingehakt, bis wir an eine Stelle kamen, die vom Haus aus unmöglich zu sehen war. Es war ein hoher Dünengipfel, der in nickender Haltung in Richtung des entfernten Norwegens oder Dänemarks verharrte, mit Gras, das ihm wie Haar die Stirn umwehte und ebenfalls in diese Richtung deutete.

Esmeralda pflückte Blumen, während ich den Drachen mit der angemessenen feierlichen Langsamkeit zusammenbaute. Ich erinnere mich, daß sie mit den Blumen sprach, als ob sie versuchte, sie zu überreden, sich zu zeigen, um gesammelt, gepflückt und zum Strauß gebunden zu werden. Der Wind wehte ihr das blonde Haar um die Stirn, während sie dahinschritt, sich niederkauerte, weiterkroch und vor sich hin sprach, und ich mit Zusammenbauen beschäftigt war.

Schließlich war der Drachen fertig, mit allem Zubehör versehen und im Gras liegend wie ein eingestürztes Zelt, Grün auf Grün. Der Wind strich darüber hin und ließ ihn flattern – mit kleinen peitschenden Geräuschen, bei denen er wie lebendig wirkte und sich das Hundegesicht grimmig verzog. Ich sortierte die orangefarbenen Nylonleinen und brachte die Verschnürung an, indem ich eine Leine nach der anderen entwirrte, einen Knoten nach dem anderen löste.

Ich rief Esmeralda zu mir herüber. Sie hielt einen

Strauß winziger Blumen in der Faust, und ich wartete geduldig, während sie mir jede einzelne beschrieb, wobei sie eigene Namen erfand, wenn sie die richtigen vergessen oder nie gekannt hatte. Ich nahm das Gänseblümchen entgegen, das sie mir anmutig darbot, und steckte es in das Knopfloch der linken Brusttasche meiner Jacke. Ich erklärte ihr, daß ich mit dem Zusammenbauen des neuen Drachens fertig wäre und daß sie mir dabei helfen könnte, ihn im Wind auszuprobieren. Sie war Feuer und Flamme und wollte die Leinen halten. Ich versprach ihr, daß sie eine Chance bekäme, obwohl ich natürlich die Oberaufsicht führen würde. Gleichzeitig wollte sie ihre Blumen halten, und ich sagte ihr, daß auch das vielleicht sogar möglich sei.

Esmeralda brach in begeisterte Oh- und Ah-Rufe aus, so sehr imponierten ihr die Größe des Drachens und der feurige Hund, der draufgemalt war. Der Drachen lag auf dem windzerzausten Gras wie die Decke auf einem ungeduldigen Rennpferd, wellenschlagend. Ich fand die Hauptsteuerleinen und reichte sie Esmeralda, wobei ich ihr zeigte, wo und wie sie sie zu halten hatte. Ich machte Schlaufen, die um ihr Handgelenk paßten, damit die Leinen, so erklärte ich ihr, ihr nicht aus dem Griff rutschten. Sie fuhr mit den Händen in das verknüpfte Nylon, hielt eine Leine straff und umfaßte das bunte Blumensträußchen und die zweite Leine mit der anderen Hand. Ich sortierte meinen Satz Kontrolleinen und trug ihn in einer Schlinge zurück zu dem Drachen. Esmeralda hüpfte auf und ab und bat mich, schnell zu machen und den Drachen endlich fliegen zu lassen. Ich blickte mich noch ein letztes Mal um, dann brauchte ich nur noch der oberen Ecke des Drachen einen kleinen Stoß zu versetzen, damit der Wind ihn packte und er sich erhob. Ich rannte zurück hinter meine Cousine, während sich das schlaffe Stück Leine zwischen ihr und dem schnell steigenden Drachen straffte.

Der Drachen schnellte in den Himmel wie etwas Wildes und zog seinen Schwanz mit einem Geräusch nach sich, der an das Zerreißen von Pappe erinnerte. Er schüttelte sich mit lautem Knallen. Sein Schwanz schlängelte sich durch die Luft, und sein hohles Knochengerüst bog sich. Ich stellte mich hinter Esmeralda und hielt die Leinen direkt hinter ihren sommersprossigen Ellbogen, in Erwartung des Rucks. Die Leinen wurden immer straffer, und der heftige Ruck kam. Ich mußte meine Absätze in den Boden graben, um nicht von den Füßen gerissen zu werden. Ich prallte auf Esmeralda, was ihr einen Schrei entlockte. Sie ließ die Leinen los, als das erste heftige Zerren die Nylonschnur gestrafft hatte; nun stand sie da und schaute zu mir zurück, während ich mich bemühte, die Beherrschung über die Vorgänge am Himmel über uns zu erlangen. Sie hielt immer noch die Blumen umklammert, und mein Ziehen an den Leinen bewegte ihre Hände wie die einer Marionette, da sie immer noch in den Schlaufen steckten. Die Winde ruhte an meiner Brust, das Seil hing ein wenig schlaff zwischen ihr und meinen Händen. Esmeralda sah sich ein letztes Mal zu mir um, kicherte, und ich lachte zurück. Dann ließ ich die Leinen los.

Die Winde schlug ihr ins Kreuz, und sie schrie gellend auf. Die Leinen zerrten an ihr, sie wurde hochgehoben, und die Schlaufen um ihre Handgelenke zogen sich zusammen. Ich taumelte zurück, einerseits, um ein gutes Bild abzugeben für den unwahrscheinlichen Fall, daß doch jemand die Szene beobachtete, und andererseits, weil das Loslassen der Winde mich aus dem Gleichgewicht gebracht hatte. Ich stürzte in dem Moment zu Boden, in dem Esmeralda ihn für immer verließ. Der Drachen knatterte und flatterte und flatterte und knatterte, und er hob das Mädchen von der Erde ab hinauf in die Luft, samt Winde und allem. Ich lag auf dem Rücken und sah ihr ein paar Sekunden lang nach. Dann rappelte ich mich auf und rannte, so schnell ich konnte, hinter ihr her, auch wieder weil ich genau wußte, daß ich sie nicht würde einholen können. Sie schrie und zappelte voller Verzweiflung mit den Beinen, doch die grausamen Schlaufen aus Nylonschnur gaben ihre Handgelenke nicht frei, der Drachen war in den Klauen des Windes, und sie war längst außerhalb meiner Reichweite, auch wenn ich sie wirklich hätte halten wollen.

Ich rannte und rannte, sprang vom Gipfel einer Düne und rollte ihren seewärtigen Abhang hinunter, während ich der winzigen strampelnden Gestalt nachschaute, die immer höher und höher in den Himmel getragen wurde und mit dem Drachen davonsegelte. Ich konnte ihr Brüllen und Heulen nur noch schwach vernehmen, ein dünnes Wimmern, das der Wind an mein Ohr trug. Sie schwebte hoch über dem Sandstrand und den Felsen und hinaus aufs Meer, während ich unter ihr mitrannte, der Erschöpfung nahe, und die verhakte Seilwinde unter ihren zappelnden Füßen beobachtete. Ihr Kleid bauschte sich um sie herum auf.

Sie stieg höher und höher, und ich hörte nicht auf zu rennen, inzwischen längst vom Wind und dem Drachen abgehängt. Ich rannte durch die gekräuselten Tümpel am Rand des Meeres, dann bis zu den Knien hinein ins Wasser. Plötzlich fiel etwas, das zuerst wie ein einziges Ding erschien und sich dann auflöste und zerstob, von ihr herab. Zunächst dachte ich, sie hätte sich in die Hose gemacht, doch dann erkannte ich die Blumen, die vom Himmel herabtrudelten und weit vor mir wie ein sonderbarer Regen auf dem Wasser auftraf. Ich watete durch die Untiefen hinaus, bis ich sie erreichte, und sammelte sie ein, soweit es mir gelang, wobei ich ab und zu den Blick von meiner Ernte hob und hinaufsah zu Esmeralda und dem Drachen, die in die Nordsee hinaustrieben. Flüchtig kam mir in den Sinn, daß sie sie womöglich tatsächlich überqueren könnte und wieder auf Land träfe, bevor der Wind abflaute, doch ich war der Ansicht, daß, selbst wenn das geschähe, ich mein Bestes getan hatte und der Ehre Genüge getan wäre.

Ich sah ihr nach, wie sie kleiner und kleiner wurde, dann wandte ich mich um und entfernte mich in Richtung Land.

Mir war klar, daß drei Todesfälle in meiner unmittelbaren Umgebung innerhalb von vier Jahren zwangsläufig Verdacht erregen mußten, und ich hatte meine Reaktion bereits sorgfältig geplant. Ich rannte nicht auf direktem Weg zum Haus zurück, sondern ging wieder in die Dünen und setzte mich dort mit den Blumen in der Hand hin. Ich sang mir selbst Lieder vor, dachte mir Geschichten aus, wurde hungrig, rollte mich ein bißchen im Sand herum, rieb mir ein wenig davon in die Augen und versuchte insgesamt, mich in einen Seelenzustand hineinzusteigern, der wie eine schreckliche Verfassung für einen kleinen Jungen anmuten mußte. Bei Einbruch des Abends saß ich immer noch so da und starrte aufs Meer hinaus, als ein junger Waldarbeiter, der in der Stadt wohnte, mich fand.

Er gehörte zu dem Suchtrupp, der von Diggs zusammengetrommelt worden war, nachdem mein Vater und meine Verwandten uns vermißt hatten und uns nirgends finden konnten und die Polizei gerufen hatten. Der junge Mann kam über den Kamm der Dünen auf mich zu, pfeifend und von Zeit zu Zeit mit einem Stock auf Büschel von Seegras oder Schilf klopfend.

Ich nahm keine Notiz von ihm. Ich starrte weiter vor mich hin und zitterte und umklammerte die Blumen. Mein Vater und Diggs kamen heran, nachdem der junge Mann die Kunde von seinem Fund über die Kette von Leuten, die sich mit Stöcken schlagend ihren Weg durch die Dünen bahnten, verbreitet hatte;

ich nahm jedoch auch von diesen beiden keine Notiz. Nach und nach umringte mich eine Traube von Dutzenden von Leuten, die mich anschauten, mir Fragen stellten, sich am Kopf kratzten, auf die Uhr sahen und in der Gegend herumblickten. Ich nahm keine Notiz von ihnen. Sie bildeten erneut eine Kette und begannen mit der Suche nach Esmeralda, während ich zurück zum Haus getragen wurde. Man bot mir Suppe an, auf die ich ungeheuren Appetit gehabt hätte, von der ich jedoch keine Notiz nahm; man stellte mir Fragen, auf die ich mit undurchdringlichem Schweigen und starrem Blick reagierte. Mein Onkel und meine Tante schüttelten mich, mit roten Gesichtern und nassen Augen, doch ich nahm keine Notiz von ihnen. Schließlich führte mich mein Vater in mein Zimmer, entkleidete mich und brachte mich ins Bett.

Die ganze Nacht über war jemand bei mir im Zimmer, und ob es nun mein Vater, Diggs oder sonst jemand war, ich hielt sie und mich selbst dadurch wach, daß ich zuerst eine Weile ruhig dalag und Schlaf vortäuschte, dann mit aller Kraft brüllte und aus dem Bett fiel, um auf dem Boden wild um mich zu schlagen. Jedesmal wurde ich aufgehoben, in den Arm genommen und wieder ins Bett gebracht. Jedesmal tat ich so, als ob ich wieder einschlafen würde, und spielte nach ein paar Minuten wieder verrückt. Wenn einer von ihnen das Wort an mich richtete, lag ich lediglich zitternd im Bett und starrte denjenigen an, wie taub und ohne einen Ton von mir zu geben.

Ich hielt das bis zum Morgengrauen durch, als der Suchtrupp zurückkehrte, ohne Esmeralda, dann erlaubte ich mir einzuschlafen.

Es dauerte eine Woche, bis ich mich erholt hatte, und das war eine der angenehmsten Wochen meines Lebens. Eric kam von seiner Schulfahrt zurück, und nach seiner Ankunft fing ich an, ein paar Worte zu sprechen; zunächst nur unsinniges Zeug, später zusammenhanglose Andeutungen darüber, was geschehen war, denen jedesmal wildes Schreien und der Zustand der Katatonie folgten.

Irgendwann gegen Mitte der Woche wurde Dr. MacLennan ein kurzer Besuch bei mir gestattet, nachdem Diggs die Weigerung meines Vaters, mich von irgend jemandem außer ihm selbst medizinisch untersuchen zu lassen, nicht mehr hingenommen hatte. Doch mein Vater blieb mit im Zimmer, mit einem finsteren und mißtrauischen Gesicht, und sorgte dafür, daß die Untersuchung sich innerhalb gewisser Grenzen hielt; ich war froh, daß er nicht zuließ, daß mich der Arzt von oben bis unten anschaute, und ich dankte es dadurch, daß ich etwas zugänglicher wurde.

Gegen Ende der Woche litt ich immer noch gelegentlich unter dem vorgetäuschten Alptraum, ich wurde von Zeit zu Zeit plötzlich sehr still und zitterte, doch ich aß mehr oder weniger normal und beantwortete die Fragen ziemlich bereitwillig. Wenn die Sprache auf Esmeralda und das Schicksal kam, das sie ereilt hatte, löste das zwar immer noch kleinere Anfälle und Schreikrämpfe und ein totales In-mich-Zurückziehen aus, doch nach langer und geduldiger Befragung durch meinen Vater und Diggs verriet ich ihnen so viel von den Geschehnissen, daß ihre Gedanken in die Bahnen gelenkt wurden, in die ich sie haben wollte – ein großer Drachen; Esmeralda verfängt sich in den Leinen; ich versuche, ihr zu helfen, und die Winde rutscht mir aus den Händen; ich renne verzweifelt hinterher; dann die totale Leere in meinem Kopf.

Ich erklärte, daß ich befürchtete, ein Unglücksbringer zu sein, Tod und Unheil über die Menschen in meiner Nähe zu bringen, und auch, daß ich Angst hätte, ins Gefängnis zu kommen, weil man vermuten würde, ich hätte Esmeralda umgebracht. Ich weinte und umarmte meinen Vater und umarmte sogar Diggs, wobei mir der Geruch des Stoffes seiner stahlblauen Uniform in die Nase stieg und ich spürte, wie er fast dahinschmolz und mir glaubte. Ich bat ihn, zum Schuppen zu gehen und alle meine Drachen herauszuholen und zu verbrennen, was er getreulich tat, in einer Senke, die jetzt den Namen Drachen-Scheiterhaufen trägt. Es tat mir leid um die Drachen, und ich wußte, daß ich das ›Fliegenlassen‹ für alle Zeiten aufgeben mußte, um meine Darstellung realistisch aussehen zu lassen, aber diesen Preis war die Sache wert. Esmeralda wurde nie gefunden; ich war der letzte, der sie je gesehen hatte, das erbrachten Diggs Nachforschungen bei den Fischern und Leuten auf den Bohrinseln.

Ich hatte also die Punktegleichheit wiederhergestellt und mir selbst eine wundervolle, wenn auch anstrengende Woche der Schauspielerei beschert. Die Blumen, die ich immer noch umklammert hatte, als man mich zum Haus zurücktrug, waren mir mit sanfter Gewalt einzeln aus den Fingern genommen worden und lagen jetzt in einer Plastiktüte auf dem Kühlschrank. Ich entdeckte sie dort zwei Wochen später, verwelkt und verschrumpelt, vergessen und unbeachtet. Ich nahm sie mit auf den Dachboden hinauf und packte sie in die Truhe, und dort bewahre ich sie heute noch auf, getrocknet zu kleinen braunen verzwirbelten Streifen wie altes Klebeband, eingepfercht in einer kleinen Glasflasche. Manchmal frage ich mich, wo meine Cousine wohl ihr Ende gefunden haben mochte; auf dem Meeresgrund und an einer schroffen, einsamen Küste angespült oder zerschmettert an einem steilen Berghang, um von den Möwen oder Adlern aufgefressen zu werden...

Am besten gefällt mir die Vorstellung, daß sie noch während des Fluges mit dem riesigen Drachen gestorben ist, daß sie die Welt umkreiste und immer höher stieg, während ihr Tod durch Verhungern und Verdursten nahte und sie immer leichter wurde, bis sie schließlich nur noch ein winziges Skelett war, das auf den Strahlströmen des Planeten dahinglitt, eine Art Fliegende Holländerin. Doch ich bezweifle, daß diese Ausgeburt meiner Fantasie auch nur im entferntesten etwas mit der Wirklichkeit zu tun hat.

Den Sonntag verbrachte ich hauptsächlich im Bett. Nach meiner Sauferei in der Nacht zuvor hatte ich nur den Wunsch nach Ruhe, viel Flüssigkeit, wenig Nahrung und daß mein Kater verschwinden würde. Ich hatte das Bedürfnis, mir auf der Stelle und sofort vorzunehmen, mich nie mehr zu betrinken, und da ich noch so jung war, beschlich mich die Vermutung, daß ein solcher Entschluß nicht ganz realistisch sein würde, also nahm ich mir vor, mich nie mehr so sehr zu betrinken.

Mein Vater kam und klopfte an meine Tür, nachdem ich nicht zum Frühstück erschienen war.

»Und was fehlt dir, sofern sich diese Frage nicht erübrigt?«

»Nichts«, krähte ich in Richtung Tür.

»Schön wär's«, sagte mein Vater sarkastisch. »Und wieviel hast du gestern abend getrunken?«

»Nicht viel.«

»Aha«, sagte er.

»Ich komme gleich runter«, sagte ich und schaukelte im Bett vor und zurück, um ein Geräusch zu erzeugen, das sich so anhören sollte, als ob ich aufstünde.

»Hast du gestern abend angerufen?«

»Was?« fragte ich in Richtung Tür und hörte mit dem Schaukeln auf.

»Das warst doch du, oder? Das habe ich mir gedacht, du hast versucht, deine Stimme zu verstellen. Was fällt dir ein, um eine solche Zeit anzurufen?«

»Ähm ... ich erinnere mich nicht, daß ich angerufen habe, Dad, ehrlich«, sagte ich vorsichtig.

»Hm. Du bist ein Narr, mein Junge«, sagte er und tapste durch den Flur davon. Ich lag da und dachte nach. Ich war mir ziemlich sicher, daß ich am vergangenen Abend nicht zu Hause angerufen hatte. Ich war mit Jamie in der Kneipe gewesen, dann mit ihm und dem Mädchen zusammen auf der Straße, ich war allein weggerannt, anschließend war Jamie wieder bei mir und schließlich waren wir zusammen bei seiner Mutter gewesen, und zuletzt war ich fast nüchtern nach Hause gegangen. Ich hatte keinerlei Gedächtnislücken. Deshalb vermutete ich, daß es Eric war, der angerufen hatte. Wie es sich anhörte, konnte mein Vater nicht allzu lange mit ihm gesprochen haben, sonst hätte er die Stimme seines Sohnes erkannt. Ich legte mich in meinem Bett zurück und hoffte, daß Eric noch immer wohlauf war und sich in diese Richtung bewegte, und außerdem, daß mein Kopf und meine Eingeweide endlich aufhören würden mich daran zu erinnern, wie ungemütlich sie sich anfühlen konnten.

»Wie siehst du bloß aus?« sagte mein Vater, als ich endlich im Morgenmantel nach unten kam, um mir einen alten Film anzugucken, der an diesem Nachmittag im Fernsehen lief. »Ich hoffe, du bist stolz auf dich. Ich hoffe, du denkst, daß dieses Gefühl aus dir einen Mann macht.« Mein Vater schnalzte mehrmals mit der Zunge und schüttelte den Kopf, dann widmete er sich wieder der Lektüre des *Scientific American*. Ich setzte mich behutsam in einen der großen Sessel unseres Wohnzimmers.

»Ich habe gestern abend tatsächlich ein bißchen zuviel getrunken, Dad, das muß ich zugeben, aber ich kann dir versichern, daß ich es büßen mußte und muß.«

»Nun, ich hoffe, das ist dir eine Lehre. Ist dir eigentlich klar, wie viele deiner Gehirnzellen zu töten dir gestern abend gelungen ist?«

»Einige Tausend«, sagte ich nach kurzem Zögern, währenddessen ich eine entsprechende Berechnung angestellt hatte.

Mein Vater nickte voller Begeisterung. »Mindestens.«

»Nun, ich werde versuchen, es nie wieder zu tun.«

»Hm.«

»Brr*ap!*« gab mein After laut vernehmlich von sich, was mich ebenso überraschte wie meinen Vater. Er ließ die Zeitschrift sinken und blickte über meinen Kopf hinweg weise lächelnd ins Leere, während ich mich räusperte und den Saum meines Morgenmantels so unauffällig wie möglich raffte. Ich sah, wie seine Nasenflügel zuckten und bebten.

»Lager und Whisky, was?« sagte er, nickte sich selbst zustimmend zu und nahm seine Zeitschrift wieder auf. Ich spürte, wie ich rot wurde, und preßte die Zähne aufeinander, froh darüber, daß er sich wieder hinter die bedruckten Hochglanzseiten zurückgezogen hatte. Wie machte er das bloß? Ich tat so, als ob nichts geschehen sei.

»Oh, übrigens«, sagte ich, »ich hoffe du hast nichts dagegen, aber ich habe Jamie gesagt, daß Eric abgehauen ist.«

Mein Vater sah mich über den Rand der Zeitschrift hinweg an, schüttelte den Kopf und las weiter. »Idiot«, sagte er.

Nach dem Abendessen, das eher ein Imbiß als eine richtige Mahlzeit gewesen war, ging ich auf den Dachboden hinauf und benutzte das Teleskop, um die Insel in der Fernsicht zu überblicken und mich zu vergewissern, daß nichts mit ihr passiert war, während ich mich im Haus aufgehalten hatte. Alles schien ruhig. Ich machte einen kurzen Spaziergang im kühlen, wolkenverhangenen Abend, nur am Strand entlang bis zur Südspitze der Insel und zurück, anschließend blieb ich zu Hause und sah noch etwas fern, als der Regen einsetzte, hergetragen von einem flachen Wind, und murmelnd gegen das Fenster klopfte.

Ich war bereits zu Bett gegangen, als das Telefon läutete. Ich stand schnell auf, da ich bei seinem ersten Klingeln noch nicht richtig eingedöst war, und rannte hinunter, um vor meinem Vater dort anzukommen. Ich wußte nicht, ob er noch auf war oder nicht.

»Ja?« sagte ich atemlos, während ich mir die Schlafanzugjacke in die Hose stopfte. Ich vernahm mehrere Piepser, dann ertönte eine Stimme am anderen Ende, die seufzte.

»Nein.«

»Wie bitte?« fragte ich stirnrunzelnd.

»Nein«, sagte die Stimme am anderen Ende.

»Hä?« sagte ich. Ich war mir nicht einmal sicher, ob es Eric war.

»Du hast ›ja‹ gesagt. Ich sage ›nein‹.«

»Was soll ich denn deiner Meinung nach sagen?«

»Porteneil fünfdreieins.«

»Okay. Porteneil fünfdreieins. Hallo?«

»Okay. Wiedersehen.« Die Stimme kicherte, das Telefon schwieg. Ich sah es vorwurfsvoll an, dann legte ich den Hörer auf die Gabel. Ich zögerte. Wieder klingelte der Apparat. Das erste Klingeln war noch nicht zu Ende, da schnappte ich bereits den Hörer.

»Ja ...«, setzte ich an, und gleich darauf ertönten die Piepser. Ich wartete, bis sie aufhörten, dann sagte ich: »Porteneil fünfdreieins.«

»Porteneil fünfdreieins«, sagte Eric. Wenigstens dachte ich, daß es Eric war.

»Ja«, sagte ich.

»Ja was?«

»Ja, hier ist Porteneil fünfdreieins.«

»Aber ich dachte, *hier* ist Porteneil fünfdreieins.«

»*Hier* ist es. Wer spricht denn? Bist du das ...«

»Ich bin es. Ist dort Porteneil fünfdreieins?«

»Ja!« brüllte ich.

»Und wer spricht?«

»Frank Cauldhame«, sagte ich und bemühte mich um Selbstbeherrschung. »Wer ist dort?«

»Frank Cauldhame«, sagte Eric. Ich blickte mich um, die Treppe hinauf und hinunter, entdeckte jedoch kein Anzeichen von meinem Vater.

»Hallo, Eric«, sagte ich lächelnd. Ich beschloß, daß ich, was immer heute abend auch passieren mochte, ihn nicht verärgern würde. Eher würde ich den Hörer auflegen, als das Falsche zu sagen und damit zu bewirken, daß mein Bruder wieder mal Eigentum der Post zerstörte.

»Ich habe dir gerade gesagt, daß mein Name Frank lautet. Warum nennst du mich Eric?«

»Komm, Eric, ich erkenne deine Stimme.«

»Ich heiße Frank. Hör endlich auf, mich Eric zu nennen!«

»Okay, okay. Ich werde dich Frank nennen.«

»Und wer bist du dann?«

Ich dachte einen Augenblick lang nach. »Eric?« sagte ich versuchsweise.

»Gerade hast du gesagt, daß du Frank bist.«

»Na gut«, seufzte ich, stützte mich mit einer Hand an der Wand ab und überlegte, was ich sagen sollte. »Das war ... das war nur ein Scherz. O Gott, ich weiß nicht.« Ich sah das Telefon stirnrunzelnd an und wartete, daß Eric sprechen würde.

»Wie auch immer, Eric«, sagte Eric. »Was sind die letzten Neuigkeiten?«

»Oh, nichts Besonderes. Ich war gestern abend in der Kneipe. Hast du gestern abend angerufen?«

»Ich? Nein.«

»Oh. Dad hat gesagt, daß jemand angerufen hat. Ich dachte, du wärst es gewesen.«

»Warum sollte ich anrufen?«

»Na ja, ich weiß nicht.« Ich zuckte die Achseln. »Vielleicht aus dem gleichen Grund, aus dem du heute abend anrufst. Was weiß ich.«

»Nun, was glaubst du, warum ich heute abend anrufe?«

»Ich habe keine Ahnung.«

»Herrje, du hast keine Ahnung, warum ich anrufe, du bist dir deines eigenen Namens nicht sicher, du sprichst mich mit dem falschen an. Du bist keine besondere Leuchte, was?«

»O je«, sagte ich, mehr zu mir selbst als zu Eric. Ich spürte, daß dieses Gespräch wieder vollkommen aus dem Gleis geriet.

»Willst du mich nicht fragen, wie es *mir* geht?«

»Doch, doch«, sagte ich. »Wie geht es dir?«

»Schrecklich. Wie geht es dir?«

»Ganz gut. Warum geht es dir schrecklich?«

»Das interessiert dich nicht wirklich.«

»Doch, natürlich. Was fehlt dir?«

»Nichts, für das du wirklich Anteilnahme aufbringen könntest. Frag mich etwas anderes, zum Beispiel, wie das Wetter ist oder wo ich bin oder so. Ich weiß, daß es dir egal ist, wie es mir geht.«

»Das ist mir überhaupt nicht egal. Du bist mein Bruder. Es ist ganz natürlich, daß mich das interessiert«, protestierte ich. Genau in diesem Moment hörte ich, wie die Küchentür geöffnet wurde, und ein paar Sekunden später erschien mein Vater am Fuß der Treppe, hielt sich an der großen Holzkugel fest, die oben auf dem letzten Geländerpfosten herausgeschnitzt war, stand da und sah zu mir herauf. Er hob den Kopf und neigte ihn leicht zur Seite, um besser hören zu können. Mir entging ein Teil dessen, was mir Eric als Antwort entgegnete, und ich bekam nur noch mit:

»... egal, wie's mir geht. Jedesmal, wenn ich anrufe, ist es dasselbe: ›Wo bist du?‹ Das ist das einzige, das dich interessiert; dir ist scheißegal, wo mein Kopf ist, dir geht es nur um meinen Körper. Ich weiß nicht, warum ich mir Gedanken mache. Ich kann mir die Mühe des Anrufens genausogut sparen.«

»Hm. Na gut. Da haben wir's«, sagte ich und sah lächelnd zu meinem Vater hinunter. Er stand reglos und schweigend da.

»Verstehst du, was ich meine? Das ist alles, was dir einfällt: ›Hm. Na gut. Da haben wir's.‹ Herzlichen Dank. Daran sieht man, wie scheißegal dir das alles ist.«

»Keineswegs. Ganz im Gegenteil«, versicherte ich ihm, dann hielt ich den Hörer etwas von meinem Mund entfernt und rief meinem Vater zu: »Es ist wieder mal nur Jamie, *Dad!*«

»... warum ich mir überhaupt die Mühe mache, weiß ich wirklich ...«

Eric polterte weiter in die Sprechmuschel, offenbar ohne daß ihm aufgegangen war, was ich gerade gesagt hatte. Mein Vater ignorierte meine Worte ebenso, er blieb in der gleichen Haltung, mit schräggelegtem Kopf, stehen.

Ich fuhr mir mit der Zunge über die Lippen und sagte: »Also, Jamie ...«

»Wie bitte? Merkst du was? Du hast meinen Namen schon wieder vergessen. Was hat das alles für einen Sinn? Das möchte ich mal wissen. Hm? Was hat es für einen Sinn? *Er* liebt mich nicht. *Du* liebst mich jedoch, nicht wahr?« Seine Stimme wurde eine Spur schwächer und hallte mehr nach; offenbar hatte er den Mund von der Sprechmuschel entfernt. Es hörte sich an, als ob er mit jemandem spräche, der sich mit ihm in der Telefonzelle befand.

»Ja, Jamie, natürlich.« Ich lächelte meinem Vater zu und nickte und legte eine Hand in die Achselhöhle des anderen Arms, um so entspannt wie nur möglich auszusehen.

»Du liebst mich, nicht wahr, mein Süßes? Dein kleines Herz ist Feuer und Flamme für mich...«, murmelte Eric in weiter Ferne. Ich schluckte und lächelte meinen Vater wieder an.

»Na ja, Jamie, so ist das nun mal im Leben. Ich habe das gerade erst heute morgen zu *Dad hier* gesagt.« Ich winkte meinem Vater zu.

»Du verglühst vor Liebe zu mir, nicht wahr, mein kleiner Liebling?«

Ich hatte das Gefühl, mein Herz und mein Magen würden zusammenprallen, als ich durchs Telefon ein stoßartiges Keuchen hinter Erics Murmeln hörte. Ein schwaches Wimmern und irgendwelche sabbernden Geräusche verursachten mir über und über Gänsehaut. Ich erschauderte. Mein Kopf wurde von einem Schütteln gepackt, als hätte ich soeben eine Ladung hundertprozentigen Whisky in mich hineingeschüttet. Keuch-keuch, wimmer-wimmer drang aus dem Hörer. Eric sagte etwas Beschwichtigendes und Ruhiges im Hintergrund. O mein Gott, er hatte einen Hund mit sich da drin. O nein!

»Also, Jamie, hör mal zu. Jamie! Was meinst du?« sagte ich laut und verzweifelt und fragte mich, ob mein Vater wohl meine Gänsehaut wahrnahm. Ich befürchtete außerdem, daß mir die Augen wahrscheinlich aus den Höhlen traten, aber ich konnte nichts dagegen tun; ich bemühte mich angestrengt, mir etwas einfallen zu lassen, um Eric abzulenken. »Mir ist... mir ist gerade so durch den Kopf gegangen, daß wir unbedingt mal wieder... unbedingt mal wieder Willy dazu bringen müssen, daß er uns eine Spritztour mit seinem alten Wagen machen läßt, du weißt schon, ich meine den Mini, mit dem er manchmal über den Sand hoppelt. Das hat doch immer unheimlich Spaß gemacht, oder nicht?« Ich brachte inzwischen nur noch ein Krächzen heraus, mein Mund wurde immer trokkener.

»Was? Was redest du denn da?« sagte Erics Stimme plötzlich wieder dicht an der Sprechmuschel. Ich schluckte mit einem erneuten Lächeln in Richtung meines Vaters, dessen Augen sich leicht verengt zu haben schienen.

»Vergiß nicht, Jamie, wir müssen mal wieder mit Willys Mini fahren. Ich muß jetzt wirklich endlich mal *Dad hier* dazu bringen« – ich zischte diese beiden Worte förmlich –, »daß er mir einen alten Wagen kauft, mit dem ich am Strand herumsausen kann.«

»Du redest Blech. Ich bin niemals mit irgend jemandes Auto am Strand herumgefahren. Du hast schon wieder vergessen, wer ich bin«, beschwerte sich Eric, der mir immer noch nicht richtig zuhörte. Ich wandte mich um und blickte nicht länger zu meinem Vater hinunter, sondern drehte das Gesicht zur Wand, stieß einen gewaltigen Seufzer aus und flüsterte vor mich hin: »O Gott«, von der Sprechmuschel abgewandt.

»Ja, ja, das stimmt, Jamie«, fuhr ich hoffnungslos fort. »Mein Bruder ist immer noch unterwegs hierher, soweit ich weiß. Ich und *Dad hier* hoffen, daß es ihm gutgeht.«

»Du kleiner Mistkerl! Du redest so, als ob ich überhaupt nicht hier wäre! *Herrje,* ich kann es hassen, wenn die Leute das tun! Das würdest *du* mir nicht antun, nicht wahr, meine alte Flamme?« Seine Stimme entfernte sich wieder, und ich hörte Geräusche, die von einem Hund stammen mußten – von einem kleinen Hund, wenn ich es mir recht überlegte –, aus dem Hörer dringen. Der Schweiß brach mir aus.

Ich hörte Schritte im Flur unter mir, dann wurde das Licht in der Küche ausgeschaltet. Die Schritte näherten sich wieder, kamen die Treppe herauf. Ich drehte mich schnell um und lächelte meinen Vater an, der auf mich zukam.

»Na ja, da haben wir es, Jamie«, sagte ich leidenschaftlich, sowohl im übertragenen Sinn wie auch wortwörtlich ausgedörrt.

»Telefoniere nicht so lange«, ermahnte mich mein Vater, als er an mir vorbeiging und die Treppe weiter hinaufstieg.

»Klar, Dad!« rief ich vergnügt, während ich allmählich irgendwo in der Blasengegend einen Schmerz empfand, der sich manchmal einstellte, wenn die Dinge außergewöhnlich schlecht liefen und ich keinen Ausweg wußte.

»*Aaaaaoooo!*«

Ich riß mir den Hörer vom Ohr und starrte ihn eine Sekunde lang an. Ich war mir nicht schlüssig, ob Eric oder der Hund diesen Ton von sich gegeben hatte.

»Hallo? Hallo?« flüsterte ich fieberhaft, während ich hinaufblickte, wo ich sah, wie Vaters Schatten soeben von der Wand des oberen Flurs verschwand.

»Haaaoo*wwwaaaaooooww!*« drang der Schrei durch die Leitung. Ich zuckte zusammen und zitterte. Mein Gott, was stellte er mit dem Tier an? Es klickte im Hörer, ich hörte einen Schrei, der sich wie ein Fluchen anhörte, dann rasselte und klapperte es wieder im Telefon. »Du kleines Mistvieh – *chchrr*. Kacke! Verdammte Scheiße! Komm zurück, du kleiner ...!«

»Hallo, Eric! Ich meine, Frank! Ich meine ... Hallo! Was geht da vor?« zischte ich, während ich die Treppe nach Schatten absuchte, mich vor dem Telefon hinkauerte und mir die freie Hand vor den Mund hielt. »Hallo?«

Ein Scheppern folgte, dann ›Daran bist du schuld!‹, aus nächster Nähe ins Telefon gebrüllt, dann ein Knallen. Eine Zeitlang hörte ich undeutliche Geräusche, aber so sehr ich mich auch anstrengte, ich konnte nicht erkennen, um was es sich dabei handelte, und vielleicht waren es auch bloß Nebengeräusche in der Leitung. Ich überlegte, ob ich den Hörer aus der Hand legen sollte, und war gerade im Begriff, das zu tun, als Erics Stimme wieder erklang, etwas murmelnd, das ich nicht verstand.

»Hallo? Wie bitte?« sagte ich.

»Immer noch da, was? Das kleine Mistvieh ist mir durch die Lappen gegangen. Daran bist du schuld. Herrje, wofür bist du eigentlich gut?«

»Es tut mir leid«, sagte ich und meinte es ehrlich.

»Jetzt ist es, verdammt noch mal, zu spät. Hat mich gebissen, der kleine Scheißer. Aber ich krieg' ihn ein zweitesmal. Den Bastard!« Die Piepser ertönten. Ich hörte, wie weiteres Geld in den Münzschlitz gesteckt wurde. »Ich nehme an, du bist froh, was?«

»Wieso froh?«

»Froh, weil der verdammte *Hund* abgehauen ist, du Arschloch.

»Wer? – Ich?« Ich versuchte, Zeit zu gewinnen.

»Du willst mir weismachen, es tut dir *leid,* daß er abgehauen ist, was?«

»Ähm ...«

»Das hast du absichtlich gemacht!« schrie Eric. »Das hast du absichtlich gemacht! Du wolltest, daß er abhaut! Du läßt mich nie mit etwas spielen! Dir liegt mehr dran, daß es dem Hund gutgeht, als daß ich Spaß habe! Du Scheißer! Du widerlicher Mistkerl!«

»Ha ha«, lachte ich überzeugend. »Nun, vielen Dank für deinen Anruf – ah – Frank. Wiedersehen.« Ich knallte den Hörer auf, stand ein paar Sekunden lang reglos da und gratulierte mir selbst, weil alles in allem genommen die Dinge recht gut gelaufen waren. Ich fuhr mir mit der Hand über die Stirn, auf der etwas Schweiß stand, und warf einen letzten Blick hinauf zu der schattenlosen Wand über mir.

Ich schüttelte den Kopf und schlurfte die Treppe hinauf. Ich hatte gerade die oberste Stufe vor dem nächsten Absatz erreicht, als das Telefon erneut klingelte. Ich erstarrte.

Wenn ich dran ging... Aber wenn ich *nicht* dran ging und statt dessen Vater...

Ich rannte wieder hinunter, nahm den Hörer ab, hörte, wie die Münzen fielen; dann: »*Scheißkerl!*«, gefolgt von einer Reihe ohrenbetäubender Knalle von Plastik, das auf Metall und Glas prallte. Ich schloß die Augen und lauschte auf das Krachen und Scheppern, bis ein besonders lauter Knall mit einem tiefen Summton endete, den Telefone gewöhnlich nicht von sich geben. Ich legte den Hörer wieder auf, drehte mich um, blickte nach oben und setzte mich erschöpft in Bewegung, die Treppe wieder hinauf.

Ich lag im Bett. Bald würde ich mir eine weitreichende Lösung für dieses Problem einfallen lassen müssen. Es gab keinen anderen Weg. Ich mußte versuchen, die Dinge zu beeinflussen, indem ich direkt bei der Wurzel ansetzte: beim Alten Saul selbst. Es war starke Medizin erforderlich, um zu verhindern, daß Eric mit leichter Hand das gesamte schottische Telefonnetz lahmlegte und die Hundepopulation des Landes drastisch dezimierte. Als erstes mußte ich jedoch wieder mal die Fabrik befragen.

Es war nicht unbedingt meine Schuld, aber ich steckte unversehens mitten in der Sache drin, und vielleicht hatte ich die Möglichkeit, etwas zu unternehmen, mit Hilfe des Schädels von dem alten Hund, mit Unterstützung der Fabrik und mit ein wenig Glück. Wie empfänglich mein Bruder für irgendwelche von mir ausgesandten Wellen, wie immer sie auch geartet wären, wohl sein mochte, war eine Frage, über die ich in Anbetracht seines Geisteszustandes nicht allzu eingehend nachdenken wollte, aber ich mußte etwas tun.

Ich hoffte, daß der kleine Hund wirklich einigermaßen glimpflich davongekommen war. Verdammt, ich rächte mich doch auch nicht an allen Hunden wegen des Mißgeschicks, das mir widerfahren war. Der Alte Saul war an allem schuld, der Alte Saul war in unserer Geschichte und in meine persönliche Mythologie als der Kastrator eingegangen, aber dank der kleinen Wesen im Fluß hatte ich ihn jetzt in meiner Gewalt.

Eric war verrückt, daran bestand kein Zweifel, auch wenn er mein Bruder war. Er konnte von Glück sagen, daß er noch einen geistig gesunden Menschen hatte, der ihn nach wie vor mochte.

6

DER SCHÄDELHAIN

Als Agnes Cauldhame ankam – im achteinhalbten Monat schwanger, auf ihrer 500er BSA mit dem hochgezogenen Lenker und dem in Rot auf den Tank aufgemalten Echsenauge –, war mein Vater, vielleicht verständlicherweise, nicht übermäßig entzückt, sie zu sehen. Schließlich hatte sie ihn fast unmittelbar nach meiner Geburt verlassen, und er war allein mit einem brüllenden Baby auf dem Arm dagestanden. Ohne einen Telefonanruf oder eine Postkarte drei Jahre lang wegzubleiben und dann aus der Stadt und über die Brücke angebraust zu kommen – wobei die Gummigriffe der Lenkstange seitlich Platz hatten –, mit einem Baby oder Babies von einem anderen Mann unter dem Herzen, mit der Erwartung, daß mein Vater für Unterkunft und Essen und Pflege und die Entbindung sorgen würde, war schon ganz schön unverschämt.

Da ich damals erst drei Jahre alt war, ist mir nicht viel davon im Gedächtnis haften geblieben. Genaugenommen kann ich mich an gar nichts erinnern, so wie ich mich an nichts erinnern kann, das vor meiner Zeit als Dreijähriger lag. Aber natürlich habe ich dafür meine ganz bestimmten Gründe. Von dem wenigen, das mein Vater freiwillig an Informationen preisgegeben hatte und das ich mir Stück für Stück zusammenreimte, glaube ich mir eine ziemlich zutreffende Vorstellung von den Ereignissen machen zu können. Bei verschiedenen Gelegenheiten waren auch Mrs. Clamp einige Einzelheiten entschlüpft, obwohl darauf vermutlich ebensowenig Verlaß ist wie auf das, was mein Vater mir erzählt hat.

Eric war zu jener Zeit weg, er lebte bei den Stoves in Belfast.

Agnes, sonnengebräunt, hochgewachsen, ein Rausch von Perlen und einem grellbunten Kaftan, die entschlossen war, ihr Kind im Lotussitz zu gebären (die Stellung, in der ihrer Behauptung nach auch die Empfängnis stattgefunden hatte), und zwar während eines ›Om‹-Trips, weigerte sich, irgendeine Frage meines Vaters zu beantworten; sie sagte nicht, wo sie sich während der letzten drei Jahre aufgehalten hatte, noch mit wem sie zusammengewesen war. Sie wies ihn zurecht, daß er keinerlei Besitzanspruch auf sie und ihren Körper habe. Es ging ihr gut, und sie erwartet ein Kind, mehr brauchte er nicht zu wissen.

Agnes nistete sich trotz aller Einwände meines Vaters in dem Raum ein, der früher ihr gemeinsames Schlafzimmer gewesen war. Ob er insgeheim froh war, sie wieder bei sich zu haben, oder vielleicht sogar die törichte Hoffnung hegte, sie könnte für immer bleiben, vermag ich nicht zu sagen. Ich glaube nicht, daß er in Wirklichkeit gar so ungestüm ist, trotz der brunftigen Ausstrahlung, die er gern hervorkehrt, wenn er Eindruck schinden will. Ich habe den Verdacht, daß die offensichtlich sehr bestimmte Wesensart meiner Mutter ausgereicht haben dürfte, um ihn in Schach zu halten. Wie auch immer, sie setzte ihren Kopf durch und führte ein paar Wochen lang ein üppiges, angenehmes Leben während dieses berauschenden Sommers voller Liebe und Frieden und so weiter und so weiter.

Damals konnte mein Vater noch beide Beine gebrauchen, und er mußte sie auch gebrauchen, um von der Küche ins Wohnzimmer oder ins Schlafzimmer und wieder zurück zu rennen, wenn Agnes mit den kleinen Glöckchen läutete, die an den weiten Schlägen ihrer Jeans angenäht waren; die Hose lag dekorativ auf einem Sessel neben dem Bett. Darüber hinaus mußte mein Vater auch noch für mich sorgen. Ich tapste zu jener Zeit überall herum und geriet in sämtliche Schwierigkeiten, in die ein normaler, gesunder Dreijähriger kommen kann.

Wie gesagt, ich kann mich an nichts erinnern, doch man hat mir erzählt, daß es mir offenbar Spaß gemacht hat, den Alten Saul zu ärgern, die krummbeinige, uralte weiße Bulldogge, die sich mein Vater hielt, weil – so wurde mir ebenfalls berichtet – sie ein so häßliches Tier war, das überdies keine Frauen ausstehen konnte. Motorräder mochte der Hund genausowenig, und er war bei Agnes' Ankunft beinah durchgedreht, wild bellend und sie angreifend. Agnes versetzte ihm einen so heftigen Fußtritt, daß er quer durch den Garten flog, und er rannte jaulend in die Dünen davon, um nur ein einziges Mal zurückzukehren, während Agnes mit Sicherheit außer Gefecht gesetzt war, weil sie ans Bett gebunden war. Mrs. Clamp besteht nach wie vor auf der Ansicht, daß mein Vater den Hund längst hätte einschläfern lassen sollen, bevor all das geschah, doch ich glaube, der alte Kerl mit den tropfenden Lefzen, den gelben Triefaugen, dem Fischgestank hat wohl irgendwie sein Mitleid erregt, einfach dadurch, daß er so ekelhaft war.

Agnes kam fristgerecht an einem heißen, ruhigen Tag zur Mittagessenszeit nieder, Schweiß verströmend und sich ganz ›Om‹ hingebend, während mein Vater mengenweise Wasser kochte und überhaupt sehr rührig hin und herflitzte und Mrs. Clamp Agnes' Stirn abtupfte und sich zurückhielt, ihr die vielen Geschichten zu erzählen über die Frauen, die sie kannte und die im Kindbett gestorben waren. Ich spielte draußen, rannte in Shorts herum – so stelle ich mir das jedenfalls vor –, einigermaßen zufrieden mit diesem ganzen Getue um die Schwangerschaft, das da abgezogen wurde, denn dadurch hatte ich mehr Freiheit denn je, im Haus und im Garten zu tun, was mir beliebte, ohne die Aufsicht meines Vaters.

Was ich getan habe, um den Alten Saul zu ärgern, ob er durch die Hitze besonders unleidlich wurde, ob Agnes ihn bei ihrer Ankunft wirklich gegen den Kopf getreten hat, wie Mrs. Clamp behauptet – all das weiß ich nicht. Aber es kann gut sein, daß das kleine wirrköpfige, verdreckte, sonnengebräunte, haarlose Kind, das ich war, irgendeine Gemeinheit ausgeheckt hatte, die sich auf das Vieh bezog.

Es geschah im Garten, auf einer Fläche, die später ein Gemüsebeet wurde, als bei meinem Vater die Marotte mit der gesunden Ernährung anfing. Etwa eine Stunde vor der Entbindung keuchte und stöhnte und japste meine Mutter und preßte ihren Leib, unterstützt sowohl von Mrs. Clamp als auch meinem Vater, als alle drei (oder zumindest zwei von ihnen, da Agnes vermutlich zu sehr mit anderen Dingen beschäftigt war) ein wahnsinniges Bellen und einen einzigen schrillen, entsetzlichen Schrei hörten.

Mein Vater rannte zum Fenster, blickte hinunter in den Garten, schrie auf und rannte hinaus, Mrs. Clamp stierend und auf sich selbst angewiesen zurücklassend.

Er rannte in den Garten hinaus und hob mich auf. Er rannte zurück ins Haus, schrie etwas zu Mrs. Clamp hinauf, dann legte er mich auf den Küchentisch und benutzte einige Handtücher, um die Blutung, so gut er konnte, zum Stillstand zu bringen. Mrs. Clamp, immer noch ahnungslos und ziemlich überfordert, erschien mit der Arznei, nach der er verlangt hatte, und fiel dann fast in Ohnmacht, als sie die Bescherung zwischen meinen Beinen sah. Mein Vater nahm ihr den Beutel ab und wies sie an, wieder zu meiner Mutter hinaufzugehen.

Eine Stunde später war ich wieder bei Bewußtsein,

lag vollgestopft mit Medikamenten und blutleer in meinem Bett; mein Vater war mit seinem Gewehr, das er damals besaß, hinausgegangen und suchte den Alten Saul.

Er fand ihn sofort, noch bevor er das Haus richtig verlassen hatte. Der greise Hund kauerte vor der Tür zum Keller, am Fuß der Treppe im kühlen Schatten. Er winselte und zitterte, und mein junges Blut mischte sich auf seinen schlabbernden Lefzen mit trübem Speichel und dickem Augenschleim, während er knurrte und zitternd und flehentlich zu meinem Vater aufsah, der ihn hochhob und erdrosselte.

Nun, ich habe meinen Vater nach und nach dazu gebracht, mir das alles zu erzählen; also, laut seinem Bericht war es genau in dem Moment, in dem er den letzten Lebenshauch aus dem Hund herauswürgte, als er einen anderen Schrei hörte, diesmal von oben und aus dem Innern des Hauses, und das war die Geburt des Jungen, den sie Paul nannten. Welche Art von verdrehten Gedanken meinem Vater damals im Kopf herumgespukt haben mußten, die ihn veranlaßten, einen solchen Namen zu wählen, kann ich beim besten Willen nicht nachempfinden, doch das war der Name, den Angus für seinen neuen Sohn aussuchte. Die Wahl des Namens oblag ganz allein ihm, denn Agnes blieb nicht lange. Sie hängte noch zwei Tage zur Erholung an, drückte ihren Schrecken und ihr Entsetzen über das Unglück aus, das mir widerfahren war, dann bestieg sie ihr Motorrad und donnerte davon. Mein Vater versuchte, sie aufzuhalten, indem er sich ihr in den Weg stellte, deshalb überfuhr sie ihn und brach ihm ziemlich schlimm das Bein, und zwar auf dem Weg vor der Brücke.

So kam es, daß sich Mrs. Clamp plötzlich in der Rolle wiederfand, für meinen Vater zu sorgen, während mein Vater darauf bestand, für mich zu sorgen. Er war immer noch strikt dagegen, daß die alte Frau irgendeinen anderen Arzt zu Rate zog, und er schiente sich selbst das Bein, wenn auch etwas stümperhaft, deshalb humpelt er heute noch. Mrs. Clamp mußte am Tag nach der Abreise von Pauls Mutter das Neugeborene in die hiesige Landklinik bringen. Mein Vater protestierte zwar heftig dagegen, doch, wie Mrs. Clamp eindringlich darlegte, genügte es vollkommen, sich um zwei Invaliden im Haus kümmern zu müssen, ohne noch die Verantwortung für ein Baby zu haben, das ebenfalls ständiger Fürsorge bedurfte.

Das war also der letzte Besuch meiner Mutter auf der Insel und im Haus. Sie hinterließ einen Toten, einen Neugeborenen und einen fürs Leben Verkrüppelten, in jeder Hinsicht. Keine schlechte Ausbeute für vierzehn Sommertage voller hemmungsloser und psychedelischer Liebe und Frieden und allgemeiner Nettigkeit.

Das Ende des Alten Sauls war, daß er an dem Hang hinter dem Haus begraben wurde, den ich später Schädelhain nannte. Mein Vater behauptet, daß er das Tier aufgeschnitten und meine kleinen Genitalien in seinem Bauch gefunden habe, aber ich konnte ihn nie dazu überreden, mir zu sagen, was er damit gemacht hat.

Paul war natürlich Saul. Dieser Feind war – es konnte nicht anders sein – listig genug, sich auf den Jungen zu übertragen. Das war der Grund, warum mein Vater diesen Namen für meinen neuen Bruder ausgesucht hatte. Es ist ein überaus glücklicher Umstand, daß ich bereits in so jungen Jahren hinter die Zusammenhänge gekommen bin, denn Gott allein weiß, was aus dem Jungen geworden wäre, da er doch von Sauls Seele besessen war. Aber zum Glück brachten der Sturm und ich ihn mit der Bombe zusammen, und damit hatte er verspielt.

Was die kleinen Tiere betrifft, die Marder, weißen Mäuse und Hamster, sie mußten ihre kleinen plumpsenden Tode im Schlamm erleiden, damit ich zu dem

Schädel des Alten Saul gelangen konnte. Ich schleuderte die winzigen Viecher quer über den Meeresarm in den Schlamm auf der anderen Seite, damit sie in den Genuß kamen, beerdigt zu werden. Mein Vater hätte es niemals zugelassen, daß ich auf unserem Familienfriedhof Gräber für Tiere aushob, also mußten sie überführt werden, wobei ihr Abschied von diesem Leben sich leider in dem würdelosen Behältnis eines halben Federballs vollzog. Ich kaufte die Federbälle gewöhnlich in dem Spielzeug- und Sportgeschäft in der Stadt, schnitt die Gummienden ab und quetschte das widerstrebende Meerschweinchen (zum Beispiel; ich habe nur ein einziges Mal eines benutzt, rein aus Prinzip, denn im allgemeinen waren sie zu teuer und ein wenig zu groß) in den Plastiktrichter, bis er ihm wie ein kleines Kleidchen um die Taille saß. Auf diese Weise flugfähig gemacht, schleuderte ich sie mit meinem Katapult hinaus über den Schlamm und das Wasser an ihr erstickendes Ziel; dann begrub ich sie, wobei mir als Särge die großen Streichholzschachteln dienten, die bei uns zu Hause stets neben dem Kamin lagen und die ich schon seit Jahren sammle und als Behälter für meine Spielzeugsoldaten, Modellhäuser und so weiter benutze.

Ich erzählte meinem Vater, daß ich versuchte, sie auf die gegenüberliegende Seite zu schleudern, auf das Festland, und daß diejenigen, die ich begraben mußte, die zu früh Abgestürzten, Opfer der wissenschaftlichen Forschung waren, aber ich bezweifle, daß ich diese Entschuldigung wirklich nötig hatte; meinem Vater war das Leiden niedrigerer Lebensformen offenbar ziemlich gleichgültig, trotz seiner Hippie-Vergangenheit und vielleicht wegen seiner medizinischen Ausbildung.

Ich machte mir natürlich Aufzeichnungen, und deshalb ist es genau festgehalten, daß es nicht weniger als siebenunddreißig dieser angeblichen Flugexperimente bedurfte, bevor mein vertrauenswürdiger Langgriffspaten, als er in die Erdhaut des Schädelhains biß, auf etwas Härteres als den sandigen Boden stieß und ich endlich wußte, wo die Knochen des Hundes lagen.

Es wäre ganz nett gewesen, wenn es auf den Tag genau ein Jahrzehnt nach dem Tod des Hundes gewesen wäre, daß ich seinen Schädel ausgrub, aber tatsächlich war ich ein paar Monate zu spät dran. Gleichwohl endete das Jahr des Schädels damit, daß *ich* meinen alten Feind in der Gewalt hatte; ich zog in einer angemessen dunklen und stürmischen Nacht das Gefäß mit den Knochen wie einen wahrhaftig faulen Zahn aus dem Boden, begleitet von Fackellicht und in der Gesellschaft von Stoutstroke, meinem Spaten, während mein Vater schlief und ich ebenfalls hätte schlafen sollen und der Himmel von Donner, Regen und Wind aufgewühlt war.

Ich zitterte, als ich das Ding endlich in den Bunker transportiert hatte, nachdem ich mich selbst mit paranoiden Horrorvorstellungen fast zu Tode geängstigt hatte, aber mein Wille setzte sich durch. Ich legte den verdreckten Schädel dort ab, reinigte ihn, steckte eine Kerze hinein, umgab ihn mit Gegenständen von magischer Bedeutung, und gelangte schließlich wieder sicher, wenn auch kalt und naß, in mein warmes kleines Bett.

Unter Berücksichtigung aller gegebenen Umstände glaube ich, daß ich meine Sache ordentlich gemacht habe, daß ich mit meinem Problem fertig geworden bin, so gut es mir möglich war. Mein Feind ist zweifach tot, und er befindet sich immer noch in meiner Gewalt. Ich bin kein vollwertiger Mann, und daran wird sich nie etwas ändern; aber ich bin ich, und ich betrachte das als befriedigenden Ausgleich.

Die Sache mit den brennenden Hunden ist ausgemachter Quatsch.

7

INVASOREN IM ALL

Bevor ich begriff, daß die Vögel gelegentlich meine Verbündeten waren, fügte ich ihnen allerlei unfreundliche Dinge zu: Ich fischte nach ihnen, erschoß sie, band sie bei Ebbe an Pfähle, befestigte elektrisch auszulösende Bomben unter ihren Nestern und so weiter.

Mein Lieblingsspiel bestand darin, zwei von ihnen mittels Köder und Netz zu fangen und sie dann zusammenzubinden. Meistens handelte es sich um Möwen, und ich band ihnen jeweils eine dicke orangefarbene Angelschnur aus Nylon an ein Bein, dann setzte ich mich auf eine Düne und wartete ab. Manchmal handelte es sich auch um eine Möwe und eine Krähe, aber egal, ob sie derselben Gattung angehörten oder nicht, sie fanden jedenfalls bald heraus, daß sie nicht richtig fliegen konnten – obwohl die Leine zwischen ihnen theoretisch lang genug war –, und es endete (nach einigen köstlich unbeholfenen Akrobatikakten) schließlich damit, daß die beiden gegeneinander kämpften.

Nachdem einer der Vögel tot war, ging es dem Überlebenden – der für gewöhnlich schlimme Verletzungen davongetragen hatte – auch nicht besser, weil er nun anstatt an einen lebenden Gegner an das hinderliche Gewicht eines Leichnams gebunden war. Ich habe ein paar ganz Entschlossene beobachtet, die ihrem geschlagenen Widersacher mit dem Schnabel das Bein abhackten, doch die meisten waren dazu nicht in der Lage, oder es fiel ihnen nicht ein, und in der darauffolgenden Nacht machten sich die Ratten über sie her.

Ich spielte auch noch andere Spiele, doch speziell dieses erschien mir immer wieder als meine am meisten ausgereifte Erfindung; sie hatte einen hohen Symbolgehalt und einen angenehmen Beigeschmack von Gefühllosigkeit und Ironie.

Einer der Vögel schiß auf mein Fahrrad Kiesel, als ich am Dienstag morgen auf dem Weg in die Stadt dahintrampelte. Ich hielt an, blickte zu den kreisenden Möwen und einigen Drosseln hinauf, dann rupfte ich etwas Gras aus und wischte den gelblichweißen Dreck vom vorderen Schutzblech. Es war ein strahlender, sonniger Tag, und eine leichte Brise wehte. Die Voraussage für die kommenden Tage war gut, und ich hoffte, daß das erfreuliche Wetter bis zu Erics Ankunft anhalten würde.

Ich traf Jamie zum Mittagessen in der Gastwirtschaft der ›Cauldhame Arms‹, und wir setzten uns an einen Bildschirmtisch, um ein elektronisches Spiel zu spielen.

»Wenn er so verrückt ist, dann kann ich nicht verstehen, warum sie ihn nicht längst geschnappt haben«, sagte Jamie.

»Ich habe dir doch gesagt, er ist zwar verrückt, aber sehr pfiffig. Er ist nicht *blöd*. Er war schon immer ein heller Kopf, von Anfang an. Er konnte im zartesten Alter bereits lesen, was all seine Verwandten und Onkel und Tanten zu der Bemerkung veranlaßte: ›O je, die Kinder sind heutzutage schon so früh entwickelt‹ oder ähnliches, noch bevor ich überhaupt auf der Welt war.«

»Aber das ändert nichts daran, daß er geistesgestört ist.«

»Das wird allgemein behauptet, aber ich weiß es nicht genau.«

»Was hat es mit den Hunden auf sich? Und den Würmern?«

»Okay, das deutet ziemlich stark auf eine Geisteskrankheit hin, das gebe ich zu, aber manchmal denke ich, vielleicht führt er etwas ganz Bestimmtes im Schilde, vielleicht ist er überhaupt nicht verrückt. Vielleicht hatte er einfach keine Lust mehr, sich normal zu benehmen, und hat irgendwann beschlossen, sich wie ein Verrückter zu verhalten, und man hat ihn schließlich eingesperrt, weil er zu weit gegangen ist.«

»Und jetzt ist er unheimlich sauer deswegen und verhält sich erst recht wie ein Wahnsinniger«, sagte Jamie grinsend und kippte den Inhalt seines Glases hinunter, während ich verschiedene ruckartig ausweichende, vielfarbige Raumschiffe auf dem Bildschirm wegschoß. Ich lachte. »Ja, wenn du so willst. Ach was, ich weiß nicht. Vielleicht ist er wirklich verrückt. Vielleicht bin ich verrückt. Vielleicht ist jeder verrückt. Oder zumindest jeder in meiner Familie.«

»Das hast *du* gesagt.«

Ich blickte kurz zu ihm auf und lächelte. »Manchmal kommt es mir so vor. Mein Vater ist ein Exzentriker… ich schätze, ich bin auch einer.« Ich zuckte die Achseln und konzentrierte mich wieder auf die Schlacht im All. »Aber es macht mir nichts aus. Es gibt ringsum Leute, die noch viel verrückter sind.«

Jamie saß eine Weile schweigend da, während ich auf dem Bildschirm eine Serie herumflitzender, heulender Schiffe nach der anderen vernichtete. Schließlich war meine Glückssträhne zu Ende, und ich wurde meinerseits fertiggemacht. Ich beschäftigte mich mit meinem Glas, während sich Jamie daran machte, ein paar von den grellbunten Formationen in die Luft zu jagen. Ich schaute auf die Oberseite seines Kopfes hinab, während er sich zur Bewältigung seiner Aufgabe hingebungsvoll nach vorn gebeugt hatte. Er bekam schon langsam eine Glatze, obwohl er meines

Wissens erst dreiundzwanzig war. Er erinnerte mich wieder mal an eine Marionette, mit seinem unproportionierten Kopf und den kurzen, stämmigen Armen und Beinen, die vor Kraftaufwand zappelten, wenn er den ›Feuer‹-Knopf drückte und an dem Knüppel herumzerrte, um die Position der Raumschiffe zu steuern.

»Tja«, sagte er nach einer Weile, während er noch immer die neu auftauchenden Schiffe angriff, »und viele davon finden sich offenbar unter den Politikern und Staatsmännern und solchen Typen.«

»Was?« fragte ich, da ich nicht verstand, wovon er sprach.

»Die Verrückteren. Offenbar sind viele davon die Führer von Nationen oder Religionen oder Armeen. Die wirklich Übergeschnappten.«

»Hm. Kann sein«, bestätigte ich nachdenklich, wobei ich die Schlacht auf dem Bildschirm aus umgekehrter Sicht verfolgte. »Oder vielleicht sind sie die einzigen Gesunden. Schließlich sind sie diejenigen, die über Macht und Reichtum verfügen. Sie sind diejenigen, die alle anderen nach ihrer Pfeife tanzen lassen können, so daß jene zum Beispiel für sie sterben und für sie arbeiten und sie an die Macht bringen und sie schützen und Steuern zahlen und ihnen Spielzeuge kaufen, und sie sind diejenigen, die einen weiteren großen Krieg überleben werden, gut aufgehoben in ihren Bunkern und unterirdischen Gräben. Also, wenn man davon ausgeht, daß die Dinge nun mal so sind, wie sie sind, wer kann behaupten, daß sie bekloppt sind, weil sie sich nicht so verhalten, wie man sich nach Joe Punters Meinung verhalten sollte? Wenn sie genauso dächten wie Joe Punter, dann *wären* sie Joe Punter, und ein anderer hätte seinen Spaß daran.«

»Das Überleben der Stärksten.«

»Genau.«

»Das Überleben der ...« Jamie sog hastig Luft ein und ruckte so heftig an dem Steuerknüppel, daß er fast vom

Hocker gefallen wäre, doch es gelang ihm, einem der heranschießenden gelben Bolzen auszuweichen, die ihn in eine Ecke des Bildschirms getrieben hatten »... Niederträchtigsten.« Er sah zu mir auf und warf mir ein schnelles Lächeln zu, bevor er sich wieder über seine Knöpfe und Hebel beugte. Ich trank und nickte.

»Wenn du so willst. Wenn die Niederträchtigsten überleben, dann sitzen wir in der Scheiße.«

»›Wir‹ sind alle diejenigen, die wie Joe Punter sind«, sagte Jamie.

»Genau, oder überhaupt alle. Die gesamte Gattung. Wenn wir wirklich so schlecht und so beknackt sind, daß wir die wundervollen H-Bomben und Neutronenbomben gegeneinander verwenden, dann ist es vielleicht nur gut, wenn wir uns selbst auslöschen, bevor wir in den Weltraum vordringen und anderen Rassen entsetzliche Dinge antun können.«

»Du meinst, wir sind die Invasoren im All?«

»Genau!« sagte ich und lachte und schaukelte auf meinem Hocker vor und zurück. »So ist es! In Wirklichkeit sind wir es!« Ich lachte erneut und stach auf dem Bildschirm in eine Stelle über einer Formation von roten und grünen zuckenden Gebilden, während im gleichen Moment eins davon, das seitlich aus dem Hauptgetümmel ausbrach, hinabtauchte und auf Jamies Schiff zuschoß; es war zwar kein Volltreffer, doch ein grüner Flügel streifte das Ziel, während das Ding oben aus dem Bildschirm verschwand, so daß Jamies Schiff in einem Blitz von sprühendem Rot und Gelb explodierte.

»Scheiße!« sagte Jamie und ließ sich zurücksinken. Er schüttelte den Kopf.

Ich beugte mich vor und wartete, daß mein Schiff erscheinen würde.

Nach meinen drei Gläsern war ich nur ein kleines bißchen betrunken und radelte pfeifend zurück auf die Insel. Ich genoß meine Plaudereien beim Mittagessen mit Jamie immer sehr. Manchmal unterhalten wir uns bei unseren Treffen an den Samstagabenden, doch wir können einander nicht verstehen, während die Bands spielen, und danach bin ich entweder zu betrunken für ein Gespräch oder, wenn ich noch sprechen kann, erinnere ich mich danach an nicht mehr viel von dem Gesagten. Was, wenn ich darüber nachdenke, möglicherweise ganz gut so ist, der Art und Weise nach zu urteilen, wie Menschen, die üblicherweise ziemlich vernünftig sind, sich in eifernde, grobe, widerborstige und großsprecherische Idioten verwandeln, sobald die Alkoholmoleküle in ihrem Blut ihre Neuronen zahlenmäßig übertreffen – oder so ähnlich. Zum Glück fällt einem das nur auf, wenn man selbst nüchtern bleibt, deshalb ist diese Lösung ebenso angenehm (zumindest für eine gewisse Zeit) wie naheliegend.

Als ich nach Haus zurückkam, lag mein Vater schlafend in einem Liegestuhl im vorderen Teil des Gartens. Ich verstaute das Fahrrad im Schuppen und beobachtete ihn eine Zeitlang von der Tür des Schuppens aus, und zwar in einer Bewegung verharrend, daß es, falls er aufwachte, so aussehen würde, als ob ich gerade dabei wäre, die Tür zu schließen. Sein Kopf war leicht zu meiner Seite hin geneigt, und sein Mund klaffte ein wenig auf. Er hatte eine Sonnenbrille auf, doch ich konnte durch die Gläser hindurch seine geschlossenen Augen gerade noch erkennen.

Ich mußte dringend pinkeln, deshalb beobachtete ich ihn nicht sehr lange. Nicht, daß ich einen besonderen Grund gehabt hätte, ihn zu beobachten, ich tat es einfach gern. Es verschaffte mir ein gutes Gefühl, daß ich ihn sah, während er mich nicht sah, und daß ich bei vollem Bewußtsein war, während er es nicht war.

Ich ging ins Haus.

Den Montag hatte ich nach einer oberflächlichen Überprüfung der Pfähle damit verbracht, einige Reparaturen und Verbesserungen an der Fabrik durchzuführen; ich arbeitete den ganzen Nachmittag über, bis meine Augen weh taten und mein Vater mich zum Abendessen holen mußte.

Am Abend regnete es, also blieb ich zu Hause und sah fern. Ich ging früh ins Bett. Eric hatte nicht angerufen. Nachdem ich etwa die Hälfte des Bieres losgeworden war, das ich in den ›Arms‹ getrunken hatte, nahm ich mir vor, erneut nach der Fabrik zu sehen. Ich kletterte zum Dachboden hinauf, ganz Sonnenlicht und Wärme und Geruch nach alten, interessanten Büchern, und ich beschloß, dort zunächst ein bißchen aufzuräumen.

Ich sortierte altes Spielzeug in Kartons, stapelte ein paar Rollen Teppichboden und Tapete wieder an ihren Platz, von wo sie heruntergefallen waren, heftete einige Landkarten wieder an das schräge Dachgebälk, räumte die Werkzeuge und Teile aus dem Weg, die ich zur Reparatur der Fabrik benutzt hatte, und füllte die verschiedenen Abteilungen der Fabrik, die gefüllt werden mußten.

Während dieser Arbeit stieß ich auf einige interessante Dinge: ein selbstgemachtes Astrolabium, das ich geschnitzt hatte, einen Karton mit den zusammengelegten Teilen eines maßstabsgerechten Modells der Verteidigungsanlage um Byzanz, die Reste meiner Sammlung von Telegrafenmasten-Isolierern und einige alte Schreibhefte aus der Zeit, als mein Vater mir Französisch beigebracht hatte. Als ich sie durchblätterte, entdeckte ich keine offenkundigen Lügen; er hatte mir nichts Unflätiges beigebracht anstelle von ›Entschuldigen Sie bitte‹ oder ›Können Sie mir bitte den Weg zum Bahnhof beschreiben?‹, obwohl ich von ihm erwartet hätte, daß er dieser Versuchung nicht hätte widerstehen können.

Ich vollendete meine Aufräumungsarbeiten, indem ich den Dachboden durchfegte, und mußte einige

Male niesen, als schimmernder Staub in den golden durchstrahlten Raum aufstieg. Ich betrachtete noch einmal meine renovierte Fabrik, einfach weil ich sie mir gern ansah und daran herumbastelte und sie berührte und einige ihrer kleinen Hebel und Türchen und Gerätschaften bediente. Endlich riß ich mich davon los, indem ich mich damit tröstete, daß ich bald genug Gelegenheit bekommen würde, sie richtig einzusetzen. Ich wollte noch am selben Nachmittag eine frische Wespe fangen, um sie am folgenden Morgen zu benutzen. Ich wollte noch einmal die Fabrik befragen, bevor Eric eintraf; ich wollte eine klarere Vorstellung haben von den Dingen, die geschehen würden.

Es war natürlich ein wenig riskant, dieselben Fragen zweimal zu stellen, doch ich war der Meinung, daß die außergewöhnlichen Umstände es rechtfertigten, und es war ja schließlich *meine* Fabrik.

Ich erwischte die Wespe ohne jede Schwierigkeit. Sie spazierte mehr oder weniger von selbst in das für diese Zeremonie vorgesehene Marmeladeglas, das ich seit langem zur Aufbewahrung von Wesen für die Fabrik benutze. Ich behielt das Glas bei mir, mit dem durchlöcherten Deckel verschlossen und mit ein paar Blättern und einem Schnipsel Orangenschale versehen, und stellte es im Schatten am Flußufer ab, während ich am Nachmittag dort einen Damm baute.

Ich arbeitete schwitzend in der Sonne des Spätnachmittags und frühen Abends, während mein Vater am hinteren Teil des Hauses einige Malerarbeiten erledigte und die Wespe sich mit zappelnden Fühlern am inneren Rund des Glases entlangtastete.

Als ich mit dem Bau des Dammes zur Hälfte fertig war – eine kritische Phase –, dachte ich, es könnte Spaß machen, einen Zünder zu basteln, also setzte ich die Überflutung in Betrieb und schlenderte den Pfad zum Schuppen hinauf, um den Beutel mit den Kriegsutensilien zu holen. Ich ging damit zurück und suchte die kleinste elektrisch auszulösende Bombe aus, die ich fand. Ich verband sie mit den Drähten des Laternenanzünders, und zwar an den bloßgelegten Enden, die aus dem Bohrloch in dem schwarzen Metallgehäuse ragten, und wickelte die Bombe in mehrere Plastiktüten. Ich schob die Bombe rückwärts in das Fundament des Hauptdamms, durch das stehende Wasser, das sich dahinter gestaut hatte, in die Nähe der Stelle, wo die Wespe in ihrem Glas herumkrabbelte. Ich bedeckte die Drähte, damit das Ganze natürlicher aussah, und fuhr mit dem Bau des Dammes fort.

Die gesamte Dammanlage geriet sehr groß und kompliziert und umfaßte nicht nur ein, sondern zwei Dörfer, eins zwischen den beiden Dämmen und eins etwas weiter flußabwärts. Ich hatte Brücken und kleine Straßen gebaut, eine kleine Burg mit vier Türmen und zwei Tunnels. Kurz vor der Teestunde schärfte ich den letzten Draht des Laternengehäuses und brachte das Wespenglas auf den Gipfel der nächsten Düne.

Ich sah meinen Vater, der immer noch dabei war, die Fensterrahmen des Wohnzimmers zu streichen. Ich kann mich noch an die Muster erinnern, die er für die Front des Hauses gewählt hatte, für die dem Meer zugewandte Fassade; sie waren damals schon sehr verblaßt, aber es waren kleine Klassiker der ausgeflippten Kunst, soweit ich mich entsinne, große verschnörkelte Schweife und Mandalas, die über die Hausfront zuckten wie Technicolor-Tätowierungen, sich um Fenster schlängelten und die Tür im großen Bogen umrahmten. Ein Relikt aus der Hippie-Zeit meines Vaters, das jetzt verblichen und vergangen war, ausgelöscht von Wind und Meer und Regen und Sonne. Heute sind nur noch die Umrisse vage zu erkennen, zusammen mit ein paar verkümmerten

Flecken des ursprünglichen Anstrichs, wie sich abschälende Haut.

Ich öffnete den Deckel der Laterne, schob die zylinderförmigen Batterien hinein, sicherte sie und drückte den Zündknopf oben auf dem Laternengehäuse. Der Strom floß von der neun Volt starken Zusatzbatterie, die außen mit Klebeband befestigt war, entlang der Drähte, die aus der Vertiefung ragten, wo eigentlich die Birne hingehörte und in die Hülle der Bombe. Irgendwo in der Nähe ihres Mittelpunkts glühte Stahlwolle zunächst matt, dann heller, als sie zu schmelzen begann, und die kristalline weiße Mischung explodierte, zerriß das Metall – das zu biegen mich und einen schweren Schraubstock viel Schweiß, Zeit und Kraftaufwand gekostet hatte –, als ob es Papier wäre.

Womm! Die Front des Hauptdamms brach und stürzte zusammen; ein wildes Durcheinander von Rauch und Gas und Wasser und Sand flog in die Luft und fiel platschend zurück. Der Krach war schön dumpf, und das Zittern, das ich durch den Hosenboden spürte, kurz bevor ich den Knall hörte, war unglaublich stark.

Der Sand glitt durch die Luft, fiel zurück, rieselte ins Wasser und legte sich in kleinen Häufchen auf Straßen und Häuser. Die entfesselten Wassermassen fluteten durch die in die Sandwand gerissene Öffnung und ergossen sich weiter in die Tiefe, wobei sie Sand von den Rändern der Bresche mitrissen und sich in einer abschüssigen braunen Flut auf das erste Dorf stürzten, durch es hindurchschnitten, sich hinter dem nächsten Damm sammelten, immer höher aufstauten, Sandhäuser zum Einsturz brachten, die Burg in einem Stück zur Seite neigten und ihre bereits stark beschädigten Türme unter sich begruben. Die Brückenstützen gaben nach, das Holz geriet ins Rutschen, brach auf der einen Seite zusammen, dann wurde der Damm überspült, und bald stand er vollkommen unter Wasser und wurde weiter überströmt von dem Wasser, das sich hinter dem ersten Damm gestaut hatte und das mit Nachschub aus einem Flußlauf von fünfzig Metern oder mehr gespeist wurde. Die Burg zerbrach, stürzte zusammen.

Ich ließ das Glas stehen und rannte die Düne hinunter, jauchzend in der Welle von Wasser, die über die perlende Oberfläche des Flußbettes jagte, auf Häuser prallte, Straßen folgte, durch Tunnels schoß und schließlich auf den letzten Damm traf, ihn schnell überwältigte und weiterfloß, um in den Rest der Häuser zu krachen, die zum zweiten Dorf angeordnet waren. Ein Damm nach dem anderen brach, Häuser wurden vom Wasser mitgerissen, Brücken und Tunnels stürzten ein, und überall gab die Uferböschung nach; ein herrliches Gefühl der Erregung stieg wie eine Welle in meinem Bauch auf und verharrte in meiner Kehle, während mich die Spannung, die sich im Tumult der Wassermassen um mich herum aufbaute, ergriff.

Ich beobachtete die Drähte, die freigespült wurden und sich zur einen Seite der Flut hin verschoben, dann betrachtete ich die Front des tobenden Wassers, das schnell über den ausgetrockneten Sand ins Meer floß. Ich setzte mich gegenüber der Stelle hin, wo das erste Dorf gestanden hatte, wo jetzt lange braune Wasserläufe brodelten und sich langsam näherten, und wartete, bis der Sturm im Wasser nachlassen würde; ich hatte die Beine überkreuzt, die Ellbogen ruhten auf meinen Knien und mein Gesicht in den Händen. Ich fühlte mich warm und glücklich und ein bißchen hungrig.

Allmählich, als der Strom sich fast vollkommen beruhigt hatte und von dem Werk meiner stundenlangen Arbeit buchstäblich nichts mehr übrig war, entdeckte ich, wonach ich suchte: das schwarze und silberne Wrack der Bombe, das zerfetzt und gekrümmt etwas stromabwärts von der Dammanlage, die sie zerstört hatte, im Sand steckte. Ich verzichtete darauf, mir die Schuhe auszuziehen, sondern bewegte mich, während meine Zehenspitzen noch auf dem trockenen Ufer waren, auf den Händen vorwärts, bis ich ausgestreckt fast die Mitte des Flusses erreichen konnte. Ich holte die Überbleibsel der Bombe aus dem Flußbett, steckte mir den ausgefransten Körper vorsichtig in den Mund, dann krabbelte ich auf den Händen zurück, bis ich mich nach hinten werfen und aufstehen konnte.

Ich rieb das fast flache Stück Metall mit einem Stofffetzen aus dem Kriegsutensilienbeutel ab, legte die Bombe in die Tasche, dann holte ich das Wespenglas und ging zurück nach Hause, um Tee zu trinken, nachdem ich an der Stelle über den Fluß gesprungen war, wo das Wasser am weitesten zurückgewichen war.

All unsere Leben sind Symbole. Alles, was wir tun, ist Teil eines Musters, bei dem wir zumindest ein kleines Mitspracherecht haben. Die Starken gestalten ihre eigenen Muster und beeinflussen die anderer Menschen, die Schwachen bekommen ihren Kurs vorgezeichnet. Die Schwachen und die Unglücklichen und die Dummen. Die Wespenfabrik ist Teil des Musters, denn sie ist Teil des Lebens und – in noch größerem Maße – Teil des Todes. Wie das Leben ist sie kompliziert, es finden sich also alle Bestandteile, die das Dasein ausmachen, in ihr. Der Grund, warum sie Fragen beantworten kann, ist der, daß jede Frage ein Anfang ist, der ein Ende sucht, und die Fabrik ist so ziemlich das ENDE – der Tod, nichts weniger. Behaltet eure Eingeweide und Stöcke und Würfel und Bücher und Vögel und Stimmen und alles Geschmeide und das ganze Zeug; ich habe die Fabrik, und es dreht sich ums Jetzt und die Zukunft, nicht um die Vergangenheit.

Als ich an diesem Abend im Bett lag, wußte ich, daß

die Fabrik hergerichtet und bereit war und auf die Wespe wartete, die in dem Glas, das neben meinem Bett stand, herumkrabbelte und ihren Weg erfühlte. Ich dachte an die Fabrik, über mir auf dem Dachboden, und ich wartete auf das Läuten des Telefons.

Die Wespenfabrik ist schön und tödlich und perfekt. Sie gibt mir eine Vorstellung von den Dingen, die geschehen werden, sie hilft mir bei Entscheidungen, was ich tun soll. Nachdem ich sie um Rat gefragt hatte, beschloß ich zu versuchen, mit Eric über den Schädel des Alten Saul in Kontakt zu kommen. Schließlich sind wir Brüder, wenn auch nur Halbbrüder, und wir sind beide Männer, wenn ich auch nur ein Halbmann bin. Auf einer tiefen Ebene verstehen wir einander, auch wenn er wahnsinnig ist und ich geistig gesund bin. Es besteht sogar jene Verbindung zwischen uns, an die ich bis vor kurzem nicht gedacht habe, die jedoch möglicherweise irgendwann von Nutzen sein könnte: Wir haben beide getötet und dazu jeweils unseren Kopf benutzt.

In diesem Moment ging mir auf, wie schon so oft zuvor, daß das die eigentliche Bestimmung der Männer ist. Beide Geschlechter haben jeweils eine spezielle Begabung: Frauen können gebären, und Männer können töten. Wir – ich betrachte mich als einen Mann ehrenhalber – sind das härtere Geschlecht. Wir schlagen aus, dringen ein, stoßen vor und nehmen uns, was wir brauchen. Die Tatsache, daß es nur Analogien zu den mit dieser Terminologie aus dem Sexualbereich bezeichneten Handlungen sind, die ich zustande bringe, entmutigt mich nicht. Ich spüre es in den Knochen, in meinen unkastrierten Gliedern. Eric muß darauf reagieren.

Es wurde elf Uhr, dann kam Mitternacht, und das Zeitsignal ertönte, also drehte ich das Radio ab und schlief ein.

8

DIE WESPENFABRIK

Am frühen Morgen, als mein Vater noch schlief und das kalte Licht durch den dichten Schleier junger Wolken hereinfiel, stand ich leise auf, wusch und rasierte mich sorgfältig, ging in mein Zimmer zurück, zog mich langsam an, dann nahm ich das Glas mit der verschlafen wirkenden Wespe mit hinauf zum Dachboden, wo die Fabrik wartete.

Ich stellte das Glas auf dem kleinen Tisch unter dem Fenster ab und erledigte die letzten wenigen Vorbereitungen, derer die Fabrik noch bedurfte. Nachdem das getan war, nahm ich etwas von der geleeartigen grünen Reinigungspaste aus einem Topf neben dem Tischchen und rieb mir gründlich die Hände damit ein. Mein Blick fiel auf die Tabellen über Zeit, Gezeiten und Entfernungen, das kleine rote Buch, das ich auf der anderen Seite des Tischs aufbewahrte, und ich notierte die Zeit der Flut. Ich stellte die beiden kleinen Wespenkerzen an die Stellen, die die Zeigerspitzen einer Uhr an der Fassade der Fabrik eingenommen hätten, wenn sie die Zeit der örtlichen Flut angezeigt hätten, dann hob ich den Deckel leicht von dem Glas und zog die Blätter und das kleine Stück Orangenschale heraus, so daß die Wespe nur noch allein drin blieb.

Ich stellte das Glas auf das Tischchen, das mit verschiedenen machtvollen Dingen dekoriert war: dem Schädel der Schlange, die Blyth getötet hatte (von seinem Vater niedergemacht und mit einem Gartenspaten in zwei Hälften gespalten – ich hatte sie aus dem Gras geborgen und ihren vorderen Teil im Sand versteckt, bevor Diggs sie als Beweismittel mitnehmen konnte), einem Bruchstück der Bombe, die Paul vernichtet hatte (das kleinste, das ich finden konnte, es gab mengenweise davon), einem Stück von dem Zeltstoff, aus dem der Drachen hergestellt worden war, der Esmeralda durch die Luft davongetragen hatte (natürlich kein Stück von dem Drachen selbst, sondern ein beim Zuschneiden abgefallener Schnipsel) und einer kleinen Schüssel mit einigen der abgenutzten gelben Zähne des Alten Saul (die sich leicht hatten herausziehen lassen).

Ich legte mir die Hand zwischen die Beine, schloß die Augen und wiederholte meinen geheimen Katechismus. Ich konnte ihn auswendig herunterleiern, doch ich bemühte mich, an die Bedeutung der Worte zu denken, während ich sie wiederholte. Es waren meine Bekenntnisse, meine Träume und Hoffnungen, meine Ängste und mein Haß, und ich zittere immer noch, wenn ich sie aufsage, auswendig geleiert oder nicht. Wenn ein Tonband in der Nähe gestanden hätte, dann wäre die entsetzliche Wahrheit über meine drei Mordtaten herausgekommen. Schon aus diesem Grund ist die Sache sehr gefährlich. Der Katechismus verrät darüber hinaus die Wahrheit darüber, wer ich bin, was ich will und was ich fühle, und es kann großes Unbehagen verursachen, wenn man sich selbst beschreiben hört, wie man in den Momenten größter Ehrlichkeit und Demut über sich selbst gedacht hat, ebenso wie es erniedrigend ist zu hören, was man in einer hoffnungsvollen und unrealistisch überschwenglichen Stimmung über sich selbst gedacht hat.

Nachdem ich das hinter mich gebracht hatte, hielt ich das Glas mit der Wespe ohne weiteres Aufhebens an die Unterseite der Fabrik und ließ sie hineinkrabbeln.

Die Wespenfabrik bedeckt ein Gebiet von mehreren Quadratmetern in einem unregelmäßigen und ziemlich chaotischen Durcheinander von Metall, Holz, Glas und Plastik. Sie umgibt das Zifferblatt der alten Uhr, die einstmals über der Tür der Royal Bank of Scotland in Porteneil gehangen hatte.

Das Zifferblatt ist der bedeutendste Gegenstand, den ich jemals auf der Müllkippe der Stadt geborgen habe. Ich fand es dort während des Jahres des Schädels und rollte es über den Weg zur Insel und über die Fußgängerbrücke rumpelnd nach Hause. Ich brachte es im Schuppen unter, bis mein Vater einen ganzen Tag lang unterwegs war, dann rackerte ich mich stundenlang im Schweiße meines Angesichts ab, um es auf den Dachboden hinaufzubefördern. Es besteht aus Metall und mißt fast einen Meter im Durchmesser, es ist schwer und fast nicht beschädigt; die Zahlen sind aus der Antiquaschrift, und es war zusammen mit dem Rest der Uhr im Jahre 1864 in Edinburgh hergestellt worden, genau einhundert Jahre vor meiner Geburt. Sicherlich kein Zufall.

Da die Uhr von beiden Seiten sichtbar war, mußte es natürlich noch ein zweites Zifferblatt gegeben haben, das Gegenstück; aber obwohl ich den Müllplatz nach dem Fund des Zifferblatts, das in meinem Besitz ist, wochenlang nach dem zweiten abgesucht habe, habe ich es nie gefunden, also macht auch das einen Teil des Mysteriums der Fabrik aus – eine kleine, ureigene Gralslegende. Der alte Cameron im Eisenwarenladen in der Stadt hat mir erzählt, daß er gehört habe, ein Altmetallhändler aus Inverness hätte das Uhrwerk mitgenommen, so daß das andere Zifferblatt vielleicht schon vor Jahren eingeschmolzen wurde, oder vielleicht ziert es inzwischen die Wand eines geschmäcklerischen Hauses auf einer Ferieninsel, das aus dem Gewinn von Schrottautos und dem schwankenden Preis für Blei gebaut wurde. Ich ziehe die erste Version vor.

Es waren ein paar Löcher in dem Zifferblatt, die ich zulötete, doch das Loch in der Mitte, durch das der Mechanismus mit den Zeigern verbunden war, blieb offen, und durch dieses ließ ich die Wespe in die Fabrik. Wenn sie einmal dort ist, kann sie so lange auf dem Zifferblatt herumwandern, wie sie will, kann die winzigen Kerzen inspizieren, in denen ihre toten Cousinen begraben sind, wenn sie Lust dazu hat, oder sie auch ignorieren, wenn sie keine Lust dazu hat.

Wenn sie jedoch an den Rand des Zifferblatts kommt, den ich mit einer drei Zentimeter hohen Wand aus Sperrholz umgeben habe, gekrönt von einem hohen Glaskranz, den ich eigens beim Glaser der Stadt hatte anfertigen lassen, kann die Wespe durch wespengroße Türchen, jeweils eine gegenüber der – für die Wespe – riesenhaften Zahlen, einen von zwölf Gängen betreten. Wenn es der Fabrik beliebt, legt das Gewicht der Wespe einen überaus empfindlichen Kippschalter um, der aus dünnen Stücken einer Blechdose sowie aus Faden und Stecknadeln hergestellt ist, und die winzige Tür schließt sich hinter dem Insekt und setzt es in dem Gang fest, den es sich ausgewählt hat. Trotz der Tatsache, daß ich jeden Türmechanismus immer gut öle und ausbalanciere und warte und prüfe, bis die leichteste Erschütterung ihn auslöst – ich muß sehr behutsam auftreten, während die Fabrik ihr langwieriges und tödliches Werk verrichtet –, will die Fabrik manchmal die Wespe nicht in dem Gang ihrer ersten Wahl aufnehmen und läßt sie wieder hinaus auf das Zifferblatt krabbeln.

Manchmal versucht eine Wespe davonzufliegen oder klettert kopfüber am unteren Rand des Glaskranzes herum, manchmal bleibt sie lange Zeit in der Nähe des inzwischen versperrten Lochs in der Mitte, durch das sie hereingekommen ist, aber früher oder später entscheiden sie sich alle für eine Öffnung und eine Tür, die funktioniert, und damit ist ihr Schicksal besiegelt.

Die meisten Tode, die die Fabrik zu bieten hat, ergeben sich automatisch, doch einige erfordern mein Einschreiten, damit ich einem Insekt den Gnadenstoß versetze, und das hat natürlich einiges Gewicht hinsichtlich dessen, was die Fabrik mir möglicherweise zu sagen beabsichtigt. Ich muß den Abzug des alten Luftgewehrs betätigen, wenn die Wespe auf der Mündung herumkrabbelt, ich muß den Strom einschalten, wenn sie in die Elektro-Kochwanne fällt. Wenn sie am Ende in den Spinnensalon krabbelt oder in die Venushöhle oder ins Antichambre, dann kann ich einfach dasitzen und zuschauen, wie die Natur ihren Lauf nimmt. Wenn ihr Weg sie in die Säuregrube oder die Eiskammer oder die spaßeshalber so benannte Herrentoilette (wo das Todesinstrument mein Urin ist, im allgemeinen ziemlich frisch), dann kann ich mich ebenfalls aufs Beobachten beschränken. Wenn sie auf die vielen stromgeladenen Dornen des Volt-Raums fällt, kann ich zusehen, wie das Insekt am Spieß zappelt; wenn sie unter das sogenannte Totgewicht gerät, kann ich beobachten, wie sie zerquetscht wird und der Lebenssaft aus ihr heraussickert; wenn sie durch den Klingenkorridor taumelt, kann ich zusehen, wie sie sich windet und in Stücke gehackt wird. Wenn ich einige der Alternativ-Tode angeschlossen habe, kann ich zusehen, wie sie geschmolzenes Wachs über sich selbst gießt, wie sie vergiftete Marmelade verzehrt und von einer Nadel, die von einem verzwirbelten Gummiband gedreht wird, durchbohrt wird. Sie kann sogar eine ganze Kettenreaktion von Ereignissen auslösen, die meistens damit enden, daß sie in einer Kammer gefangen ist, die mit Kohlendioxid aus einem Soda-Syphon vollgepustet ist. Doch wenn sie entweder das heiße Wasser oder die Strecke vor der Gewehrmündung mit dem Namen Schicksalsschleife wählt, dann muß ich direkt in ihr Sterben eingreifen. Und sollte sie sich dem Feuersee zuwenden, bin ich es, der den Zünder betätigen muß, der das Feuerzeug in Gang setzt, der das Benzin aufflammen läßt.

Der Tod durch Verbrennen findet immer bei der Zahl Zwölf statt, und er ist ein Ende, für den es noch nie eine Alternative gegeben hat. Für mich hat Feuer die Bedeutung von Pauls Tod; dieser ereilte ihn gegen Mittag, so wie Blyths Dahinscheiden infolge von Schlangengift durch den Spinnensalon bei der Vier repräsentiert wird. Esmeralda kam wahrscheinlich durch Ertrinken ums Leben (die Herrentoilette), und ich nehme den Zeitpunkt ihres Todes willkürlich mit der Acht an, um dem Ganzen Symmetrie zu verleihen.

Ich beobachtete, wie die Wespe aus dem Glas heraufgekrabbelt kam, unter einem Foto von Eric hervor, das ich mit der Vorderseite nach unten auf das Glas gelegt hatte. Das Insekt verlor keine Zeit; es war in wenigen Sekunden auf dem Zifferblatt der Fabrik. Es krabbelte über den Namen des Herstellers und die Jahreszahl, in der die Uhr geboren wurde, ignorierte die Wespenkerzen vollkommen und bewegte sich mehr oder weniger direkt auf die große XII zu, dann darüber hinweg und durch die Tür gegenüber, die leise hinter ihm zuklappte. Es krabbelte schnell durch den Gang, durch die Hummerreusen aus Garn, der es am Zurückgehen hinderte, betrat dann den glattpolierten Stahltrichter und rutschte schließlich hinunter in die mit Glas bedeckte Kammer, wo es sterben würde.

In diesem Moment lehnte ich mich zurück und seufzte. Ich strich mir mit der Hand durchs Haar und beugte mich wieder vor, um die Wespe dort, wohin sie gefallen war, zu beobachten, wie sie in der geschwärzten und regenbogenfarbigen Mulde aus Stahldraht herumkletterte, die einst als Teesieb gekauft worden war, jetzt jedoch über einer Schüssel mit Benzin hing. Ich lächelte kläglich. Die Kammer war gut durchlüftet dank der vielen kleinen Löcher im Metalldeckel und

-boden des Glases, so daß die Wespe nicht an den Benzindämpfen ersticken würde; ein leichter Benzingeruch war gewöhnlich wahrzunehmen, wenn die Fabrik vorbereitet wurde, allerdings mußte man besonders darauf achten. Ich roch jetzt dieses Benzin, während ich die Wespe beobachtete, und vielleicht lag auch ein schwacher Hauch von trocknender Farbe in der Luft, obwohl ich mir dessen nicht sicher war. Ich zuckte die Achseln und schob den Knopf der Kammer hinunter, so daß ein Stück Docht an seiner Führung entlang einer Aluminiumzeltstange nach unten glitt und mit dem Rad und der Gasdüse oben auf dem Wegwerffeuerzeug in Berührung kam, der über dem Benzinteich schwebte.

Es waren nicht einmal mehrere Versuche nötig, damit er sich entzündete; er geriet sofort in Brand, und die schmalen Flammen, immer noch ziemlich leuchtend in der Dämmerung des nur durch das schwache Morgenlicht erhellten Dachbodens, kräuselten sich und leckten an den offenen Maschen des Siebs. Die Flammen schlugen nicht hindurch, doch die Hitze drang durch die Löcher, und die Wespe flog hoch, summte ärgerlich über dem ruhigen Feuer, prallte gegen das Glas, fiel zurück, landete seitlich auf dem Sieb, glitt über die Kante, fiel in die Flammen, flog wieder hoch, schlug ein paarmal gegen die Stahlröhre des Trichters, fiel dann wieder zurück in die Falle aus Maschendraht. Sie sprang noch ein letztes Mal auf, flog einige Sekunden lang hoffnungslos herum, doch offenbar waren ihre Flügel angesengt, denn ihr Flug war ein wildes Gezappel, und kurz darauf fiel sie in die Kuhle aus Drahtgeflecht, starb dort, zuckend und sich kräuselnd, blieb schließlich still liegen, während etwas Rauch von ihr aufstieg.

Ich saß da und betrachtete das geschwärzte Insekt, knusprig gebraten, saß da und betrachtete die ruhigen Flammen, die zum Maschendraht emporzüngelten und es umwirbelten, saß da und betrachtete die Spiegelungen der kleinen zuckenden Flammen auf der anderen Seite der Glasröhre; dann streckte ich endlich die Hand aus, löste die Klammern am Boden des Zylinders, zog die Schüssel mit Benzin unter einem Metalldeckel zu mir her und schnupperte an dem Feuer. Ich öffnete den Deckel der Kammer und fuhr mit einer Pinzette hinein, um den Leichnam zu entfernen. Ich verstaute ihn in einer Streichholzschachtel und legte diese auf das Tischchen.

Die Fabrik gibt ihre Toten nicht immer heraus; die Säure und die Ameisen lassen nichts übrig, und die Venus-Fliegenfalle und die Spinne geben lediglich die Hülle heraus, wenn überhaupt irgend etwas. Wieder einmal hatte ich jedoch eine verbrannte Leiche; wieder einmal war eine Entsorgung erforderlich. Ich legte den Kopf in die Hände und schaukelte auf dem kleinen Hocker nach vorn. Die Fabrik umgab mich, das Tischchen stand hinter mir. Ich ließ den Blick über das Drum und Dran der Fabrik schweifen, ihre vielen Wege zum Tod, ihre Krabbelpfade und Korridore und Kammern, ihre Lichter am Ende von Tunnels, ihre Tanks und Behälter und Trichter, ihre Hebel und Abzüge und Knöpfe, ihre Batterien und Schnüre, Stützen und Ständer, Rohre und Drähte. Ich legte ein paar Schalter um, und winzige Propeller surrten durch verzweigte Korridore und schickten ventilierte Luft über Fingerhüte voll Marmelade und auf das Zifferblatt. Ich lauschte eine Weile auf ihr Geräusch, bis ich selbst Marmelade riechen konnte, aber diese war dafür gedacht, langsame Wespen zu ihrem Ende hinzulocken, nicht für mich. Ich schaltete die Motoren ab.

Nach und nach schaltete ich alles ab, kappte Verbindungen, leerte hier und da etwas aus und füllte Neues nach. Der Morgen gewann jenseits der Dachluken an Kraft, und ich hörte, wie ein paar frühe Vögel in der neuen, frischen Luft sangen. Als die rituelle vorläufige

Stillegung der Fabrik durchgeführt war, ging ich zurück zum Tischchen und betrachtete alle Stücke darauf, die Sammlung von Miniatursockeln und kleinen Gläsern, die Souvenirs meines Lebens, die Dinge, die ich in der Vergangenheit gefunden und aufbewahrt hatte. Fotografien aller meiner verstorbenen Verwandten, derjenigen, die ich getötet hatte, und derjenigen, die so gestorben waren. Fotografien der Lebenden: Eric, mein Vater, meine Mutter. Fotografien von Dingen: eine 500er BSA (nicht *das* Motorrad, leider; ich glaube, mein Vater hat alle Fotos davon vernichtet), das Haus, als es noch in prächtigen Farben prunkte, sogar ein Foto vom Tischchen selbst.

Ich schob die Streichholzschachtel mit der toten Wespe über das Tischchen, schwenkte sie davor herum, vor dem Glas mit dem Sand des Strandes draußen, den Flaschen mit meinen kostbaren Flüssigkeiten, ein paar Spänen vom Stock meines Vaters, einer anderen Streichholzschachtel mit einigen von Erics ersten Zähnen, eingebettet in Watte, einem Fläschchen mit einigen Haaren von meinem Vater, einem anderen mit etwas Rost und Farbe, die ich von der Brücke zum Festland abgekratzt hatte. Ich zündete Wespenkerzen an, schloß die Augen und hielt mir den Streichholzschachtel-Sarg vor die Stirn, so daß ich im Innern meines Kopfes die Wespe darin spüren konnte, ein stechendes, kitzelndes Gefühl direkt unter der Schädeldecke. Danach blies ich die Kerzen aus, deckte das Tischchen ab, stand auf, klopfte den Staub von meiner Cordsamthose, nahm das Foto von Eric, das ich auf das Glas der Fabrik gelegt hatte, und wickelte den Sarg darin ein, sicherte die Verpackung mit einem Gummiband und steckte das Päckchen in meine Jackentasche.

Ich ging langsam am Strand entlang zum Bunker, die Hände in den Taschen vergraben, den Kopf gesenkt, wobei ich auf den Sand und meine Füße hinunterblickte, ohne sie richtig zu sehen. Wohin ich mich auch wandte, überall war Feuer. Die Fabrik hatte es zweimal gesagt, ich hatte instinktiv zu diesem Mittel gegriffen, als mich der tollwütige Rammler angegriffen hatte, und es war in jede freie Ecke meiner Erinnerung eingepfercht. Außerdem brachte Eric es ständig näher.

Ich hob das Gesicht der scharfen Luft und den blauen und rosafarbenen Pastelltönen des Himmels entgegen, fühlte die feuchte Brise, hörte das Plätschern der entfernten, zurückweichenden Wellen; es herrschte Ebbe. Irgendwo blökte ein Schaf.

Ich mußte es mit dem Alten Saul versuchen, ich mußte alle Möglichkeiten ausschöpfen, mit meinem verrückten, wahnsinnigen Bruder in Kontakt zu kommen, bevor all diese vielen Feuer zusammenträfen und Eric hinwegfegten oder mein Leben auf der Insel hinwegfegten. Ich versuchte mir einzureden, daß vielleicht alles gar nicht so schlimm war, doch ich spürte in den Knochen, daß es so war, die Fabrik lügt nie, und in diesem Fall war sie verhältnismäßig eindeutig gewesen. Ich machte mir Sorgen.

Im Bunker, wo der Sarg der Wespe vor dem Schädel des Alten Saul ruhte und das Licht durch die Höhlen seiner längst ausgetrockneten Augen fiel, kniete ich mit gesenktem Kopf in der ätzenden Dunkelheit vor dem Altar. Ich dachte an Eric; ich erinnerte mich an ihn, wie er war, bevor ihm sein Mißgeschick zustieß, als er, obwohl er von der Insel weg war, immer noch Teil von ihr war. Ich erinnerte mich an ihn als den aufgeweckten, liebenswürdigen, begeisterungsfähigen Jungen, der er immer gewesen war, und ich dachte daran, was er jetzt war: eine Macht des Feuers und der Verwüstung, der sich dem Strand der Insel wie ein geisteskranker Engel näherte, während in seinem Kopf Schreie des Wahnsinns und der Selbsttäuschung widerhallten.

Ich beugte mich vor und legte die rechte Handfläche auf die Hirnschale des alten Hundes, immer noch mit geschlossenen Augen. Die Kerze brannte noch nicht lange, und der Knochen war nur leicht angewärmt. Ein unangenehmer, zynischer Teil von mir ließ mich wissen, daß ich wie Mr. Spock vom *Raumschiff Enterprise* aussah, mit einer Gehirnverschmelzung oder etwas Ähnlichem beschäftigt, aber ich ignorierte es; es kam sowieso nicht darauf an. Ich atmete tief durch, dachte noch tiefer nach. Erics Gesicht schwebte vor mir herum, Sommersprossen und sandfarbenes Haar und ein beflissenes Lächeln. Ein junges Gesicht, dünn und intelligent und jung, so wie ich an ihn dachte, wenn ich ihn glücklich in Erinnerung hatte, während unserer gemeinsamen Sommer auf der Insel.

Ich konzentrierte mich, drückte auf meine Eingeweide und hielt die Luft an, als ob ich Verstopfung hätte und den Kot aus mir herausdrücken wollte; das Blut dröhnte mir in den Ohren. Meine zweite Hand benutzte ich dazu, mir mit Zeigefinger und Daumen die Augen in den Schädel zu drücken, während meine andere Hand auf dem Schädel des Alten Saul immer heißer wurde. Ich sah Lichter, willkürliche Muster wie verstreute Wellen oder riesige Fingerabdrücke, die Strudel bildeten.

Ich spürte, wie sich mein Magen unweigerlich zusammenzog und eine Welle von etwas aus ihm hochschwappte, das sich wie leidenschaftliche Erregung anfühlte. Das lag nur an den Drüsen und körpereigenen Säuren, redete ich mir ein, doch ich spürte, wie es mich fortbewegte, von einem Schädel durch einen anderen zu noch einem anderen. Eric! Ich kam durch! Ich spürte ihn, spürte seine schmerzenden Füße, die Blasen an den Sohlen, die zitternden Beine, die schweißfeuchten, dreckigen Hände, die juckende, ungewaschene Kopfhaut, ich roch ihn, als ob ich selbst es wäre, ich sah mit seinen Augen, die kaum jemals geschlossen wurden und in dem Schädel brannten, roh und blutgeädert, vor Trockenheit blinzelnd. Ich spürte die Reste einer abscheulichen Mahlzeit, die tot in meinem Magen lag, schmeckte verbranntes Fleisch und Knochen und Fell auf der Zunge; ich war dort! Ich war bei …

Eine Stichflamme stieß hervor und packte mich. Ich wurde zurückgeworfen, vom Altar weggeschleudert wie eine weiche Schrapnelladung und prallte von dem mit Erde bedeckten Betonboden ab, um an der Wand gegenüber liegenzubleiben, mit brummendem Kopf und Schmerzen in der rechten Hand. Ich fiel zu einer Seite um und krümmte mich zusammen.

Eine Weile lang lag ich schwer atmend da, hielt den Rumpf mit den Armen umschlungen und schaukelte leicht hin und her, wobei mein Kopf über den Boden des Bunkers schabte. Meine rechte Hand fühlte sich an, als hätte sie die Größe und Farbe eines Boxhandschuhs. Mit jedem trägen Schlag meines Herzens schickte es einen Schwall von Schmerz meinen Arm hinauf. Ich verging fast vor Selbstmitleid und richtete mich langsam auf, rieb mir die Augen und schaukelte immer noch leicht hin und her, so daß sich meine Knie und mein Kopf ein Stückchen näher kamen und sich wieder voneinander entfernten. Ich versuchte, mein angeschlagenes Ego ein wenig zu verhätscheln.

Nachdem meine verschwommene Sicht wieder etwas geschärft war, sah ich auf der anderen Seite des Bunkers den Schädel noch immer glühen, die Flamme noch immer brennen. Ich starrte sie an, hob die rechte Hand und fing an, daran zu lecken. Ich blickte umher, um zu sehen, ob mein Schleuderflug irgend etwas beschädigt hatte, aber soweit ich sehen konnte, war alles an seinem alten Platz; ich allein war in Mitleidenschaft gezogen. Ich seufzte zitternd und entspannte mich, indem ich den Kopf an den kühlen Beton der Wand hinter mir legte.

Nach einer Weile beugte ich mich vor und legte die Innenseite meiner Hand, die immer noch zitterte, auf den Boden des Bunkers, um sie zu kühlen. Ich ließ sie dort eine Zeitlang liegen, dann nahm ich sie hoch und wischte etwas von der Erde von ihr ab, blinzelnd, um zu erkennen, ob die Verletzung sichtbar war, doch das Licht war zu schlecht. Ich rappelte mich langsam auf und ging zum Altar. Ich steckte die seitlichen Kerzen mit zitternden Händen an, legte die Wespe zusammen mit dem Rest in dem Plastikbehälter links auf den Altar und verbrannte seinen vorläufigen Sarg auf der Metallplatte vor dem Alten Saul. Erics Foto fing Feuer, das jungenhafte Gesicht wurde von den Flammen ergriffen. Ich blies durch eins der Augen des Alten Saul und löschte die Kerze.

Fast hätte ich Erfolg gehabt. Ich war sicher, daß ich Eric im Griff gehabt hatte, daß ich seinen Geist unter meiner Hand gefühlt hatte und daß ich ein Teil von ihm gewesen war, die Welt mit seinen Augen gesehen hatte, gehört hatte, wie das Blut in seinem Kopf pulsierte, den Boden unter seinen Füßen gespürt hatte, seinen Körper empfunden und seine letzte Mahlzeit geschmeckt hatte. Aber er war zuviel für mich gewesen. Die Feuersbrunst in seinem Kopf war zu stark, als daß irgendein Mensch mit gesundem Verstand damit fertig werden könnte. Sie hatte die krankhafte Stärke rückhaltloser Inbrunst an sich, zu der nur die hochgradig Verrückten andauernd in der Lage sind, die grimmige Soldaten und überaus aggressive Sportler eine Zeitlang aufbringen. Jede Faser von Erics Gehirn war auf seine Mission konzentriert, Feuer zurückzubringen und zu entfachen, und kein normales Gehirn – nicht einmal meins, das weit davon entfernt war, normal zu sein, und das mehr Macht hatte als die meisten – konnte es mit diesen geballten Kräften aufnehmen. Eric hatte sich dem totalen Krieg verschrieben, ein Dschihad; er ritt auf dem Göttlichen Wind zumindest seiner eigenen Zerstörung entgegen, und es gab nichts, womit ich ihn aufhalten konnte.

Ich schloß den Bunker ab und ging am Strand entlang nach Hause, wieder mit gesenktem Kopf und noch nachdenklicher und besorgter, als ich auf dem Weg hinaus gewesen war.

Den Rest des Tages verbrachte ich im Haus, lesend und fernsehend und die ganze Zeit über nachdenkend. Aus meinem Innern heraus konnte ich nichts für Eric tun, also mußte ich meine Angriffsrichtung ändern. Meine persönliche Mythologie, vor dem Hintergrund der Fabrik, war wandelbar genug, um den Fehlschlag hinzunehmen, den ich soeben erlitten hatte, und eine solche Niederlage als Wegweiser zu einer wirklichen Lösung zu nutzen. Meine Vorraustruppen hatten sich die Finger verbrannt, aber ich hatte immer noch all meine anderen Waffen. Ich würde als Sieger aus der Sache hervorgehen, jedoch nicht aufgrund der direkten Anwendung meiner Kräfte. Oder immerhin nicht durch die direkte Anwendung irgendeiner anderen Kraft als der intelligenten Fantasie, und das war letztendlich die Basis aller Dinge. Wenn sie der Herausforderung, die Eric darstellte, nichts entgegenzusetzen hatte, dann verdiente ich es nicht besser, als vernichtet zu werden.

Mein Vater war immer noch mit Anstreichen beschäftigt; er quälte sich mit der Farbdose und dem Pinsel, den er sich zwischen die Zähne geklemmt hatte, auf einer Leiter zu den oberen Fenstern hinauf. Ich bot ihm meine Hilfe an, doch er bestand darauf, es allein zu schaffen. Ich hatte in der Vergangenheit selbst ein paarmal die Leiter benutzt, und zwar bei dem Versuch, ins Arbeitszimmer meines Vaters zu gelangen, doch er hatte spezielle Riegel vor den Fenstern und sogar ständig die Rolläden heruntergezogen und die Vorhänge geschlossen. Ich freute mich über die

Schwierigkeiten, die er hatte, die Leiter hinaufzusteigen. Er würde es niemals bis zum Dachboden schaffen. Es kam mir in den Sinn, wie gut es war, daß das Haus so hoch war, sonst wäre er womöglich in der Lage gewesen, über die Leiter aufs Dach zu steigen und durch die schrägen Dachfenster hineinzusehen. Doch wir beide waren sicher voreinander, unsere jeweiligen Zitadellen für die vorhersehbare Zukunft uneinnehmbar.

Zum erstenmal ließ mein Vater mich das Abendessen machen, und ich machte ein Gemüse-Curry, mit dem wir beide einverstanden waren, während wir eine Sendung der Fernlehr-Universität über Geologie ansahen; ich hatte zu diesem Zweck das tragbare Fernsehgerät in die Küche gebracht. Wenn die Angelegenheit mit Eric erst einmal erledigt wäre, so beschloß ich, mußte ich wirklich die Überredungskampagne weiter betreiben, damit mein Vater endlich einen Videorecorder kaufte.

Es konnte so leicht geschehen, daß man irgendwann mal eine gute Sendung verpaßte.

Nachdem wir gegessen hatten, ging mein Vater in die Stadt. Das war ungewöhnlich, aber ich fragte ihn nicht nach dem Grund. Er sah müde aus nach all den Leistungen im Klettern und Recken, die er den ganzen Tag über vollbracht hatte, dennoch ging er in sein Zimmer hinauf, zog sich seine Stadtkleidung an und kam humpelnd zurück ins Wohnzimmer, um mir auf Wiedersehen zu sagen.

»Ich bin jetzt dann weg«, sagte er. Er sah sich im Zimmer um, als ob er nach Hinweisen suchte, daß ich bereits mit irgendwelchem Unfug begonnen hätte, noch bevor er überhaupt weg war. Ich wandte den Blick nicht vom Fernseher und nickte, ohne ihn anzusehen.

»Ist gut«, sagte ich.

»Ich komme nicht spät zurück. Du brauchst nicht abzuschließen.«

»Okay.«

»Kommst du zurecht?«

»Wie? – Ja, klar.« Ich sah ihn an, verschränkte die Arme und versank tiefer in dem alten gemütlichen Sessel. Er trat zurück, so daß seine beiden Füße im Flur standen, während sein Oberkörper noch ins Wohnzimmer ragte, und nur seine Hand auf der Türklinke verhinderte, daß er nicht vornüberfiel. Er nickte erneut, wobei die Mütze auf seinem Kopf einmal nach vorn und wieder zurück rutschte.

»Gut. Bis dann. Benimm dich ordentlich.«

Ich lächelte und wandte mich wieder dem Bildschirm zu. »Ja, Dad. Bis dann.«

»Hmmh«, sagte er, und mit einem letzten Blick durchs Zimmer, als ob er immer noch prüfte, ob irgendwo Silber verschwunden wäre, schloß er die Tür, und ich hörte, wie sein Stock durch den Flur klickte und durch die vordere Tür hinaus. Ich sah ihm nach, wie er sich auf dem Weg entfernte, blieb eine Weile sitzen, dann ging ich hinauf und versuchte die Tür zum Arbeitszimmer zu öffnen, die wie gewöhnlich so fest verschlossen war, daß sie ein Teil der Wand hätte sein können.

Ich war eingeschlafen. Das Licht draußen nahm ab, eine entsetzliche amerikanische Kriminalserie lief im Fernsehen, und mein Kopf schmerzte. Ich blinzelte mit verklebten Augen, gähnte, um meine Lippen voneinander zu lösen und etwas Luft in meinen abgestanden schmeckenden Mund zu bekommen. Ich gähnte erneut und reckte mich, dann erstarrte ich; ich hörte das Telefon läuten.

Ich sprang mit einem Satz aus dem Sessel, taumelte, wäre fast hingefallen, dann gelangte ich zur Tür, in den Flur, die Treppen hinauf und schließlich so schnell ich konnte zum Telefon. Ich hob den Hörer mit der rechten Hand ab, die weh tat. Ich drückte ihn fest an mein Ohr.

»Hallo?« sagte ich.

»He, Frankie, Junge, wie geht's so?« sagte Jamie. Ich empfand eine Mischung aus Erleichterung und Enttäuschung. Ich seufzte.

»Ach, Jamie. Okay. Wie geht's dir?«

»Ich bin von der Arbeit nach Hause geschickt worden. Heute morgen habe ich mir einen Balken auf den Fuß fallen lassen, und jetzt ist er total geschwollen.«

»Nichts allzu Ernstes, hoffe ich.«

»Nö. Wenn ich Glück habe, brauche ich den Rest der Woche nicht mehr zu arbeiten. Morgen gehe ich zum Arzt, um mich krankschreiben zu lassen. Ich dachte nur, ich sag's dir, daß ich tagsüber zu Hause bin. Du kannst mir irgendwann Trauben bringen, wenn du willst.«

»Okay. Ich komme vielleicht morgen vorbei. Aber ich rufe dich vorher an, damit du Bescheid weißt.«

»Prima. Gibt's was Neues von du-weißt-schon-wem?«

»Nö. Ich hatte gedacht, daß es vielleicht er gewesen wäre, der da anruft.«

»Tja, das habe ich mir gedacht, daß du das denkst. Mach dir keine Sorgen. Ich habe noch nichts über irgendwelche sonderbaren Vorfälle in der Stadt gehört, also ist er wahrscheinlich noch nicht hier.«

»Ja, aber ich will ihn wiedersehen. Ich will einfach nicht, daß er all die Sachen wieder macht, die er früher angestellt hat. Ich weiß, daß er zurückgehen muß, selbst wenn er nichts anstellt, aber ich würde ihn gern sehen. Ich will beides, verstehst du, was ich meine?«

»Ja, ja. Wird schon alles okay werden. Ich bin überzeugt, am Ende kommt alles in Ordnung. Mach dir keine Sorgen!«

»Ich mach mir keine.«

»Gut. Also, ich kauf mir jetzt 'n paar Gläser Betäubungsmittel in den ›Arms‹. Hast du Lust zu kommen?«

»Nö, danke. Ich bin ziemlich müde. Ich bin heute morgen sehr früh aufgestanden. Vielleicht besuche ich dich morgen.«

»Prima. Na ja, laß es dir gutgehen und so. Bis dann, Frank.«

»Okay, Jamie, ciao.«

»Ciao«, sagte Jamie. Ich legte auf und ging hinunter, um den Fernseher auf etwas Sinnvolleres umzuschalten, kam jedoch nicht weiter als bis zum Fuß der Treppe, als das Telefon erneut klingelte. Ich ging wieder hinauf. Unterdessen durchfuhr mich eine Ahnung, daß es Eric sein könnte, doch es ertönte kein Piepsen. Ich grinste und sagte: »Ja? Was hast du vergessen?«

»*Vergessen?* – Ich habe überhaupt nichts vergessen! Ich erinnere mich an alles! *Alles!*« brüllte eine vertraute Stimme am anderen Ende der Leitung.

Ich erstarrte, schluckte und sagte: »Er ...«

»Warum beschuldigst du mich, Dinge zu vergessen? *Was* soll ich denn vergessen haben? *Was denn?* Ich *habe* nichts *vergessen!*« Eric japste und stotterte.

»Eric, es tut mir leid! Ich dachte, es wäre jemand anderes!«

»Ich bin *ich!*« brüllte er. »Ich bin niemand anderes! Ich bin ich! *Ich!*«

»Ich dachte, es wäre Jamie!« jammerte ich und schloß die Augen.

»Dieser Zwerg? Du Mistkerl!«

»Es tut mir leid. Ich ...« Dann unterbrach ich mich und dachte nach. »Was meinst du damit, ›dieser Zwerg‹? Er ist mein Freund. Er kann nichts dafür, daß er klein ist«, erklärte ich ihm.

»Ach ja?« kam die Antwort. »Woher weißt du das?«

»Was meinst du mit ›woher weißt du das?‹ Er kann doch nichts dafür, daß er so geboren ist!« sagte ich und wurde immer ärgerlicher.

»Du hast lediglich sein Wort dafür.«

»Ich habe lediglich sein Wort *wofür?*« sagte ich.

»Daß er ein Liliputaner ist!« keifte Eric.

»Wie bitte?« schrie ich, da ich meinen Ohren kaum traute. »Ich kann *sehen,* daß er ein Liliputaner ist, du Idiot!«

»Er *will,* daß du das glaubst. Vielleicht ist er in Wirklichkeit ein *Außerirdischer.* Vielleicht sind die anderen seiner Sorte sogar noch kleiner als er. Wie kannst du wissen, ob er nicht in Wirklichkeit ein außerirdischer Riese aus einer sehr kleinen Rasse von Außerirdischen ist? He?«

»Sei nicht blöd!« schrie ich ins Telefon und umklammerte es schmerzvoll mit meiner verletzten Hand.

»Na ja, sag nicht, ich hätte dich nicht gewarnt!« schrie Eric.

»Keine Sorge!« schrie ich zurück.

»Wie dem auch sei«, sagte Eric plötzlich mit so ruhiger Stimme, daß ich einen Moment lang glaubte, jemand anderes wäre in die Leitung geraten, und ich war ziemlich überrumpelt, als er in ausgeglichenem, normalem Tonfall weitersprach: »Wie geht es dir?«

»He?« sagte ich verwirrt. »Ah... gut. Wie geht es dir?«

»Och, nicht schlecht. Bin bald dort.«

»Was? *Hier?*«

»Nein, *dort*. Herrje, die Verbindung kann doch auf diese kurze Entfernung nicht so miserabel sein, oder?«

»Welche Entfernung? He? Kann sie es sein oder nicht? Wie soll ich das wissen?« Ich legte mir die freie Hand auf die Stirn und bekam das Gefühl, als ob ich völlig den Faden des Gesprächs verlöre.

»Ich bin bald *dort*«, erklärte Eric müde, mit einem leisen Seufzen. »Nicht bald *hier*. Hier bin ich jetzt schon. Wie könnte ich dich sonst von hier anrufen?«

»Aber wo ist ›hier‹?« fragte ich.

»Willst du damit sagen, daß du schon wieder nicht

weißt, wo du bist?« rief Eric ungläubig. Ich schloß erneut die Augen und stöhnte. Er fuhr fort: »Und du beschuldigst *mich*, Dinge zu vergessen! Ha!«

»Hör zu, du bescheuerter Blödmann!« kreischte ich in das grüne Plastik, während ich es fest umklammerte, so daß mir ein stechender Schmerz in den Arm fuhr und ich spürte, wie sich mein Gesicht zusammenzog. »Ich bin es leid, daß du mich hier anrufst und mit Absicht Unsinn daherredest. *Hör endlich auf mit diesem Scheiß-Spiel!*« Ich schnappte nach Luft. »Du weißt verdammt genau, was ich meine, wenn ich dich frage, wo ›hier‹ ist. Ich will wissen, zum Teufel, wo du bist! Ich *weiß*, wo ich bin, und du weißt, wo ich bin. Hör jetzt endlich auf, mich zu verarschen, okay?«

»Hm. Klar, Frank«, sagte Eric und hörte sich dabei sehr gleichgültig an. »Tut mir leid, wenn ich dich gegen den Strich gebürstet habe.«

»Also ...«, fing ich wieder an zu schreien, gewann dann jedoch die Beherrschung über mich und wurde leiser, schwer atmend. »Also ... du sollst ... einfach nicht so mit mir umgehen. Ich habe dich nur gefragt, wo du bist.«

»Ja, ja, schon gut, Frank; ich verstehe dich«, sagte Eric unbeeindruckt. »Aber ich kann dir wirklich nicht sagen, wo ich bin, weil eventuell jemand mithört. Das siehst du doch sicher ein, oder nicht?«

»Okay, okay«, sagte ich. »Aber du bist nicht in einer Telefonzelle, oder?«

»Na ja, natürlich bin ich nicht in einer Telefonzelle«, sagte er wieder in einem leicht gereizten Tonfall; ich merkte, wie er sich um Selbstbeherrschung bemühte. »Ja, du hast recht. Ich bin in jemandes Haus. Oder eigentlich ist es mehr ein Häuschen.«

»Was?« sagte ich. »Bei wem? In wessen Haus?«

»Das weiß ich nicht«, antwortete er, und ich konnte geradezu hören, wie er die Achseln zuckte. »Ich vermute, ich könnte es herausfinden, wenn es dich wirklich so sehr interessiert. Interessiert es dich wirklich so sehr?«

»Was? Nein. Doch. Ich meine, nein. Welchen Unterschied macht das schon? Aber wo ... ich meine, wie ... ich meine, wen hast du ...?«

»Sieh mal, Frank«, sagte Eric müde, »es ist einfach nur das Ferienhäuschen von irgend jemandem oder eine Wochenendzuflucht oder so was, verstehst du? Ich weiß nicht, wem es gehört, aber, wie du so treffend bemerktest, es macht ja keinen Unterschied, oder?«

»Willst du damit sagen, du bist bei jemandem *eingebrochen?*« sagte ich.

»Ja. Na und? Genauer gesagt, ich brauchte eigentlich gar nicht einzubrechen. Ich fand den Schlüssel zum Hintereingang in der Dachrinne. Was ist dagegen zu sagen? Es ist ein sehr nettes kleines Häuschen.«

»Hast du keine Angst, geschnappt zu werden?«

»Kaum. Ich sitze hier im vorderen Zimmer und überblicke die Auffahrt und ein ganzes Stück der Straße. Kein Problem. Ich habe was Gutes zu essen, und es gibt ein Bad und ein Telefon und einen Tiefkühlschrank – herrje, in den könnte man einen Schäferhund packen – und ein Bett und alles. Echter Luxus.«

»Einen *Schäferhund!*« Meine Stimme überschlug sich.

»Nun ja, wenn ich einen hätte. Ich habe keinen, aber wenn ich einen hätte, wäre er das, was ich darin aufbewahren würde. Wie die Dinge liegen ...«

»Nicht«, unterbrach ich ihn, schloß erneut die Augen und hielt die Hand hoch, als ob wir zusammen dort in dem Haus wären. »Sag es mir *nicht*.«

»Okay, dann nicht. Na ja, ich dachte einfach, ich rufe dich mal an, um dich wissen zu lassen, daß es mir gutgeht, und zu erfahren, wie es dir geht.«

»Mir geht es bestens. Bist du sicher, daß bei dir auch alles in Ordnung ist?«

»Ja, mir ist es noch nie so gutgegangen. Ich fühle mich einfach großartig. Ich glaube, das liegt an meiner Ernährung; alles ...«

»Hör zu«, fiel ich ihm verzweifelt ins Wort, während ich spürte, wie sich meine Augen weiteten, als ich daran dachte, was ich ihn fragen wollte. »Du hast heute morgen nicht zufällig etwas *gefühlt,* oder? So gegen Sonnenaufgang? Irgendwas? Ich meine, einfach irgendwas? In dir drin ... ähm ... hast du nichts in dir drin gefühlt? Hast du etwas gefühlt?«

»Was schwafelst du denn daher?« sagte Eric leicht erzürnt.

»Hast du heute morgen etwas gefühlt, sehr früh?«

»Was, um alles in der Welt, meinst du damit – ›etwas gefühlt‹?«

»Ich meine, hattest du irgendeine Empfindung, ein inneres Erlebnis; hast du heute im Morgengrauen irgend etwas empfunden?«

»Na ja«, sagte Eric mit gemäßigter Stimme und langsam. »Komisch, daß du das erwähnst ...«

»Ja? Ja?« sagte ich aufgeregt und brachte den Hörer so dicht an meinen Mund, daß ich mit den Zähnen gegen die Sprechmuschel stieß.

»Absolut gar nichts. Der heutige Morgen war einer der wenigen, von denen ich ehrlich sagen kann, daß ich nicht das geringste empfunden habe«, informierte mich Eric in liebenswürdiger Weise. »Ich habe geschlafen.«

»Aber du hast doch gesagt, daß du nie schläfst!« brauste ich wütend auf.

»Herrje, Frank, niemand ist unfehlbar.« Ich hörte, wie er in Lachen ausbrach.

»Aber ...«, setzte ich an. Ich schloß den Mund und preßte die Zähne aufeinander. Und wieder mal schloß ich die Augen.

Er sagte: »Also, Frank, alter Kumpel, um ganz ehrlich zu sein, das wird jetzt allmählich langweilig. Vielleicht rufe ich dich noch mal an, aber wie auch immer, wir sehen uns bald. Tschüsi!«

Bevor ich etwas sagen konnte, war die Verbindung abgebrochen, und ich stand innerlich tobend und streitsüchtig da, mit dem Telefon in der Hand, das ich anstarrte, als wäre es an allem schuld. Ich war versucht, damit irgendwo draufzuschlagen, kam aber zu dem Schluß, daß das wie ein schlechter Scherz wäre, also knallte ich ihn statt dessen auf die Gabel. Als Antwort gab der Apparat ein einmaliges Klingeln von sich, und ich bedachte ihn noch mal mit einem giftigen Blick, dann wandte ich ihm den Rücken zu und stapfte hinunter, warf mich in einen Sessel und drückte die Knöpfe der Fernsehbedienung, einen nach dem anderen, durch alle Kanäle, immer wieder, ungefähr zehn Minuten lang. Am Ende dieser Episode kam ich zu der Feststellung, daß ich genausoviel davon hatte, drei Programme gleichzeitig zu verfolgen (die Nachrichten, wieder mal eine grauenvolle amerikanische Kriminalserie und eine Sendung über Archäologie), wie wenn ich mir die verdammten Dinge getrennt ansähe. Ich schleuderte die Fernbedienung wütend weg und stürmte hinaus in das schwindende Licht, um ans Wasser zu rennen und ein paar Steine in die Wellen zu werfen.

9

WAS MIT ERIC PASSIERT IST

Ich schlief ziemlich lange, jedenfalls für meine Verhältnisse. Mein Vater war genau im selben Moment nach Hause zurückgekehrt, als auch ich vom Strand kam, und ich war sofort ins Bett gegangen, so daß ich schön ausgiebig schlafen konnte. Am Morgen rief ich Jamie an, bekam seine Mutter an den Apparat und erfuhr, daß er zum Arzt gegangen war, aber bald wieder da sein müßte. Ich packte mir Sachen und Verpflegung für einen Tag ein, sagte meinem Vater, daß ich am frühen Abend zurück sein würde und machte mich auf den Weg in die Stadt.

Jamie war zu Hause, als ich bei ihm ankam. Wir tranken ein paar Dosen im alten ›Red Death‹ und unterhielten uns über dies und das; später, nachdem wir gemeinsam einen Vormittagsimbiß und einige selbstgebackene Plätzchen von seiner Mutter verzehrt hatten, verließ ich ihn und machte mich auf den Weg aus der Stadt hinaus und zu den Hügeln dahinter.

Hoch auf einer mit Heidekraut bewachsenen Kuppe, an einem sanften Hang aus Stein und Erde über der Baumgrenze, saß ich auf einem großen Felsbrocken und verspeiste mein Mittagessen. Ich blickte in die im Hitzedunst liegende Ferne, über Porteneil hinweg, das Weideland, gesprenkelt mit weißen Schafen, die Dünen, den Müllplatz, die Insel (nicht daß man sie als solche hätte erkennen können; sie sah wie ein Teil des

Festlandes aus), den Strand und das Meer. Wenige Wolken schwebten am Himmel; sein Blau tauchte den Anblick in Farbe, verebbte jedoch zum Horizont hin und über der ausgedehnten Fläche von Förde und Meer zu fahler Blässe. Lerchen sangen über mir in der Luft, und ich beobachtete einen Bussard im Gleitflug, der nach einer Bewegung im Gras oder im Heidekraut, Ginster und Dornengestrüpp unter ihm Ausschau hielt. Insekten summten und tanzten, und ich schwenkte einen Farnfächer vor meinem Gesicht, um sie zu vertreiben, während ich meinen Sandwich aß und meinen Orangensaft trank.

Zu meiner Linken verliefen die Gipfel der Hügel nach Norden, je weiter entfernt, desto höher, und verblaßten zu einem Graublau, das in der Ferne schimmerte. Ich betrachtete die Stadt unter mir durch das Fernglas, sah Lastwagen und Personenautos auf der Hauptstraße dahinfahren und verfolgte einen Zug auf seinem Weg nach Süden; er hielt in der Stadt und fuhr wieder an, schlängelte sich durch die Ebene vor dem Meer.

Hin und wieder habe ich Lust, die Insel zu verlassen. Ich möchte mich nicht allzuweit von ihr entfernen, wenn möglich möchte ich sie immer noch sehen können, aber es ist gut, wenn man sich selbst manchmal an einen anderen Ort versetzt, um eine Perspektive aus einiger Entfernung zu bekommen. Natürlich weiß ich, was für ein winziges Stückchen Land sie ist; ich bin kein Dummkopf. Mir ist die Größe des Planeten Erde bekannt, und ich weiß, wie gering der Teil davon ist, den ich kenne. Ich habe im Fernsehen zu viele Sendungen über Reiseabenteuer und die Natur gesehen, um nicht zu erkennen, wie begrenzt mein eigenes Wissen und meine persönlichen Erfahrungen hinsichtlich anderer Gegenden sind, aber ich möchte mich nicht weiter von meinem Zuhause entfernen, ich habe keinen Drang, zu reisen oder fremde Gebiete zu sehen oder andersartige Menschen kennenzulernen. Ich weiß, wer ich bin, und ich kenne meine Grenzen. Ich beschränke meinen Horizont aus meinen ganz persönlichen Gründen: Angst – o ja, ich gebe es zu – und das Bedürfnis nach Geborgenheit und Sicherheit in einer Welt, die mich in so frühem Alter, daß ich keine echte Gelegenheit gehabt hatte, sie zu mögen, zufällig so außerordentlich grausam behandelt hat.

Außerdem war die Sache mit Eric eine Lehre für mich.

Eric ging in die Fremde. Eric, mit seiner ganzen Aufgewecktheit, all seiner Intelligenz und Empfindsamkeit und seinen vielversprechenden Begabungen, verließ die Insel und versuchte, seinen Weg zu gehen; er entschied sich für einen Pfad und folgte ihm. Dieser Pfad führte zur Zerstörung des größten Teils seiner selbst, verwandelte ihn in eine völlig andere Person, bei der die Ähnlichkeiten mit dem gesunden jungen Mann, der er zuvor gewesen war, geradezu anstößig wirkten.

Aber er war mein Bruder, und ich liebte ihn auf eine bestimmte Art. Ich liebte ihn trotz seiner Veränderung auf die gleiche Weise, so vermute ich, auf die er mich trotz meiner Behinderung liebte. Ich denke, es war dieses Gefühl, beschützen zu wollen, das Frauen angeblich für Kinder hegen und das Männer für Frauen hegen sollen.

Eric verließ die Insel, als ich noch gar nicht auf der Welt war, und kehrte nur in den Ferien zurück, doch ich denke, daß er mit der Seele immer dort war, und als er dann für ganz zurückkam, ein Jahr nach meinem kleinen Unfall, als mein Vater der Ansicht war, wir wären nun alt genug, daß er sich um uns beide kümmern konnte, nahm ich es ihm überhaupt nicht übel, daß er da war. Im Gegenteil, wir kamen von Anfang an gut miteinander aus, und ich bin sicher, daß es ihm peinlich war, wie ich ihm sklavisch folgte und ihn in allem kopierte, doch da er nun mal Eric war, hatte er ein zu starkes Empfinden für die Gefühle anderer, um es mir zu sagen und damit zu riskieren, mich zu verletzen.

Als er zum Besuch einer Privatschule weggeschickt wurde, schmachtete ich vor Sehnsucht; als er in den Ferien zurückkam, jauchzte ich; ich sprang hoch und machte Kapriolen und geriet völlig außer mich. Sommer um Sommer verbrachten wir auf der Insel, ließen Drachen steigen, bastelten Modelle aus Holz und Plastik, Lego und Meccano und allem möglichen herumliegenden Zeug, das wir fanden, bauten Dämme und konstruierten Hütten und Gräben. Wir ließen Modellflugzeuge fliegen, segelten Modelljachten, bauten Sandsegler und riefen Geheimbünde ins Leben und erfanden Geheimzeichen und -sprachen. Er erzählte mir Geschichten, die er während des Spazierengehens erfand. Einige Geschichten stellten wir im Spiel dar: tapfere Soldaten, die in den Dünen kämpften und gewannen und kämpften und manchmal starben. Das waren die einzigen Gelegenheiten, bei denen er mich absichtlich verletzte, wenn seine Geschichten seinen eigenen Heldentod verlangten und ich es alles zu ernst nahm, wenn er sein Leben aushauchend im Gras oder auf dem Sand lag, nachdem er gerade die Brücke oder den Damm oder den feindlichen Konvoi in die Luft gejagt und mir ganz nebenbei das Leben gerettet hatte. Ich pflegte dann meine Tränen hinunterzuschlucken und ihn leicht anzustupsen in dem Versuch, der Geschichte meine eigene Wendung zu geben, was er nicht zuließ, indem er mir entglitt und starb; er starb zu oft.

Wenn er seine Migräneanfälle hatte – die manchmal tagelang dauerten –, wich ich ihm kaum von der Seite, höchstens, um kühle Getränke und etwas zu essen in den verdunkelten Raum im zweiten Stock hinaufzutragen; ich schlich mich dann hinein, stand still da und zitterte nur manchmal, wenn er aufstöhnte oder sich auf dem Bett bewegte. Ich fühlte mich elend, solange er litt, und alles andere verlor seine Bedeutung; die Spiele und die Geschichten erschienen mir töricht und sinnlos, und nur das Werfen von Steinen auf Flaschen oder Möwen schien noch einen Sinn zu haben. Ich ging hinaus, um Möwen zu angeln, entschlossen, daß ein anderes Wesen als Eric leiden sollte. Wenn er wieder gesund war, war es für mich, als ob er wieder ganz neu für die Sommerferien ankäme, und ich war von ungestümer Freude erfüllt.

Schließlich jedoch zerrte dieser unbezähmbare Überschwang an seinen Nerven, wie es bei jedem richtigen Mann der Fall gewesen wäre, und er zog sich von mir zurück und wandte sich der Welt draußen zu, mit all ihren verlockenden Gelegenheiten und schrecklichen Gefahren. Er beschloß, in die Fußstapfen seines Vaters zu treten und Arzt zu werden. Er erklärte mir damals, daß sich nicht viel ändern würde, er würde immer noch die meiste Zeit des Sommers frei haben, selbst wenn er in Glasgow bleiben müßte, um im Krankenhaus zu arbeiten oder andere Ärzte bei ihren Hausbesuchen zu begleiten; er erklärte mir, daß er immer noch der alte wäre, wenn wir zusammen wären, doch ich wußte, daß das nicht wahr war, und ich erkannte, daß im Innern seines Herzens auch er das wußte. Es sprach aus seinen Augen und seinen Worten. Er verließ die Insel, verließ mich.

Ich konnte ihm keinen Vorwurf machen, auch damals nicht, als es mich am härtesten traf. Er war Eric, er war mein Bruder, er tat, was er tun mußte; genau wie der tapfere Soldat starb er für die Sache – oder für mich. Wie konnte ich an ihm zweifeln oder ihm Vorwürfe machen, wenn er nicht einmal ansatzweise auch nur *andeutete*, daß er an mir zweifelte oder mir Vorwürfe machte? Mein Gott, all diese Morde, die drei kleinen Kinder, die getötet wurden, eins durch Brudermord! Und er konnte einfach keine Ahnung haben, daß ich auch nur bei einem davon die Hand im Spiel hatte. Das hätte ich gemerkt. Er hätte mir nicht ins Gesicht sehen können, wenn er einen Verdacht gehabt hätte; er war unfähig, sich zu verstellen.

Also ging er in den Süden, zunächst für ein Jahr, dann für ein weiteres; dank seiner hervorragenden Examensergebnisse verschlug es ihn früher dorthin als die meisten. Im Sommer dazwischen kam er nach Hause, doch er hatte sich verändert. Er versuchte weiterhin mit mir so umzugehen, wie er es immer getan hatte, doch ich spürte, daß sein Verhalten erzwungen war. Er hatte sich von mir entfernt, sein Herz war nicht mehr auf der Insel. Es war bei seinen Bekannten von der Universität, bei seinen Studien, die er liebte; vielleicht war es überall sonst auf der Welt, nur nicht mehr auf der Insel. Nicht mehr bei mir.

Wir gingen hinaus, wir ließen Drachen steigen, bauten Dämme und so weiter, aber es war nicht mehr dasselbe; er war ein Erwachsener, der sich bemühte, mir Freude zu machen, nicht ein Junge, der dieselben Freuden mit einem anderen Jungen teilt. Es war keine schlechte Zeit, und ich war immer noch sehr froh, daß er da war, aber er war erleichtert, als er nach einer Woche wegfahren konnte, um mit einigen seiner Studentenfreunde den Rest der Ferien in Südfrankreich zu verbringen. Ich trauerte wegen des Scheidens des Freundes und Bruders, den ich gekannt hatte, und schmerzlicher denn zu irgendeiner anderen Zeit spürte ich meine Verletzung – dieser Umstand, der, wie ich wußte, mich ein Leben lang im Stadium der Pubertät halten, mich niemals erwachsen werden und zum echten Mann reifen lassen würde, mir niemals gestatten würde, meinen eigenen Weg in der Welt zu gehen.

Ich streifte dieses Gefühl schnell ab. Ich hatte den Schädel, ich hatte die Fabrik, und ich hatte die stellvertretende menschliche Befriedigung, während Eric draußen in der Welt eine brillante Rolle spielte, daß ich mich langsam zum unangefochtenen Herrn der Insel und der Ländereien ringsum machte. Eric schrieb mir Briefe und berichtete, wie gut er vorankam, er rief an und sprach mit mir und meinem Vater, und er brachte mich am Telefon zum Lachen, so wie es ein schlauer Erwachsener schafft, auch wenn man gar nicht will, daß es geschieht. Er gab mir nie das Gefühl, daß er mich oder die Insel vollkommen verlassen hatte.

Dann hatte er jenes unselige Erlebnis, das, ohne daß ich oder mein Vater etwas davon geahnt hätten, sich zu einer Reihe von anderen Dingen addierte, und das reichte, um auch die veränderte Person, die ich kannte, umzubringen. Es führte dazu, daß Eric zurück und hinaus zu etwas anderem floh: Es entstand eine Mischung aus seinem früheren Ich (jedoch auf teuflische Weise verkehrt) und einem eher welterfahrenen Mann, ein gestörter und gefährlicher Erwachsener, gleichzeitig verwirrt und leidenschaftlich und wahnsinnig. Er erinnerte mich an ein in viele Teile zerbrochenes Hologramm, wobei das vollständige Bild auch noch in einer spitzen Scherbe enthalten ist, gleichzeitig Splitter und Ganzes.

Es geschah während jenes zweiten Jahres, als er in einem großen Lehrkrankenhaus Dienst tat. Er hätte zu der Zeit eigentlich gar nicht dort sein müssen, tief unten im Bauch des Krankenhauses mit den traurigsten Wracks menschlichen Lebens; er half in seiner Freizeit dort aus. Später erfuhren mein Vater und ich, daß Eric Probleme hatte, über die er uns nie etwas erzählt hatte. Er hatte sich in ein Mädchen verliebt, und die Sache endete unglücklich, weil sie ihm eröffnete, daß sie ihn doch nicht liebte, und mit einem anderen wegging. Seine Migräneanfälle waren danach eine Zeitlang ganz besonders schlimm und beeinträchtigten seine Arbeit. Sowohl aus diesem Grund als auch wegen des Mädchens hatte er inoffiziell in dem Krankenhaus in der Nähe der Universität gearbeitet, er half den Schwestern der Nachtschicht und saß mit seinen Büchern in dem dunklen Stationszimmer, während die Greise und die Kinder und all die anderen Kranken stöhnten und husteten.

So war es auch in der Nacht, in der er sein unangenehmes Erlebnis hatte. Er war auf einer Station mit Babys und Kindern, die so mißgestaltet waren, daß sie außerhalb des Krankenhauses keine Lebenschance gehabt hätten, und auch in der Obhut der Klinik würden sie nicht allzulang überdauern. Wir erfuhren das meiste darüber, was geschehen war, aus dem Brief einer Krankenschwester, die mit meinem Bruder befreundet gewesen war, und in ihrem Brief ließ sie anklingen, daß sie es für falsch hielt, daß einige der Kinder am Leben gehalten wurden; offensichtlich dienten sie nur dazu, von Ärzten und Professoren als Demonstrationsobjekte für die Studenten benutzt zu werden.

Es war eine heiße, drückende Nacht im Juli, und Eric befand sich unten in dem gespenstischen Raum, in der Nähe des Heizungsraums des Krankenhauses und der Abstellkammern. Er hatte den ganzen Tag über unter Kopfschmerzen gelitten, und während seines Aufenthalts auf der Station hatten sie sich zur Migräne verschlimmert. Die Lüftungsanlage war einige Wochen lang defekt gewesen, und Techniker hatten an dem System gearbeitet; in dieser Nacht war die Luft in den Räumen heiß und stickig, und Erics Migräne war unter solchen Bedingungen schon immer besonders schlimm gewesen. Eine Stunde später oder so sollte jemand kommen, um ihn abzulösen, sonst hätte vermutlich selbst Eric sich geschlagen gegeben und wäre in seinen Ruheraum gegangen, um sich hinzulegen. So jedoch ging er durch die Station, wickelte Babys neu und beruhigte quengelnde Kleinkinder und wechselte Verbände oder tauschte Tropfflaschen aus und erledigte sonst noch allerlei Unangenehmes, während sein Kopf sich anfühlte, als wollte er sich spalten, und seine Sicht durch Lichtflimmern und Linien gestört war.

Das Kind, das er in dem Moment versorgte, als es geschah, vegetierte mehr oder weniger dahin. Zusätzlich zu anderen Behinderungen war es vollkommen unfähig, das Wasser zu halten, nicht in der Lage, einen anderen Ton als ein Gurgeln hervorzubringen, es hatte seine Muskeln nicht unter Kontrolle – selbst sein Kopf mußte mit einem Gestell gestützt werden –, und es trug eine Metallplatte auf dem Kopf, weil die Knochen, die seinen Schädel hätten bilden sollen, niemals zusammengewachsen waren, und selbst die Haut über seinem Gehirn war papierdünn.

Alle paar Stunden mußte es mit einer speziellen Mischung gefüttert werden, und damit war Eric gerade beschäftigt, als es passierte. Ihm war aufgefallen, daß das Kind ein wenig ruhiger war als normalerweise, es saß nur schlaff in seinem Stuhl und starrte geradeaus, leicht atmend, mit verhangenen Augen und einem fast friedlichen Ausdruck auf dem üblicherweise leeren Gesicht. Es schien jedoch nicht in der Lage zu sein, Nahrung aufzunehmen – eine der wenigen Handlungen, die es normalerweise wahrnahm und bei der es sogar mitwirkte. Eric war geduldig und hielt den Löffel vor die ins Nichts starrenden Augen; er führte ihn zu den Lippen, woraufhin das Kind gewöhnlich die Zunge herausgestreckt oder versucht hätte, sich nach vorn zu beugen, um den Löffel in den Mund zu kriegen, doch in dieser Nacht saß es einfach nur da, weder gurgelnd, noch mit seinem Kopf wackelnd, noch sich hin- und herwerfend, noch mit den Armen um sich schlagend, noch mit den Augen rollend, sondern einfach nur starrend und starrend, mit diesem seltsamen

Ausdruck im Gesicht, der als Glück mißdeutet hätte werden können.

Eric blieb beharrlich, rückte mit seinem Stuhl näher und versuchte, den drückenden Schmerz in seinem Kopf zu ignorieren, während die Migräne immer schlimmer wurde. Er sprach sanft auf das Kind ein – was im allgemeinen zur Folge hatte, daß es die Augen verdrehte und den Kopf in die Richtung der Quelle des Geräuschs umwandte, was in dieser Nacht jedoch keinerlei Wirkung zeitigte. Eric prüfte anhand des Blattes Papier neben dem Stuhl, ob dem Kind eine zusätzliche Medikation verschrieben worden war, doch alles erschien wie immer. Er rückte noch näher hin, leise singend, den Löffel schwenkend und gegen den Schmerz in seinem Kopf ankämpfend.

Dann sah er etwas, wie eine Bewegung, nur eine winzige Bewegung, kaum sichtbar auf dem kahlgeschorenen Kopf des leicht lächelnden Kindes. Was immer es war, es war klein und träge. Eric blinzelte und schüttelte den Kopf, um zu versuchen, die wabernden Lichtfetzen zu vertreiben, die seine Migräne hervorgerufen hatte. Er stand auf, wobei er noch immer den Löffel mit der breiartigen Nahrung in der Hand hielt. Er beugte sich dichter zu der Schädeldecke des Kindes hinunter, betrachtete sie von ganz nah. Er konnte nichts sehen, doch er blickte auch unter den Rand der metallenen Schädelschale, die das Kind trug, glaubte, etwas darunter zu sehen, und hob sie leicht vom Kopf des Kleinen hoch, um zu prüfen, ob etwas nicht stimmte.

Ein Handwerker, der im Heizungsraum arbeitete, hörte Eric schreien und rannte, einen großen Schraubenschlüssel schwingend, auf die Station; er fand Eric zusammengekrümmt in einer Ecke am Boden, ein wahnsinniges Geheul ausstoßend, den Kopf zwischen die Knie geklemmt, halb kniend, halb in Fötusstellung auf den Fliesen liegend. Der Stuhl, in dem das Kind gesessen hatte, war umgekippt, und er sowie das angeschnallte Kind, das immer noch lächelte, lagen ein paar Meter entfernt am Boden.

Der Mann aus dem Heizungskeller schüttelte Eric, erhielt jedoch keine Antwort. Dann blickte er zu dem Kind auf dem Stuhl und ging hinüber zu ihm, vielleicht um den Stuhl aufzurichten; er hatte sich ihm auf etwa eineinhalb Meter genähert, als er sich umdrehte, zur Tür rannte und sich übergab, bevor er dort ankam. Eine Stationsschwester aus dem Stockwerk darüber fand den Mann im Gang, wie er immer noch gegen ein trockenes Würgen ankämpfte, als sie herunterkam, um nachzusehen, was den ungewöhnlichen Lärm verursacht hatte. Inzwischen hatte Eric aufgehört zu schreien und war ruhig geworden. Das Kind lächelte immer noch.

Die Schwester richtete den Stuhl des Kindes auf. Ob sie ihre Übelkeit hinunterschluckte oder völlig benommen war, oder ob sie derart Schlimmes oder gar Schlimmeres schon früher gesehen hatte und es für sie einfach etwas war, das getan werden mußte, weiß ich nicht, jedenfalls gelang es ihr schließlich, die Dinge in den Griff zu bekommen, per Telefon um Hilfe zu rufen und Eric dabei zu helfen, mit steifen Gliedern die Ecke zu verlassen. Sie führte ihn zu einem Stuhl, bedeckte den Kopf des Kindes mit einem Handtuch und redete beruhigend auf den Arbeiter ein. Sie hatte den Löffel von dem offenen Schädel des lächelnden Kindes entfernt. Eric hatte ihn dort hineingesteckt, vielleicht im ersten Augenblick des Wahns von der Absicht bewegt, das, was er sah, herauszulöffeln.

Vermutlich waren Fliegen in die Räume der Station gelangt, während die Klimaanlage defekt gewesen war. Sie hatten sich unter dem rostfreien Stahl der Schädelschale des Kindes eingenistet und dort ihre Eier abgelegt. Was Eric sah, als er die Platte anhob, was er unter dem Gewicht allen menschlichen Leids sah, irgendwo inmitten der weiten, schlafenden, schwülen, dunklen Stadt ringsum, was er sah, während sich sein eigener Schädel spaltete, war ein Nest von sich träge schlängelnden, fetten Maden, die in ihren gemeinsamen Verdauungssäften schwammen, während sie das Gehirn des Kindes verzehrten.

Tatsächlich schien sich Eric von dem Ereignis zu erholen. Er bekam Beruhigungsmittel, er verbrachte einige Nächte als Patient im Krankenhaus, dann ruhte er sich einige Tage lang in seinem Raum im Wohnheim aus. Bevor eine Woche vergangen war, nahm er seine Studien wieder auf und besuchte die Vorlesungen wie immer. Ein paar Leute wußten, daß etwas passiert war, und sie merkten, daß Eric stiller geworden war, aber das war auch alles. Mein Vater und ich wußten lediglich, daß er eine Zeitlang wegen einer Migräne den Vorlesungen ferngeblieben war.

Später erfuhren wir, daß Eric angefangen hatte, viel zu trinken, daß er Vorlesungen versäumte, bei den falschen auftauchte, im Schlaf schrie und andere Leute im Wohnheim aufweckte, Tabletten nahm, bei Examen nicht erschien und sein Praktikum vernachlässigte. Schließlich war ihm von seiten der Universität vorgeschlagen worden, den Rest des Jahres freizunehmen, weil ihm so viel des Lehrstoffes entgangen war. Eric war zutiefst erschüttert; er stapelte all seine Bücher im Korridor vor dem Raum seines Studienleiters auf und steckte sie in Brand. Er konnte von Glück sagen, daß er nicht angezeigt wurde, doch die Universitätsverwaltung kam zu einer milden Beurteilung der Rauchschäden und der Beschädigung der alten Holztäfelung, und Eric kehrte auf die Insel zurück.

Aber nicht zu mir. Er weigerte sich, irgend etwas mit mir zu tun zu haben, und schloß sich in seinem Zimmer ein, hörte sich seine Platten in voller Lautstärke an und ging kaum je aus, außer in die Stadt, wo er bald in allen Kneipen Hausverbot bekam, weil er Schlägereien anzettelte und krakeelte und die Leute übel beschimpfte. Wenn er mich wahrnahm, sah er mich mit seinen großen Augen an und klopfte sich mit dem Finger auf die Nase und blinzelte verschlagen. Seine Augen waren dunkelgerändert und tief eingesunken, mit wulstigen Tränensäcken darunter, und außerdem schien seine Nase ziemlich häufig zu jucken. Einmal hob er mich hoch und gab mir einen Kuß auf die Lippen, was mir wirklich Angst einjagte.

Mein Vater wurde fast ebenso in sich gekehrt wie Eric. Er beschränkte sich auf ein trübsinniges Dasein mit langen Spaziergängen und hartnäckigem, undurchdringlichem Schweigen. Er fing an, Zigaretten zu rauchen, eine Zeitlang buchstäblich kettenzurauchen. Einen Monat lang oder so war das Leben im Haus die reinste Hölle, und ich ging oft aus oder blieb in meinem Zimmer, um fernzusehen.

Dann machte sich Eric an verschreckte kleine Jungen aus der Stadt heran, zunächst, indem er sie mit Würmern bewarf, danach indem er ihnen auf ihrem Nachhauseweg von der Schule Würmer unters Hemd schob. Einige Eltern, ein Lehrer und Diggs kamen auf die Insel, um mit meinem Vater zu sprechen, nachdem Eric angefangen hatte, Kinder zu zwingen, Würmer und ganze Händevoll Maden zu essen. Ich saß schwitzend in meinem Zimmer, während sie im Wohnzimmer darunter zusammensaßen und die Eltern meinen Vater anschrien. Der Arzt, Diggs, sogar ein Sozialarbeiter aus Inverness sprachen mit Eric, doch dieser sagte nicht viel; er saß nur lächelnd da und wies gelegentlich darauf hin, wieviel Protein in Würmern enthalten sei. Einmal kam er völlig zerschunden und blutend nach Hause, und mein Vater und ich nehmen an, daß einer der größeren Jungen oder einige Eltern ihm aufgelauert und ihn zusammengeschlagen hatten.

Offenbar waren bereits seit mehreren Wochen in der Stadt Hunde verschwunden, bevor einige Kinder meinen Bruder dabei beobachteten, wie er eine Kanne Benzin über einen kleinen Yorkshire Terrier goß und ihn anzündete. Ihre Eltern glaubten ihnen und suchten nach Eric, und sie fanden ihn, wie er das gleiche mit einem alten Straßenköter machte, den er mit Anisplätzchen angelockt und gefangen hatte. Sie verfolgten ihn durch den Wald hinter der Stadt, verloren jedoch seine Spur.

An jenem Abend kam Diggs wieder auf die Insel, um zu verkünden, daß er Eric wegen Ruhestörung und Verletzung der öffentlichen Ordnung festnehmen müsse. Er wartete bis ziemlich spät in die Nacht und nahm lediglich ein paar Gläser Whisky an, die mein Vater ihm anbot, doch Eric kam nicht nach Hause. Diggs ging, und mein Vater blieb wach, doch Eric tauchte nicht auf. Es war drei Tage und fünf Hunde später, als er schließlich nach Hause kam, heruntergekommen und ungewaschen und nach Benzin und Rauch stinkend, mit zerrissenen Kleidern und abgemagertem, dreckigem Gesicht. Mein Vater hörte ihn am frühen Morgen ins Haus kommen, den Kühlschrank plündern, mehrere Mahlzeiten auf einmal hinunterschlingen und die Treppe hinauf ins Bett stapfen.

Mein Vater schlich sich zum Telefon hinunter und rief Diggs an, der vor dem Frühstück ankam. Eric mußte jedoch etwas gehört oder gesehen haben, denn er verließ sein Zimmer durchs Fenster und rutschte am Regenrohr hinunter, wo er sich mit Diggs' Fahrrad aus dem Staub machte. Es vergingen eine weitere Woche und zwei weitere Hunde, bevor er endlich geschnappt wurde, als er gerade von einem fremden Auto auf der Straße Benzin abzapfte. Man brach ihm während der Amtshandlung der Festnahme den Kiefer, und diesmal gelang Eric die Flucht nicht.

Nach einigen Monaten wurde ihm bestätigt, daß er geisteskrank war. Er hatte alle möglichen Untersuchungen und mehrere Fluchtversuche hinter sich, hatte Pfleger und Krankenschwestern und Sozialarbeiter und Ärzte angegriffen und ihnen allen juristische Schritte und Mordanschläge angedroht. Er wurde in immer strenger gesicherte und geschlossenere Anstalten verlegt, je länger seine Tests und Drohungen und Kämpfe anhielten. Mein Vater und ich hörten, daß er erheblich ruhiger geworden sei, seit er sich in einer Klinik südlich von Glasgow eingewöhnt hatte, und keine Fluchtversuche mehr unternähme, aber rückblickend drängt sich der Verdacht auf, daß er lediglich versucht hat – mit Erfolg, so scheint es –, seine Aufseher einzulullen und in ihnen ein falsches Gefühl der Sicherheit zu wecken.

Und jetzt war er auf dem Weg hierher zu uns.

Ich schwenkte mein Fernglas langsam über das Land vor mir und unter mir, von Norden nach Süden, von einer Dunstschwade zur nächsten, über die Stadt und die Straßen und die Eisenbahnlinie und die Felder und den Strand, und fragte mich, ob wohl irgendwann der Ort in meinem Blickfeld gewesen war, an dem sich Eric jetzt befand, sofern er schon so weit gekommen war. Ich hatte das Gefühl, daß er sehr nah war. Es gab keinen vernünftigen Grund für diese Annahme, doch er hatte ausreichend Zeit gehabt, der Anruf am Abend zuvor hatte deutlicher geklungen als die anderen, und... ich spürte es einfach. Vielleicht war er jetzt hier und lag irgendwo bis zum Einbruch der Dunkelheit auf der Lauer, bevor er sich bewegte, oder er streifte durch den Wald oder die Ginsterbüsche in den Senken zwischen den Dünen, während er sich aufs Haus zubewegte oder nach Hunden Ausschau hielt.

Ich marschierte über den Hügelkamm, kam dann einige Kilometer südlich von der Stadt wieder in die Ebene herunter, durch Reihen von Nadelbäumen, wo in der Ferne Kreissägen kreischten und die dunkle Masse der Bäume schattig und ruhig war. Ich überquerte die Eisenbahnschienen und ein paar Felder mit schwankender Gerste, überquerte die Straße und struppige Schafweiden, bis ich den Strand erreichte.

Meine Füße waren wund, und meine Beine schmerzten, während ich der Linie des harten Sandes folgend am Strand entlanglief. Ein leichter Wind hatte vom Meer her aufgefrischt, und ich war froh darüber, denn die Wolken waren verschwunden, und die Sonne war immer noch kräftig, obwohl sie bereits im Sinken begriffen war. Ich gelangte an einen Fluß, den ich bereits in den Hügeln einmal überquert hatte und den ich jetzt in der Nähe des Meeres noch einmal überquerte, indem ich ein Stück in die Dünen hineinging zu einer Stelle, wo es, wie ich wußte, eine Drahtseilbrücke gab. Schafe stoben vor mir auseinander, einige geschoren, einige noch mit wuscheligem Fell; sie hüpften in langen Sätzen mit ihrem abgehackt klingenden Bääh davon, dann hielten sie inne, wenn sie glaubten, daß sie in Sicherheit waren, und senkten die Köpfe zu Boden oder knieten sich hin, um das Zupfen des mit Blumen durchsetzten Grases wieder aufzunehmen.

Ich erinnere mich, daß ich früher Schafe wegen ihrer unsäglichen Dummheit verachtet hatte. Ich hatte gesehen, wie sie fraßen und fraßen und fraßen; ich hatte gesehen, wie Hunde ganze Herden von ihnen überlistet hatten; ich hatte sie gejagt und sie wegen der Art, wie sie rannten, ausgelacht; hatte sie beobachtet, wie sie sich selbst in alle möglichen törichten, verzwickten Situationen brachten, und ich war der Ansicht, daß es ihnen ganz recht geschähe, wenn sie als Hammelbraten endeten, und daß es noch zu gut für sie war, als wolleproduzierende Maschine benutzt zu werden. Es dauerte Jahre, und es war ein langwieriger Prozeß, bevor ich allmählich begriff, was Schafe in Wirklichkeit verkörperten: nicht ihre eigene Dummheit, sondern unsere Macht, unsere Habsucht, unseren Egoismus.

Nachdem ich verstanden hatte, was Evolution ist, und mich etwas in der Geschichte und der Landwirtschaft auskannte, sah ich, daß die dicken weißen Tiere, die ich ausgelacht hatte, weil sie stumpfsinnig hintereinander herliefen und sich im Gebüsch verfingen, sowohl das Produkt von Generationen von Bauern als auch das von Generationen von Schafen waren; *wir* haben sie so gemacht, wir kneteten sie aus den wilden, klugen Überlebenden, die ihre Vorfahren waren, damit sie fügsame, ängstliche, schmackhafte Wollieferanten wurden. Wir wollten nicht, daß sie klug sind, und bis zu einem gewissen Grad schwanden ihr Aggressionstrieb und ihre Intelligenz gleichzeitig. Natürlich sind die Hammel klüger, doch auch sie sind durch das Verhalten ihrer idiotischen Weibchen beeinträchtigt, mit denen sie verbunden sind und die sie mit ihrem Samen befruchten müssen.

Das gleiche Prinzip gilt für Hühner und Kühe und fast alle Wesen, bei denen es uns gelungen ist, lange genug mit unserer Gier und Gefräßigkeit Einfluß auszuüben. Manchmal kommt mir der Gedanke, daß das gleiche vielleicht mit Frauen geschehen ist, doch so verlockend diese Theorie auch sein mag, ich glaube, in dieser Hinsicht liege ich falsch.

Ich war rechtzeitig zum Abendessen zu Haus, schlang meine Eier samt Steak und Pommes frites und Bohnen hinunter und verbrachte den Rest des Abends damit, fernzusehen und mit einem angespitzten Streichholz Stückchen von toter Kuh aus meinem Mund zu puhlen.

10

GEHETZTER HUND

Es hat mich immer geärgert, daß Eric verrückt geworden ist. Obwohl das nicht etwas ist, das man an- und ausschalten kann, in der einen Minute geistig gesund, in der nächsten verrückt, glaube ich, daß es keinen Zweifel daran geben kann, daß der Vorfall mit dem lächelnden Kind in Eric etwas ausgelöst hat, das fast unweigerlich zu seinem Untergang führen mußte. Etwas in ihm wurde nicht damit fertig, was geschehen war, das, was er gesehen hatte, konnte er nicht in Einklang bringen mit seiner Vorstellung davon, wie die Dinge zu sein haben. Vielleicht hegte er im tiefsten Innern, begraben unter Schichten von Zeit und Überwucherungen, wie die römischen Überreste in einer modernen Stadt, immer noch den Glauben an Gott, und konnte die Erkenntnis nicht ertragen, daß ein derart unwahrscheinliches Wesen, sofern es wirklich existierte, es zuließ, daß einem seiner Geschöpfe, die er doch angeblich nach seinem Ebenbild geschaffen hatte, etwas Derartiges zustieß.

Was immer es war, das damals in Eric ausrastete, jedenfalls stellte seine Reaktion eine Schwäche dar, einen grundsätzlichen Makel, den ein echter Mann nicht haben durfte. Frauen, so wußte ich aus Hunderten – wenn nicht Tausenden – von Filmen und Fernsehstücken, haben keine Widerstandskraft, wenn ihnen wirklich etwas Ernstes zustößt; sie werden vergewaltigt, oder ein geliebter Mensch stirbt, und sie drehen vollkommen durch, werden verrückt und begehen Selbstmord oder grämen sich schlichtweg zu Tode. Natürlich ist mir klar, daß nicht ausnahmslos alle so reagieren, doch offenbar ist es die Regel, und diejenigen, die ihr nicht gehorchen, sind in der Minderzahl.

Es muß ein paar starke Frauen geben, Frauen mit mehr männlichen Wesenszügen als die meisten, und ich habe den Verdacht, daß Eric das Opfer eines Ichs wurde, in dem etwas zuviel weibliche Wesenszüge vorhanden waren. Diese Empfindsamkeit, dieses Bestreben, niemanden zu verletzen, die einfühlsame, geistreiche Klugheit – über diese Eigenschaften verfügte er, weil er zu sehr wie eine Frau dachte. Bis zu seinem abscheulichen Erlebnis hat ihn das nie besonders gestört, doch in diesem Moment, unter diesen extremen Bedingungen, reichte es aus, um ihn zu zerbrechen.

Ich gebe meinem Vater die Schuld daran, ganz zu schweigen von jener Nutte, wer immer sie gewesen sein mag, die ihn damals wegen eines anderen Kerls verlassen hat. Meinen Vater trifft zumindest ein Teil der Schuld, wegen des Unfugs, den er in den ersten Jahren mit Eric getrieben hat, indem er ihm gestattete, sich nach seiner Vorliebe zu kleiden, und ihm die Wahl ließ zwischen Hosen und Röcken; Harmsworth und Morag Stove machten sich durchaus mit Recht Sorgen um die Art und Weise, wie ihr Neffe aufgezogen wurde, und sie taten genau das Richtige, indem sie anboten, sich um ihn zu kümmern. Vielleicht wäre alles ganz anders gelaufen, wenn mein Vater nicht diese albernen Ideen gehabt hätte, wenn meine Mutter Eric nicht verabscheut hätte, wenn die Stoves ihn früher zu sich genommen hätten; aber es ist nun mal so passiert, wie es passiert ist, und ich hoffe immerhin, daß mein Vater bei sich selbst ebensoviel Schuld sieht wie ich bei ihm. Ich wünschte mir, daß er das Gewicht dieser Schuld unablässig auf sich lasten fühlt und es ihm schlaflose Nächte bereitet und Alpträume beschert, durch die er in kühlen Nächten schweißgebadet aufwacht, falls er doch einmal schläft. Er verdient es nicht anders.

Eric rief an diesem Abend nach meinem Spaziergang in den Hügeln nicht an. Ich ging ziemlich früh ins Bett, aber ich bin sicher, ich hätte das Telefon gehört, wenn es geklingelt hätte. Ich schlief die Nacht ohne Unterbrechung durch, da ich nach meinem ausgedehnten Ausflug sehr müde war. Am nächsten Morgen stand ich zur üblichen Zeit auf, ging hinaus, um in der Kühle des Morgens einen Spaziergang am Strand zu machen, und kam rechtzeitig zurück, um ein gutes, üppiges warmes Frühstück einzunehmen.

Ich war ruhelos, mein Vater war stiller als sonst, und die Hitze nahm schnell zu, wodurch es im Haus stickig wurde, obwohl die Fenster offen waren. Ich wanderte durch die Räume, blickte durch diese freien Öffnungen hinaus, lehnte mich auf Simse und suchte die Landschaft mit angestrengten Augen ab. Schließlich, während mein Vater in einem Liegestuhl döste, ging ich in mein Zimmer, wechselte die Kleidung und zog mir ein T-Shirt und die leichte Weste mit den vielen Taschen an, füllte sie mit lauter nützlichen Dingen, warf mir die Umhängetasche mit der Tagesverpflegung über die Schulter und machte mich auf den Weg, um die Zugänge zur Insel einer eingehenden Beobachtung zu unterziehen und vielleicht auch dem Müllplatz einen Besuch abzustatten, sofern es nicht zu viele Fliegen gab.

Ich setzte die Sonnenbrille auf, und die braunen Polaroidgläser ließen alle Farben lebhafter erscheinen. Ich hatte kaum den ersten Schritt nach draußen getan, da fing ich bereits an zu schwitzen. Ein warmer Windhauch, der kaum Kühlung brachte, wirbelte unentschlossen aus verschiedenen Richtungen heran und trug den Duft von Gras und Blumen mit sich. Ich marschierte gleichmäßig voran, bis zum Ende des Weges, über die Brücke, entlang der landwärtigen Seite des Meeresarms und des Flusses, folgte dem Lauf des Baches und sprang über seine schmalen Seitenarme und Rinnsale bis zu der Stelle, wo ich meine Dämme zu bauen pflegte. Dann schlug ich die Richtung nach Norden ein, entlang der seewärtigen Seite der Dünen, überwand ihre sandigen Kuppeln trotz der Hitze und der Anstrengung, sie an den südlichen Hängen zu erklimmen, um mit dem Ausblick, den sie boten, belohnt zu werden.

Alles flimmerte in der Hitze, Konturen verwischten und bewegten sich. Als ich den Sand berührte, war er heiß, und Insekten aller Arten und Größen summten und schwirrten um mich herum. Ich vertrieb sie mit fuchtelnder Hand.

Hin und wieder nahm ich das Fernglas, wischte mir den Schweiß von der Stirn, setzte es an die Augen und betrachtete die Ferne durch die vor Hitze zitternde Luft. Schweiß krabbelte mir über die Kopfhaut, und ich hatte einen Juckreiz zwischen den Beinen. Ich überprüfte die Dinge, die ich mitgebracht hatte, häufiger, als ich es normalerweise tat, wog geistesabwesend den kleinen Beutel mit Stahlgeschossen in der Hand, berührte das Bowie-Messer und die Schleuder, die in meinem Gürtel steckten, vergewisserte mich, daß mein Feuerzeug, meine Brieftasche, mein Kamm, mein Spiegel, mein Kugelschreiber und das Papier noch da waren. Ich trank etwas aus der kleinen Feldflasche, die ich mitgenommen hatte, obwohl der Inhalt warm war und jetzt schon schal schmeckte.

Ich entdeckte einige interessante Stücke angeschwemmt am Strand und im Treibgut, als ich den Strand absuchte, doch ich blieb in den Dünen, überwand die höheren, wenn es sein mußte, marschierte weiter nach Norden, über Wasserläufe und durch kleine Moorgebiete, vorbei am Bombenkreis und an der Stelle, der ich nie einen eigenen Namen gegeben habe, dort, wo Esmeralda abgehoben hatte.

Mir fielen die Orte immer erst auf, als ich bereits an ihnen vorbei war.

Nach einer Stunde oder so schlug ich die Richtung ins Landesinnere ein, dann nach Süden, entlang der letzten der Festlanddünen, von denen ich einen Blick über die struppigen Weiden hatte, auf denen sich die Schafe träge über den Boden bewegten und fraßen, wie Maden. Einmal blieb ich eine Weile stehen und beobachtete einen großen Vogel, der hoch oben am wolkenlosen Himmel flog, in den thermischen Aufwinden Kreise und Spiralen drehte, sich dahin und dorthin wandte. Unter ihm schwebten einige Möwen mit ausgebreiteten Flügeln und in alle Richtungen zuckenden weißen Hälsen, als ob sie etwas suchten. Auf dem Kamm einer Düne fand ich einen toten Frosch, vertrocknet, mit erstarrtem Blut auf dem Rücken und mit Sand verklebt, und fragte mich, wie er wohl hier heraufgeraten sein mochte. Wahrscheinlich hatte ihn ein Vogel fallen lassen.

Irgendwann setzte ich meine kleine grüne Mütze auf, um die Augen gegen das grelle Licht abzuschirmen. Ich schwenkte in den Pfad unten ein, auf einer Ebene mit der Insel und dem Haus. Ich ging immer weiter, hielt nach wie vor gelegentlich an, um durchs Fernglas zu blicken. Personenautos und Lastwagen blitzten durch das Laub der Bäume, ungefähr anderthalb Kilometer entfernt auf der Straße. Einmal flog ein Hubschrauber über mich hinweg, wahrscheinlich unterwegs zu einer der Bohrinseln oder einer Pipeline.

Ich kam kurz nach Mittag am Müllplatz an und betrat ihn durch eine Gruppe von kleinen Bäumen. Ich ließ mich im Schatten eines der Bäumchen nieder und inspizierte den Platz mit dem Fernglas. Einige Möwen tummelten sich darauf, aber keine Menschen. Eine schmale Rauchsäule stieg von einem der Feuer in der Nähe der Mitte auf, und um sie herum lagen der Schutt und Abfall der Stadt und der ganzen Umgebung: Kartons und schwarze Platikbeutel und das glänzende, verbeulte Weiß alter Waschmaschinen, Herde und Kühlschränke. Papierfetzen erhoben sich in die Luft und tanzten eine Zeitlang im Kreis herum, wenn ein kleiner Wirbelwind aufkam, dann fielen sie wieder zu Boden.

Ich bahnte mir einen Weg durch den Müll und genoß den fauligen, leicht süßlichen Geruch. Ich stieß mit dem Fuß gegen einigen Unrat, drehte ein paar wenige interessante Dinge mit der Spitze meines Stiefels um, fand jedoch nichts, was des Aufhebens wert gewesen wäre. Was ich im Laufe der Jahre am Müllplatz besonders zu schätzen gelernt hatte, war der Umstand, daß er niemals derselbe blieb; er bewegte sich wie etwas Großes, Lebendiges, breitete sich wie eine gewaltige Amöbe aus und verschlang nach und nach all das gesunde Land und vereinnahmte den vielfältigen Abfall. Doch an diesem Tag erschien er mir müde und langweilig. Ich empfand ihm gegenüber Ungeduld, fast Ärger. Ich warf ein paar Aerosol-Dosen in das schwache Feuer, das in der Mitte schwelte, doch auch sie boten wenig Zerstreuung, sondern knallten nur halbherzig in den blassen Flammen. Ich verließ den Müllplatz und ging in Richtung Süden weiter.

In der Nähe eines kleinen Wasserfalls, etwa einen Kilometer vom Müllplatz entfernt, stand ein großer Bungalow, ein Ferienhaus mit Blick aufs Meer. Es war verriegelt und verlassen, und es gab keine frischen Spuren auf dem holperigen Pfad, der zu ihm hin und dann an ihm vorbei zum Strand führte. Es war der Pfad, auf dem uns Willie, ein anderer Freund von Jamie, mit seinem alten Mini-Kombi zu unserer Renn- und Rutschfahrt am Strand gefahren hatte.

Ich sah durch die Fenster in die ausgestorbenen Räume hinein; die alten Möbel paßten nicht zusammen und standen verstaubt und vernachlässigt im Halbdunkel. Auf einem der Tische lag eine Zeitschrift, deren eine Ecke vom Sonnenlicht vergilbt war. Im Schatten der Giebelseite des Hauses setzte ich mich hin und trank den Rest meines Wassers, nahm mir die Mütze vom Kopf und wischte mir die Stirn mit dem Taschentuch ab. In der Ferne hörte ich die gedämpften Explosionen von dem Schießplatz etwas weiter unten an der Küste, und einmal brausten zwei Düsenjäger über die ruhige See in Richtung Westen.

In einiger Entfernung von dem Haus begann eine Reihe von niedrigen Hügeln, bewachsen mit Stechginster und dürftigen, vom Wind zerzausten Bäumen. Ich suchte sie mit dem Fernglas nach irgend etwas Interessantem ab und schlug Fliegen weg, während mir der Kopf allmählich ein bißchen weh tat und mir die Zunge trotz des Wassers, das ich eben erst getrunken hatte, trocken am Gaumen klebte. Als ich das Fernglas senkte und die Polaroidbrille, die ich hochgeschoben hatte, wieder herunterzog, hörte ich es.

Etwas heulte. Irgendein Tier – mein Gott, ich hoffte, daß nicht ein Mensch ein solches Geräusch erzeugte – schrie vor Pein. Es war ein anschwellendes, qualvolles Winseln, ein Ton, der nur von einem Tier in höchster Not stammen konnte, ein Ton, von dem man hofft, daß kein lebendes Wesen ihn je hervorzubringen braucht.

Ich saß da, und der Schweiß lief in Strömen an mir herab, ich war ausgedörrt und litt unter der sengenden Sonne; trotzdem zitterte ich. Ich schüttelte mich in Wellen von Kälte, wie ein Hund sich trockenschüttelt, von einer Seite zur anderen. Meine Haare hinten am Hals lösten sich von der vor Schweiß klebenden Haut und standen ab. Ich erhob mich schnell, wobei meine Hände über die warme Hauswand scharrten und mir das Fernglas gegen die Brust schlug. Der Schrei kam vom Hügelkamm. Ich schob die Polaroidbrille wieder hoch, setzte das Fernglas erneut an und haute es mir gegen den Knochen über den Augen, während ich mit dem Rad für die Scharfeinstellung kämpfte. Meine Hände zitterten.

Eine schwarze Gestalt kam aus dem Ginster geschossen und zog eine Rauchfahne hinter sich her. Sie jagte über das vor Trockenheit gelbgesprenkelte Gras den Hang hinunter, unter einem Zaun hindurch. Meine bebenden Hände verwischten mir die Sicht, während ich versuchte, das Fernglas anzusetzen, um sie zu verfolgen. Das durchdringende Wimmern klang durch die Luft, dünn und schrecklich. Ich verlor das Ding hinter einigen Büschen aus der Sicht, dann sah ich es wieder, im Laufen brennend und über Gras und Schilf springend; Wasser spritzte auf. Mein Mund war jetzt vollkommen ausgetrocknet; ich konnte nicht schlucken, ich würgte, doch ich verlor die Spur des Tiers nicht aus den Augen, das ausglitt und Haken schlug, schrill jaulte und Sätze in die Luft machte und wieder herunterfiel, als ob es auf der Stelle gesprungen wäre. Dann verschwand es, ein paar hundert Meter von mir entfernt und etwa gleich weit unterhalb des Hügelkamms.

Ich zog mir die Brille schnell wieder auf die Nase, um noch einmal den Hügelkamm zu betrachten, ihn Stück für Stück abzusuchen, hinten, unten, wieder oben, wieder entlang des Hanges; hielt inne, um einen Busch gründlich in Augenschein zu nehmen, schüttelte den Kopf, suchte die ganze Fläche noch einmal ab. Ein unbedeutender Teil meines Gehirns beschäftigte sich mit dem Gedanken, daß in Filmen, wenn die Leute durch Ferngläser blickten und genau das sahen, was sie sehen sollten, sich der Ausschnitt immer wie eine liegende Acht darstellte, während ich beim Durchsehen immer einen mehr oder weniger perfekten Kreis vor Augen habe. Ich setzte das Fernglas ab, blickte mich schnell um, entdeckte niemanden, dann flitzte ich aus dem Schatten des Hauses, sprang über den niedrigen Drahtzaun, der den Garten einsäumte, und rannte zum Kamm des Hügels hinauf.

Auf dem Kamm blieb ich einen Moment lang stehen, ließ den Kopf zwischen die Knie baumeln und rang nach Atem, während mir der Schweiß aus den Haaren rann und in das leuchtende Gras zu meinen Füßen tropfte. Das T-Shirt klebte mir an der Haut. Ich legte die Hände auf die Knie und hob den Kopf, ließ die Augen angestrengt über den Rand des Ginsters und der Bäume auf dem Gipfel schweifen. Ich schaute auf der anderen Seite hinunter und über die Felder hinter der nächsten Reihe von Stechginster, die die Schneise markierte, durch die die Eisenbahnlinie führte. Ich rannte über den Kamm, wobei ich den Kopf schnell in alle Richtungen wandte, bis ich einen kleinen Fleck brennenden Grases entdeckte. Ich trampelte das Feuer aus, suchte nach Spuren und fand auch welche. Ich rannte noch schneller, ungeachtet meiner protestierenden Kehle und Lunge, entdeckte weiteres brennendes Gras und Büsche, die gerade eben Feuer gefangen hatten. Ich schlug es aus, rannte weiter.

In einer kleinen Senke auf der landwärtigen Seite des Hügels standen einige fast normal gewachsene Bäume, nur die Wipfel, die über den Windschatten, den die kleinen Hügel boten, hinausragten, neigten sich schräg vom Meer weg, vom Wind geformt. Ich rannte in die grasbewachsene Senke, in das sich bewegende Muster der Schatten, die die langsam schwankenden Zweige und Äste warfen. Ein Kreis von Steinen umringte einen geschwärzten Mittelpunkt. Ich blickte mich um und sah eine Stelle mit plattgedrücktem Gras. Ich verharrte, beruhigte mich, blickte mich erneut um, ließ den Blick über die Bäume und das

Gras und den Farn schweifen, doch ich entdeckte nichts weiter. Ich ging zu den Steinen, befühlte sie und die Asche in der Mitte. Sie waren heiß, so heiß, daß ich die Hände nicht darauf liegen lassen konnte, obwohl sie im Schatten waren. Ich roch Benzin.

Ich kletterte aus der Senke und auf einen Baum, verschaffte mir festen Halt und suchte die ganze Gegend ab, wobei ich das Fernglas zu Hilfe nahm, wenn es sein mußte. Nichts.

Ich kletterte hinunter, blieb eine Sekunde lang stehen, dann holte ich tief Luft und rannte den dem Meer zugewandten Hang des Hügels diagonal hinunter zu der Stelle, wo das Tier gewesen sein mußte. Ich wich einmal kurz von meinem Kurs ab, um ein kleines Feuer auszuschlagen. Ich überraschte ein weidendes Schaf und sprang einfach über das Tier hinweg, während es mich fassungslos anstarrte und dann mit lauten Böähs und großen Sätzen davonsprang.

Der Hund lag im Fluß, der aus dem Moor herauskam. Er lebte noch, doch der größte Teil seines schwarzen Fells war verbrannt, und die Haut darunter war bläulich verfärbt, blasig und nässend. Er zitterte im Wasser, was auch mich zum Zittern brachte. Ich stand am Ufer und betrachtete ihn. Er konnte nur mit einem unverbrannten Auge sehen, als er den bebenden Kopf aus dem Wasser hob. In dem kleinen Becken um ihn herum schwammen Stücke von verklumptem, halbverbranntem Fell. Ein Hauch des Geruches von verbranntem Fleisch umwehte meine Nase, und ich spürte, wie mir etwas den Hals zuschnürte, direkt unter dem Adamsapfel.

Ich holte den Beutel mit Stahlprojektilen heraus, legte eins in die Sehne der Schleuder, deren Haken ich vom Gürtel gelöst hatte, streckte die Arme aus, hielt eine Hand in der Nähe des Gesichts, das naß vom Schweiß war, und ließ los.

Der Kopf des Hundes zuckte aus dem Wasser, das

aufspritzte und das Tier von mir wegtrieb und auf die Seite warf. Es schwamm ein wenig flußabwärts, dann prallte es am Ufer ab. Etwas Blut rann aus dem Loch, wo das eine Auge gewesen war. »Frank wird dich schnappen«, flüsterte ich.

Ich zog den Hund aus dem Wasser und grub mit meinem Messer ein Loch in den torfigen Boden ein Stück weiter flußaufwärts, wobei es mich wegen des Gestanks des Leichnams hin und wieder würgte. Ich begrub das Tier, sah mich erneut um und ging dann, nachdem ich die leicht auffrischende Brise abgeschätzt hatte, ein Stück weit weg und zündete das Gras an. Die Flammen huschten über die letzten Feuerspuren des brennenden Hundes und über sein Grab. Sie wurden vom Fluß aufgehalten, so wie ich mir das gedacht hatte, und ich trampelte ein paar versprengte Funken am anderen Ufer aus, wo ein paar glühende Halme hingeweht worden waren.

Nachdem das erledigt und der Hund begraben war, machte ich mich im Laufschritt auf den Weg nach Hause.

Ich gelangte ohne weiteren Zwischenfall nach Hause, kippte zwei große Gläser Wasser in mich hinein und versuchte, mich in einem kühlen Bad mit einer Packung Orangensaft, die etwas wackelig auf dem Wannenrand stand, zu entspannen. Ich zitterte immer noch und verwendete viel Zeit darauf, den Brandgeruch aus meinen Haaren herauszuwaschen. Düfte einer vegetarischen Mahlzeit drangen aus der Küche herauf, wo mein Vater kochte.

Ich war überzeugt, daß ich meinen Bruder fast gesehen hatte. Ich kam zu dem Schluß, daß dort nicht der Ort war, an dem er sich momentan versteckte, doch er war dort gewesen, und ich hatte ihn knapp verpaßt. In gewisser Weise war ich erleichtert, und das war schwer hinzunehmen, aber es war die Wahrheit.

Ich sank zurück und ließ mich vom Wasser umspülen. Ich zog meinen Bademantel an und ging in die Küche hinunter. Mein Vater saß mit Unterhemd und Short bekleidet am Tisch, die Ellbogen aufgestützt, den Blick in den *Inverness Courier* versenkt. Ich stellte die Packung Orangensaft in den Kühlschrank zurück und hob den Deckel des Topfes, in dem ein Curry abkühlte. Schüsseln mit Salat als Beilage standen auf dem Tisch. Mein Vater blätterte in seiner Zeitung weiter, ohne mich zu beachten.

»Heiß, was?« sagte ich, da mir nichts anderes einfiel.

»Hmm.«

Ich nahm am anderen Ende des Tisches Platz. Mein Vater blätterte wieder eine Seite weiter, ohne den Kopf zu heben. Ich räusperte mich.

»Es hat gebrannt, drunten bei dem neuen Haus. Ich habe das Feuer gesehen. Ich bin hingegangen und habe es gelöscht«, sagte ich, um mich abzusichern.

»Es ist das typische Wetter für so etwas«, sagte mein Vater, ohne aufzublicken. Ich nickte und kratzte mich unauffällig durch den Frottierstoff meines Bademantels im Schritt.

»Ich habe im Wetterbericht gesehen, daß es irgendwann morgen nachmittag umschlagen wird.« Ich zuckte die Achseln. »Stimmt, so hieß es.«

»Na ja, wir werden sehen«, sagte mein Vater, während er zur ersten Seite der Zeitung zurückblätterte und aufstand, um nach dem Curry zu sehen. Ich nickte wieder, spielte mit dem Ende des Gürtels von meinem Bademantel und sah nebenbei auf die Zeitung. Mein Vater beugte sich vor, um die Mischung in dem Topf zu beschnuppern. Ich strengte meine Augen an.

Ich sah ihn an, stand auf, ging um den Tisch herum

zu dem Stuhl, auf dem er gesessen hatte, und stellte mich so hin, als wollte ich zur Tür hinausschauen, aber in Wirklichkeit war mein Blick zu der Zeitung hingeneigt. Die Überschrift GEHEIMNISVOLLER BRAND IN FERIENVILLA bedeckte das obere Achtel der Vorderseite in der linken Spalte. Ein Ferienhaus südlich von Inverness war kurz vor Redaktionsschluß der Zeitung in Flammen aufgegangen. Die Untersuchungen der Polizei dauerten noch an.

Ich ging wieder auf die andere Seite des Tisches und setzte mich.

Schließlich aßen wir das Curry und den Salat, und ich fing wieder an zu schwitzen. Ich hatte einmal gedacht, daß mit mir etwas nicht stimmte, weil ich am Morgen, nachdem ich so ein Zeug gegessen hatte, unter den Armen danach roch, doch inzwischen habe ich festgestellt, daß Jamie die gleiche Erfahrung gemacht hatte, deshalb kam ich mir nicht ganz so abartig vor. Ich aß das Curry und gleichzeitig dazu eine Banane und Joghurt, aber es war mir trotzdem noch zu scharf, und sogar mein Vater, der schon immer eine eher masochistische Einstellung zu diesem Gericht hatte, ließ die Hälfte seiner Portion stehen.

Ich steckte immer noch in meinem Bademantel und saß fernsehend im Wohnzimmer, als das Telefon klingelte. Ich eilte zur Tür, hörte jedoch, daß mein Vater aus seinem Arbeitszimmer kam, um dranzugehen, also blieb ich an der Tür stehen, um zu lauschen. Ich konnte nicht viel verstehen, doch dann kamen Schritte die Treppe herunter, und ich rannte zurück zu meinem Sessel, ließ mich hineinplumpsen und neigte den Kopf mit geschlossenen Augen und aufklaffendem Mund zur Seite. Mein Vater öffnete die Tür.

»Frank, es ist für dich.«

»Hm?« sagte ich schläfrig, öffnete träge die Augen,

sah zum Fernsehapparat hin und stand dann ein wenig taumelnd auf. Mein Vater ließ die Tür für mich offen und zog sich in sein Arbeitszimmer zurück. Ich ging zum Telefon.

»M'm? Hallo?«

»Hellou? 's da Frenk?« sagte eine sehr englische Stimme.

»Ja. Hallo?« sagte ich verwirrt.

»Ha ha, Frankieboy!« rief Eric. »Also, jetzt bin ich hier mitten im Herzstück eures Waldes und ernähre mich immer noch von *Hotdogs*. Ho ho! Und, wie geht es dir, mein junger Freund? Stehen die Sterne günstig für dich, was? Was für ein Sternzeichen bist du noch mal? Ich habe es ganz vergessen.«

»Hund.«

»Wau! Wirklich?«

»Ja. Was für ein Sternzeichen bist du?« sagte ich, pflichtschuldig einem von Erics alten Routinespielchen folgend.

»Krebs!« kam die Antwort als lauter Schrei.

»Bösartig oder gutartig?« fragte ich müde.

»Bösartig!« kreischte Eric. »Zur Zeit habe ich Filzläuse!«

Ich nahm das Ohr vom Plastik des Hörers weg, während Eric wiehernd lachte. »Hör zu, Eric…«, setzte ich an.

»Wie jeht's? Wat läuft? Wat machse? Biste okay? Allet klar? Un selbs? Mann ei, paß auf! Wo issen dein Kopp jetzt gerade? Wo kommse? Wo gehse? Herrje, Frank, weißt du, warum Volvos *pfeifen?* Ich auch nicht, aber wen interessiert das schon? Was hat Trotzki gesagt? ›Ich brauche Stalin, wie ich ein Loch im Kopf brauche.‹ Ha ha ha ha ha! Eigentlich kann ich die deutschen Autos nicht leiden, ihre Scheinwerfer sind viel zu dicht beisammen. Gehtsdergut, Frankie?«

»Eric…«

»Ins Bett und schlafen und vielleicht ein bißchen wichsen. Ach ja, so ist es recht, immer schön rubbeln. Ho ho ho ho!«

»Eric«, sagte ich und sah mich in alle Richtungen um und die Treppe hinauf, ob mein Vater irgendwo auftauchte. *»Halt jetzt endlich mal den Mund!«*

»Was?« sagte Eric mit kleinlauter, verletzter Stimme.

»Der *Hund!*« zischte ich. »Ich habe den Hund heute gesehen. Dort drunten bei dem neuen Haus. Ich war dort. Ich habe ihn gesehen.«

»Was für einen Hund?« sagte Eric und legte Verblüffung in seinen Tonfall. Ich hörte, wie er heftig atmete, und im Hintergrund klapperte etwas.

»Versuch nicht, mich zum Narren zu halten, Eric. Ich habe ihn gesehen. Ich möchte, daß du damit aufhörst, verstanden? Keine Hunde mehr. Hörst du mich? Hast du das begriffen? Na?«

»Wie bitte? Was für Hunde?«

»Du hast es gehört. Du bist zu nah. Keine Hunde mehr. Laß sie in Ruhe. Und auch keine Kinder mehr. Keine Würmer. Vergiß all das! Komm uns besuchen, wenn du willst – das wäre schön –, aber keine Würmer, keine brennenden Hunde. Ich meine es ernst, Eric. Du tätest gut daran, mir zu glauben.«

»Was glauben? Wovon sprichst du eigentlich?« sagte er in vorwurfsvollem Ton.

»Du hast es gehört«, sagte ich und legte den Hörer auf. Ich stand neben dem Telefon und sah die Treppe hinauf. Nach wenigen Sekunden klingelte es wieder. Ich nahm ab, hörte das Piepsen und legte den Hörer wieder auf die Gabel. Ich blieb noch ein paar Minuten lang dort stehen, doch es tat sich nichts mehr.

Als ich gerade ins Wohnzimmer gehen wollte, kam mein Vater aus dem Arbeitszimmer, wobei er sich die Hände an einem Tuch abrieb, umweht von eigenartigen Gerüchen und mit weit aufgerissenen Augen.

»Wer war das?«

»Nur Jamie«, sagte ich, »der seine Stimme verstellt hat.«

»Hm«, sagte er, offenbar erleichtert, und ging wieder in sein Zimmer.

Abgesehen davon, daß sich das Curry immer wieder bei meinem Vater in Erinnerung brachte, war er sehr still. Als der Abend sich etwas abkühlte, ging ich spazieren, einmal um die Insel. Wolken trieben vom Meer herein, schlossen den Himmel wie eine Tür und hielten die Hitze des Tages über der Insel gefangen. Donner grollte auf der anderen Seite der Hügel, ohne daß es blitzte. Ich schlief unruhig, lag schwitzend und mich herumwerfend und hin- und herdrehend in meinem Bett, bis eine blutrote Morgendämmerung über dem Sandstrand der Insel aufstieg.

11

DER VERLORENE SOHN

Ich erwachte aus der letzten Runde eines ruhelosen Schlafs, weil meine Steppdecke neben dem Bett zu Boden gefallen war. Trotzdem schwitzte ich. Ich stand auf, duschte, rasierte mich gründlich und stieg zum Dachboden hinauf, bevor die Hitze dort oben unerträglich wurde.

Auf dem Dachboden war es sehr stickig. Ich öffnete die Dachfenster und streckte den Kopf hinaus, um das Land hinten und das Meer vorn durchs Fernglas zu betrachten. Der Himmel war immer noch bedeckt, das Licht wirkte müde, und die Luft schmeckte abgestanden. Ich hantierte ein wenig an der Fabrik herum, fütterte die Ameisen und die Spinne und die Venus, untersuchte Drähte, staubte das Glas über dem Zifferblatt ab, prüfte Batterien und ölte Türchen und andere mechanische Teile und tat das alles mehr zu meiner eigenen Beruhigung als aus irgendeinem anderen Grund. Ich staubte auch das Tischchen ab und ordnete darauf sämtliche Gegenstände sorgfältig mit einem Lineal, damit alles einwandfrei symmetrisch ausgerichtet war.

Als ich nach unten kam, war ich bereits vollkommen verschwitzt, hatte jedoch keine Lust, schon wieder zu duschen. Mein Vater war inzwischen aufgestanden und machte das Frühstück, während ich mir das Sonntagmorgenprogamm im Fernsehen ansah. Wir aßen schweigend. Im Laufe des Vormittags unternahm ich noch einen Rundgang um die Insel und holte unterwegs den Köpfe-Beutel aus dem Bunker, damit ich einige notwendige Reparaturarbeiten an den Pfählen durchführen konnte.

Ich brauchte länger als sonst für die Runde, denn ich blieb immer wieder stehen und stieg auf die nächste Düne, um die Zugänge zur Insel zu überblicken. Nirgends entdeckte ich etwas. Die Köpfe an den Opferpfählen waren im allgemeinen in einem ziemlich guten Zustand. Ich mußte lediglich ein paar Mäuseköpfe ersetzen, das war schon alles. Die anderen Köpfe und die Wimpel waren in Ordnung. Ich fand am landwärtigen Hang einer Düne, gegenüber der Inselmitte, eine tote Möwe. Ich nahm den Kopf und begrub den Rest in der Nähe eines Pfahls. Ich packte den Kopf, der bereits anfing zu stinken, in eine Plastiktüte und stopfte diese in den Köpfe-Beutel zu den getrockneten Exemplaren.

Ich hörte zunächst, dann sah ich, wie die Vögel aufgeschreckt emporflogen, als sich jemand auf dem Weg näherte, doch ich wußte, daß es nur Mrs. Clamp war. Ich kletterte auf eine Düne, um sie zu beobachten, und sah, wie sie mit ihrem uralten Lieferfahrrad über die Brücke strampelte. Ich ließ den Blick noch einmal über das Weideland und die Dünen dahinter schweifen, nachdem sie um die letzte Düne vor dem Haus gebogen war, doch es war nichts da, nur Schafe und Möwen. Rauch stieg von der Müllkippe auf, und ich hörte schwach das gleichmäßige Brummen einer alten Diesellok auf den Eisenbahnschienen. Der Himmel blieb verhangen, hellte sich jedoch immer mehr auf, und es wehte ein stickiger Wind aus unbestimmter Richtung. Draußen auf dem Meer konnte ich ein goldenes Blinken ausmachen, in der Nähe des Horizonts, wo das Wasser unter der aufgerissenen Wolkenschicht glitzerte, doch das war weit, weit draußen.

Ich beendete meine Inspektion der Opferpfähle und verbrachte anschließend eine halbe Stunde bei der alten Schiffswinde, wo ich mich ein wenig im Zielen übte. Ich stellte einige Dosen auf das rostige Eisenblech des Trommelgehäuses auf, ging dreißig Meter zurück und schoß sie alle mit meiner Schleuder ab, wobei ich nur drei zusätzliche Stahlprojektile für die sechs Dosen benötigte. Ich stellte sie erneut auf, nachdem ich alle Geschosse, außer einer der großen Kugellagerkugeln, wieder eingesammelt hatte, nahm noch mal die gleiche Position ein und schoß mit Kieselsteinen auf die Dosen; diesmal brauchte ich vierzehn Schuß, bevor alle Dosen heruntergefallen waren. Zuletzt warf ich ein paarmal mit dem Messer auf einen Baum in der Nähe des alten Schafpferchs und stellte zufrieden fest, daß ich die Zahl der Drehungen gut berechnet hatte, denn die Klinge fuhr jedesmal kerzengerade in die vielfach zerschnittene Baumrinde.

Nach meiner Rückkehr ins Haus wusch ich mich, zog ein anderes Hemd an und erschien rechtzeitig in dem Moment in der Küche, als Mrs. Clamp den ersten Gang auftrug, der aus irgendeinem Grund aus einer kochendheißen Brühe bestand. Ich schwenkte eine Scheibe weiches, duftendes Brot darüber, während sich Mrs. Clamp über den Teller beugte und geräuschvoll schlürfte und mein Vater krümeliges Vollkornbrot, das aussah, als wären Sägespäne hineingebacken worden, über seinem Teller zerbröselte.

»Und wie geht es Ihnen, Mrs. Clamp?« fragte ich höflich.

»Oh, *mir* geht es gut«, sagte Mrs. Clamp und zog die Brauen zusammen wie das verhedderte Ende eines Wollfadens beim Aufribbeln einer Socke. Sie vollendete das Stirnrunzeln in Richtung des tropfenden Löffels unter ihrem Kinn und erzählte ihm: »Ja, wirklich, *mir* geht es gut.«

»Finden Sie es nicht furchtbar heiß?« fragte ich und summte vor mich hin. Ich fächerte weiterhin mit dem

Brot meiner Suppe Kühlung zu, während mein Vater mir einen finsteren Blick zuwarf.

»Es ist Sommer«, erklärte Mrs. Clamp.

»Ach ja«, sagte ich. »Das hatte ich ganz vergessen.«

»Frank«, sagte mein Vater ziemlich undeutlich, da er den Mund voller Gemüse und Holzspäne hatte. »Ich vermute, du hast das Fassungsvermögen dieser Löffel nicht mehr im Gedächtnis, oder?«

»Ein Sechzehntelliter?« schlug ich arglos vor. Er verzog das Gesicht zu einer grimmigen Miene und schlürfte weiter seine Suppe. Ich schwenkte immer noch das Brot hin und her und hielt nur inne, um die braune Haut, die sich an der Oberfläche meiner Brühe gebildet hatte, zu zerstören. Mrs. Clamp schlürfte ebenfalls weiter.

»Und wie laufen die Dinge in der Stadt, Mrs. Clamp?« fragte ich.

»Sehr gut, soweit *ich* weiß«, berichtete Mrs. Clamp ihrer Suppe. Ich nickte. Mein Vater blies in seinen Löffel. »Der *Hund* der Mackies ist verschwunden, das habe *ich* jedenfalls gehört«, fügte Mrs. Clamp hinzu. Ich hob leicht die Brauen und lächelte besorgt. Mein Vater hielt im Blasen inne und sah auf, und das Plätschern seiner Suppe, die vom Löffel tropfte – der Löffelstil war leicht nach unten gesackt, bevor Mrs. Clamp den Satz ganz ausgesprochen hatte –, hallte durch den Raum, wie wenn Pisse in die Kloschüssel plätschert.

»Wirklich?« sagte ich und benutzte mein Brot immer noch als Fächer. »Wie schade. Nur gut, daß mein Bruder nicht in der Gegend ist, sonst würde man ihm wieder die Schuld daran in die Schuhe schieben.« Ich lächelte, sah meinen Vater an und dann wieder Mrs. Clamp, die mich mit zusammengekniffenen Augen durch den von ihrer Suppe aufsteigenden Rauch betrachtete. Bei dem Stück Brot, das ich über meiner Suppe schwenkte, machte sich eine gewisse

Materialermüdung bemerkbar, und es zerbrach. Ich fing das herunterfallende Stück geschickt mit der freien Hand auf und legte es auf meinen Beilagenteller, dann nahm ich zaghaft einen knappen Löffel voll von der Oberfläche der Brühe.

»Hm«, sagte Mrs. Clamp.

»Mrs. Clamp konnte deine fertigen Frikadellen heute nicht bekommen«, sagte mein Vater und räusperte sich bei der ersten Silbe von ›konnte‹, »deshalb hat sie dir statt dessen Hackfleisch mitgebracht.«

»Gewerkschaften!« murmelte Mrs. Clamp finster und spuckte in ihre Suppe. Ich stützte den Ellbogen auf den Tisch, legte die Wange auf die Faust und sah sie verwirrt an. Ohne Erfolg. Sie blickte nicht auf, und schließlich zuckte ich die Achseln und fuhr mit dem Essen fort. Mein Vater hatte den Löffel aus der Hand gelegt und wischte sich mit einem Ärmel über die Stirn und benutzte einen Fingernagel zu dem Versuch, ein Stück von etwas, das meiner Vermutung nach ein Holzspan war, aus seiner oberen Zahnreihe zu puhlen.

»Gestern ist bei dem neuen Haus ein Feuer ausgebrochen, Mrs. Clamp; ich habe es gelöscht. Ich war gerade dort unten und habe es gesehen und gelöscht«, erzählte ich.

»Gib nicht so an, mein Junge«, wies mich mein Vater zurecht. Mrs. Clamp hielt ihre Zunge im Zaum.

»Na ja, ich habe es nun mal gemacht.« Ich lächelte.

»Ich bin überzeugt, daß Mrs. Clamp das absolut nicht interessiert.«

»Oh, das würde *ich* nicht sagen«, widersprach Mrs. Clamp und nickte mit verblüffend viel Nachdruck.

»Siehst du?« sagte ich und summte vor mich hin, während ich meinen Vater ansah und Mrs. Clamp, die geräuschvoll schlürfte, zunickte.

Ich schwieg während des Hauptgangs, der aus einem Eintopf bestand, und bemerkte lediglich bei der Rhabarbernachspeise, daß ich eine neuartige Ergänzung in der Geschmacksvielfalt verzeichnete, während in Wirklichkeit die Milch, mit der sie sie zubereitet hatte, eindeutig sauer war. Ich lächelte, mein Vater verzog das Gesicht, und Mrs. Clamp schlürfte den Pudding in sich hinein und spuckte die harten Rhabarberstrünke in ihre Serviette. Um gerecht zu sein, der Rhabarber war nicht so ganz gar.

Das Essen munterte mich ungemein auf, und obwohl der Nachmittag heißer als der Vormittag war, verspürte ich einen gesteigerten Tatendrang. Es waren nicht die geringsten Streifen entfernter Helligkeit draußen über dem Meer, und das Licht, das durch die Wolken fiel, war von einer Dichte, die von der Spannung in der Luft und dem trägen Wind zeugte. Ich ging hinaus und machte einen schnellen Dauerlauf um die Insel; ich beobachtete Mrs. Clamp, als sie sich auf den Weg zurück in die Stadt machte, dann ging ich ein Stück in dieselbe Richtung, um mich auf den Kamm einer hohen Düne ein paar hundert Meter auf dem Festland zu setzen und die vor Hitze flimmernde Landschaft mit dem Fernglas abzusuchen.

Schweiß floß an mir hinab, sobald ich aufhörte, mich zu bewegen, und ich spürte den Beginn von leichtem Kopfweh. Ich hatte etwas Wasser mitgenommen, also trank ich es und füllte die Kanne am nächsten Wasserlauf neu. Mein Vater hatte sicher recht, wenn er behauptete, daß die Schafe in die Bäche schissen, aber ich war überzeugt davon, daß ich längst immun war gegen alles, was ich mir an Krankheiten durch die hiesigen Gewässer einfangen konnte, da ich schon seit Jahren während meines Dammbauens davon getrunken hatte. Ich trank mehr Wasser, als meinem Durst eigentlich angemessen gewesen wäre, und ging wieder auf die Düne. In der Ferne lagen die Schafe reglos im Gras. Selbst die Möwen flogen nicht herum, und nur die Fliegen waren in Bewegung. Aus der Müllkippe stieg immer noch Rauch auf, und ein weiterer Streifen dunstigen Blaus stieg aus den Pflanzungen an den Hängen der Hügel auf, und zwar vom Rand der Lichtung, wo man Bäume für die Papiermühle weiter oben an der Fördeküste abholzte. Ich lauschte angestrengt, um die Sägen zu hören, doch vergebens.

Ich suchte mit dem Fernglas den Ausblick in südliche Richtung ab, da sah ich meinen Vater. Ich nahm ihn voll ins Visier, dann zuckte ich zusammen. Er verschwand, erschien wieder. Er befand sich auf dem Pfad, der in die Stadt führte. Ich hatte das Fernglas dorthin gerichtet, wo der von mir so genannte Hindernishügel war, und ich sah ihn an dem Hang der Düne, den ich mit dem Fahrrad hinabzusausen pflegte; zum erstenmal war mein Blick auf ihn gefallen, als er den Hindernishügel hinaufkletterte. Während ich ihn beobachtete, stolperte er auf dem Pfad kurz vor dem höchsten Punkt des Hügels, doch er fing sich wieder und setzte seinen Weg fort. Seine Mütze verschwand hinter dem Gipfel der Düne. Ich fand, daß er einen schwankenden Eindruck machte, als ob er betrunken wäre.

Ich schob mir die Brille wieder vor die Augen und rieb mir das leicht juckende Kinn. Das war ebenfalls sehr ungewöhnlich. Er hatte nichts davon gesagt, daß er in die Stadt gehen wollte. Ich fragte mich, was er wohl vorhaben mochte.

Ich lief die Düne hinunter, sprang über den Bachlauf und rannte im Laufschritt zurück nach Hause. Der Geruch von Whisky schlug mir entgegen, als ich durch die Hintertür eintrat. Ich versuchte mich zu erinnern, wie lang es her war, daß wir gegessen hatten und Mrs. Clamp weggegangen war. Ungefähr eine Stunde oder anderthalb Stunden. Ich ging in die Küche, wo der Whiskygeruch noch stärker war, und dort lag auf dem Tisch eine leere Halbliterflasche

Malzwhisky, und daneben stand ein Glas. Ich suchte im Spülbecken nach einem zweiten Glas, doch dort stand nur schmutziges Geschirr. Ich runzelte die Stirn.

Es war überhaupt nicht die Art meines Vaters, ungespülte Sachen herumstehen zu lassen. Ich nahm die Whiskyflasche in die Hand und suchte darauf einen Aufkleber, auf dem in schwarzer Auszeichnungsschrift das Fassungsvermögen und sonstige Maße vermerkt waren, doch es gab keinen. Das konnte bedeuten, daß es eine neue Flasche gewesen war. Ich schüttelte den Kopf und wischte mir die Stirn mit einem Küchentuch ab. Ich zog die Weste mit den vielen Taschen aus und hängte sie über einen Stuhl.

Ich ging in den Flur. Als ich die Treppe hinaufsah, bemerkte ich sofort, daß der Telefonhörer nicht eingehängt war, sondern neben dem Apparat lag. Ich rannte schnell hinauf und hob ihn auf. Ein sonderbares Geräusch drang heraus. Ich legte ihn an seinen Platz auf der Gabel, wartete ein paar Sekunden lang, nahm ihn wieder ab und hörte das übliche Freizeichen. Ich warf ihn hin und hastete die Treppe hinauf ins Arbeitszimmer, drehte am Griff und warf mein Gewicht gegen die Tür. Nichts tat sich.

»Scheiße!« sagte ich. Ich ahnte, was vorgefallen war, und ich hatte gehofft, mein Vater hätte das Arbeitszimmer unverschlossen gelassen. Offenbar hatte Eric angerufen. Dad nimmt den Anruf entgegen, erleidet einen Schock, betrinkt sich. Macht sich wahrscheinlich auf den Weg in die Stadt, um weiterzutrinken. Geht in den Schnapsladen, oder – ich sah auf meine Armbanduhr – war dieses das Wochenende, an dem Rob Roys Rundum-die-Uhr-Kneipe öffnete? Ich schüttelte den Kopf; es war gleichgültig. Eric mußte auf jeden Fall angerufen haben. Mein Vater war betrunken. Wahrscheinlich war er in die Stadt gegangen, um sich noch mehr zu betrinken oder um Diggs aufzusuchen. Oder vielleicht hatte Eric ein Rendezvous mit ihm vereinbart. Nein, das war nicht sehr wahrscheinlich; bestimmt würde er vorher mit mir Verbindung aufnehmen.

Ich rannte hinauf, kletterte in die stehende Hitze des Dachbodens, öffnete wieder das festlandwärtige Dachfenster und nahm mit Hilfe des Fernglases die Zugänge zur Insel in Augenschein. Ich ging wieder nach unten, schloß das Haus ab und ging hinaus, rannte über die Brücke und den Weg entlang und machte wieder einmal den Umweg um die größten Dünen herum. Alles sah ganz normal aus. Ich blieb an der Stelle stehen, wo ich meinen Vater zuletzt gesehen hatte, direkt auf dem Kamm des Hügels, der zu der Müllkippe hinabführte. Ich kratzte mich atemlos zwischen den Beinen und überlegte, was jetzt am besten zu tun war. Ich hatte das Gefühl, daß es nicht richtig wäre, die Insel zu verlassen, andererseits hegte ich den Verdacht, daß sich die entscheidenden Dinge in oder in der Nähe der Stadt abspielen würden. Ich erwog, Jamie anzurufen, doch er war wahrscheinlich nicht in der geeigneten Verfassung, um durch Porteneil zu streifen und meinen Vater zu suchen oder die Nüstern zu blähen, um den Gestank von brennendem Hund zu schnuppern.

Ich ließ mich am Rand des Pfades nieder und versuchte nachzudenken. Welchen Schritt würde Eric als nächsten unternehmen? Vielleicht wartete er auf den Einbruch der Nacht (ich war sicher, daß er aufkreuzen würde; er hatte bestimmt nicht den ganzen weiten Weg zurückgelegt, um im letzten Moment umzukehren, oder?), oder vielleicht war er der Ansicht, daß er durch sein Telefonieren bereits genug aufs Spiel gesetzt und nicht mehr viel zu verlieren hatte, wenn er direkt zum Haus ging. Aber natürlich hätte er das auch schon gestern tun können, was hatte ihn davon abgehalten? Er führte etwas im Schilde. Oder vielleicht war ich am Telefon mit ihm zu schroff umgegangen? Warum hatte ich den Hörer aufgeknallt? Ich Idiot! Vielleicht war er drauf und dran, sich zu stellen oder die Flucht zu ergreifen. Und all das nur, weil ich ihn zurückgewiesen hatte, sein eigener Bruder!

Ich schüttelte ärgerlich den Kopf und stand auf. Auf diese Weise kam ich nicht weiter. Ich mußte von der Annahme ausgehen, daß Eric versuchte, Verbindung mit mir aufzunehmen. Das bedeutete, daß ich ins Haus zurückkehren mußte, wo er mich entweder anrufen oder früher oder später auftauchen würde. Abgesehen davon war das das Zentrum meiner Macht und meiner Stärke und außerdem der Ort, den ich am dringendsten beschützen mußte. Nachdem ich zu diesem Schluß gekommen war, mit erleichtertem Herzen, da ich jetzt einen klar umrissenen Plan hatte – obwohl es mehr ein Plan der Untätigkeit war als alles andere –, machte ich kehrt und begab mich im Dauerlauf zum Haus zurück.

Im Haus war es während meiner Abwesenheit noch stickiger geworden. Ich ließ mich in der Küche auf einen Stuhl plumpsen, dann stand ich auf, um das Glas abzuspülen und die Whiskyflasche wegzuwerfen. Ich trank ein großes Glas Orangensaft, dann füllte ich einen Krug mit Saft und Eis, nahm einige Äpfel, einen halben Laib Brot und etwas Käse und brachte das Ganze auf den Dachboden hinauf. Ich holte den Sessel, der normalerweise zur Fabrik gehörte, und stellte ihn auf eine Unterlage aus alten Lexika; dann schwenkte ich das Dachfenster zum Festland hin ganz auf und bastelte aus einem alten, verblaßten Vorhangstoff ein Sitzkissen. Ich nahm auf meinem kleinen Thron Platz und blickte durch das Fernglas. Nach einer Weile kramte ich aus der Tiefe der Kiste mit Spielzeug das alte Bakelit-Röhren-Radio hervor und steckte den Anschluß mit einem Zwischenstecker in die zweite Lichtbuchse. Ich stellte den Sender Radio

Drei ein, der eine Wagner-Oper brachte; das war genau das Richtige, um mich in Stimmung zu versetzen, dachte ich. Ich ging wieder ans Dachfenster.

An einigen Stellen war die Wolkendecke aufgerissen; die Löcher bewegten sich langsam und tauchten einige Flecken der Landschaft in ein messingfarbenes, glimmerndes Sonnenlicht. Manchmal fiel das Licht auf das Haus; ich beobachtete, wie der Schatten meines Schuppens langsam herumwanderte, während sich der Spätnachmittag zum Abend neigte und sich die Sonne langsam über den ausgefransten Wolken bewegte. Ein träges Muster aus reflektierenden Fenstern der neuen Siedlung glitzerte durch die Bäume, ein wenig höher als der alte Teil der Stadt. Nach und nach hörte eine Reihe von Fenstern auf, die Sonnenstrahlen zurückzuwerfen, nach und nach übernahmen andere ihre Stelle, jeweils unterbrochen von gelegentlichem Aufblitzen, wenn Fenster geschlossen oder geöffnet wurden oder Autos durch die Wohnstraßen fuhren. Ich trank etwas von dem Saft und behielt die Eiswürfel im Mund, während der heiße Atem des Hauses um mich herum wehte. Ich setzte meine Beobachtung mit dem Fernglas ununterbrochen fort und suchte die Gegend so weit nach Norden und Süden ab, wie ich konnte, ohne aus dem Dachfenster zu fallen. Die Oper war zu Ende und wurde abgelöst von irgendwelcher schrecklicher moderner Musik, die an einen Häretiker auf der Folterbank und an den brennenden Hund erinnerte, die ich jedoch spielen ließ, weil sie mich am Einschlafen hinderte.

Kurz nach halb sieben klingelte das Telefon. Ich machte einen Satz aus dem Sessel, raste zur Tür und verließ den Dachboden über die Treppe nach unten rutschend, packte den Hörer, hob ihn von der Gabel und zu meinem Mund – alles in einer einzigen gezielten Bewegung. Ich empfand einen Schwall von erregter Genugtuung darüber, daß ich heute so ungeheuer koordiniert vorging, und sagte ziemlich ruhig: »Ja?«

»Frang?« sprach die Stimme meines Vaters gedehnt und lallend. »Frang? Bissu das?«

Ich verbarg die Verachtung nicht in meinem Ton, als ich sagte: »Ja, Dad, ich bin's. Was ist los?«

»Ich bin inner Stadt, mein Sohn«, sagte er leise, als ob er kurz davor wäre zu weinen. Ich hörte, wie er tief Luft holte. »Frang, du weiß', daß ich dich immer gelieb' hab'. Ich … ich ruf' ausser Stadt an, mein Sohn. Kannsu herkom', mein Sohn, kannsu … komm her. Man hat Eric geschnappt, mein Sohn.«

Ich erstarrte. Ich starrte die Tapete über dem kleinen Tischchen in der Treppenbiegung an, auf dem das Telefon stand. Die Tapete hatte ein Blattmuster, Grün auf Weiß, mit einer Art von Gitterwerk, das da und dort durch das Grün lugte. Es verlief leicht schräg. Ich hatte die Tapete seit Jahren nicht mehr richtig wahrgenommen, bestimmt nicht während all der Jahre, in denen ich ans Telefon gegangen war. Sie war abscheulich. Mein Vater mußte gesponnen haben, als er sie aussuchte.

»Frang?« Er räusperte sich. »Frang, mein Sohn?«, sagte er mit fast klarer Aussprache, dann rutschte er wieder ins Lallen ab. »Frang? Bissu noch da? Sama', mein Sohn … sag ma', Junge. Ich ha' gesagt, man hat Eric geschnappt. Hassu gehört? Frang, bissu noch da?«

»Ich …« Mein ausgetrockneter Mund versagte mir den Dienst, und der Satz verebbte. Ich räusperte mich gründlich und fing noch mal an: »Ich habe dich gehört, Dad. Man hat Eric geschnappt. Ich habe verstanden. Ich bin gleich dort. Wo treffe ich dich? Auf der Polizeiwache?«

»Nö, nö, mein Junge. Nö, vielleich' treff'n wir uns vo' de' … vo' de' Büch'rei. Ja, die Büch'rei. Da treff'n wir uns.«

»Die *Bücherei?*« sagte ich. »Warum ausgerechnet dort?«

»Gut, bis'ann, mein Junge. Beeil dich, ja?« Ich hörte, wie er ein paar Sekunden lang mit dem Hörer herumpolterte, dann war die Verbindung abgebrochen. Ich legte langsam den Hörer auf, spürte etwas Scharfes in der Lunge, eine Empfindung von Stahl, die im Rhythmus des Pochens meines Herzens und meines leeren Kopfes pulsierte.

Ich blieb noch eine Weile so stehen, dann ging ich die Treppe zum Dachboden hinauf, schloß die Luke und schaltete das Radio aus. Meine Beine waren müde und schmerzten, wie ich jetzt erst feststellte; vielleicht hatte ich in letzter Zeit die Dinge etwas übertrieben.

Die Risse in den Wolken am Himmel bewegten sich langsam landeinwärts, während ich mich wieder auf dem Weg in Richtung Stadt bewegte. Es war dunkel dafür, daß es erst halb acht war, und eine sommerliche Düsternis aus weichem Licht lag überall über der ausgetrockneten Landschaft. Einige Vögel flogen bei meinem Vorübergehen träge auf. Etliche hockten auf den Drähten der Telefonleitung, die sich auf dürren Pfählen auf die Insel schlängelte. Schafe gaben ihre häßlichen, abgehackten Töne von sich, kleine Lämmer blökten zurück. Ein Stück weiter des Weges saßen Vögel auf Stacheldrahtzäunen, wo die zerrupften, schmutzigen Wollebäusche auf die bevorzugten Pfade hinweisen, auf denen die Schafe darunter hindurchschlüpften. Trotz des vielen Wassers, das ich den ganzen Tag über getrunken hatte, setzte in meinem Kopf wieder ein dumpfer Schmerz ein. Ich seufzte und ging weiter, durch die allmählich flacher werdenden Dünen und vorbei an stoppeligen Feldern und struppigem Weideland.

Ich setzte mich hin, mit dem Rücken an Sand gelehnt, kurz bevor ich die Dünen vollkommen verließ, und wischte mir über die Stirn. Ich schnipste mir ein paar Schweißtropfen vom Finger und ließ den Blick über die reglosen Schafe und die kauernden Vögel schweifen. Aus der Stadt drang der Klang von Glocken herüber, wahrscheinlich von der katholischen Kirche. Oder vielleicht hatte sich die frohe Botschaft verbreitet, daß ihre widerlichen Köter in Sicherheit waren. Ich schnaubte verächtlich, sog die Luft in einer Art Halblachen durch die Nase und blickte über das Gras und Gestrüpp und Unkraut zum Turm der Church of Scotland. Ich konnte von meinem Platz aus beinah die Bücherei sehen. Ich merkte, wie sich meine Füße beschwerten, und wußte, daß ich mich nicht hätte hinsetzen dürfen. Sie würden weh tun, wenn ich mich wieder in Bewegung setzte. Ich wußte verdammt gut, daß ich meine Ankunft in der Stadt nur hinauszögern wollte, genau wie ich es hinausgezögert hatte, nach dem Anruf meines Vaters das Haus zu verlassen. Ich sah mich noch einmal nach den Vögeln um, die wie Noten auf den Drähten eben jener Leitung saßen, über die die Nachricht gekommen war. Sie verschmähten einen bestimmten Abschnitt, wie mir jetzt auffiel.

Ich runzelte die Stirn, betrachtete mir die Sache genauer, runzelte erneut die Stirn. Ich tastete nach dem Fernglas, berührte jedoch nur meine Brust; ich hatte es zu Hause vergessen. Ich stand auf und setzte mich auf dem unebenen Boden in Bewegung, weg von dem Pfad, verfiel in Laufschritt; dann rannte ich, schließlich sprintete ich über das Unkraut und Gestrüpp, machte einen Satz über einen Zaun auf eine Weide, wo die Schafe aufsprangen und sich in alle Richtungen zerstreuten und vorwurfsvoll blökten.

Als ich bei der Telefonleitung ankam, war ich völlig außer Atem.

Sie war heruntergefallen. Der frisch durchgeschnittene Draht hing am Holz des Pfahls auf dem Festland. Ich blickte nach oben, um mich zu vergewissern, daß mich meine Augen nicht trogen. Ein paar der Vögel in der Nähe waren davongeflogen und drehten jetzt Kreise, wobei sie mit den Schreien ihrer dunklen Stimmen die fast stehende Luft über dem trockenen Gras durchschnitten. Ich rannte zu dem ersten Pfahl auf der Insel jenseits des Meeresarms. Ein Ohr, bedeckt mit kurzem schwarzweißem Fell, noch blutend, war an das Holz genagelt. Ich berührte es und lächelte. Ich blickte mich aufgebracht um und beruhigte mich gleich darauf wieder. Ich wandte das Gesicht der Stadt zu, wo der Turm wie ein anklagender Finger steil aufragte.

»Du verlogenes Schwein!« zischte ich, dann machte ich mich wieder in Richtung Insel auf, wurde im Laufen immer schneller, flitzte über den Pfad und wurde vom Gestrüpp gekratzt, eilte in langen Sätzen über die rissige Oberfläche des Bodens, nahm Anlauf hinunter zum Hindernishügel und überwand ihn leichtfüßig. Ich schrie und brüllte, dann hielt ich den Mund und bewahrte meinen wertvollen Atem fürs Laufen.

Ich kam zum Haus zurück, wieder einmal, und hastete schweißgebadet zum Dachboden hinauf, wobei ich kurz beim Telefon haltmachte und es überprüfte. Kein Zweifel, es war vollkommen tot. Ich rannte nach oben, wieder hinauf zum Dachboden und der Fensterluke, sah mich einmal kurz mit dem Fernglas in alle Richtungen um, dann riß ich mich zusammen und prüfte und bereitete meine Bewaffnung vor. Anschließend setzte ich mich auf den Sessel und lehnte mich zurück, schaltete das Radio wieder an und hielt weiterhin Ausschau.

Er war irgendwo dort draußen. Diese Erkenntnis verdankte ich den Vögeln. Mein Magen hüpfte vor Aufregung, und meine Eingeweide sandten Wellen von Freude durch mich hindurch, so daß ich trotz der Hitze zitterte. Dieser verlogene alte Scheißer, der versucht hatte, mich aus dem Haus zu locken, nur weil *er* Angst hatte, Eric gegenüberzutreten. Mein Gott, wie dumm war ich gewesen, die pure Lüge in seiner triefenden Stimme nicht zu hören! Und er hatte den Nerv, mich wegen meines Trinkens zu schimpfen. Wenigstens tat ich es, wenn ich wußte, daß ich es mir leisten konnte, nicht wenn ich all meine Sinne auf der Höhe ihrer Leistungsfähigkeit brauchte, um mit einer Krise fertig zu werden. Dieser Scheißer! Und er hielt sich für einen Mann!

Ich schüttete mir noch ein paar Gläser aus dem immer noch kühlen Krug mit dem Orangensaft ein, aß einen Apfel und etwas Brot und Käse und hielt weiterhin Ausschau. Der Abend neigte sich rasch zur Dunkelheit, da die Sonne untertauchte und sich die Wolken verdichteten. Die Thermik, die für die Auflockerungen in der Wolkendecke über dem Land gesorgt hatte, nahm ab, und der Teppich, der sich über den Hügeln und der Ebene ausbreitete, wurde immer undurchdringlicher, grau und ohne Muster. Nach einiger Zeit hörte ich Donner, und in der Luft lag etwas Strenges und Bedrohliches. Meine Nerven waren aufs äußerste angespannt, und ich konnte nicht umhin, das Läuten des Telefons zu erwarten, obwohl ich wußte, daß das nicht sein konnte. Wie lang würde mein Vater brauchen, um zu merken, daß ich längst da sein müßte? Hatte er damit gerechnet, daß ich mit dem Fahrrad kommen würde? War er irgendwo in die Gosse gefallen, oder taumelte er bereits als Anführer von einem Trupp Stadttypen her in Richtung Insel, bewaffnet mit brennenden Fackeln, um den Hundemörder dingfest zu machen?

Egal. Mir konnte kein Herankommender entgehen, auch nicht in diesem Licht, und ich konnte hinausgehen, um meinen Bruder willkommen zu heißen, oder aus dem Haus fliehen und mich irgendwo auf der Insel verstecken, wenn die Rächer erschienen. Ich schaltete das Radio aus, damit ich eventuelles Rufen vom Festland hören konnte, und strengte die Augen an, um im schwindenden Licht die Umgebung abzusuchen. Nach einiger Zeit flitzte ich in die Küche hinunter und packte einen kleinen Nahrungsvorrat ein, den ich am Dachboden in einem Leinenbeutel verstaute. Das war eine Maßnahme für den Fall, daß ich das Haus verlassen müßte und Eric treffen würde. Er hatte womöglich Hunger. Ich machte es mir in dem Sessel bequem und ließ die Schatten über der dunkler werdenden Landschaft nicht aus den Augen. In weiter Ferne, am Fuße der Hügel, bewegten sich Lichter auf der Straße, glitzerten in der Abenddämmerung, blitzten wie unregelmäßige Leuchttürme durch die Bäume, um Ecken herum, über die Hügel hinweg. Ich rieb mir die Augen und reckte mich und versuchte, die Erschöpfung aus meinen Gliedern zu vertreiben.

Ich sorgte vor, fügte dem Vorrat in dem Beutel, den ich notfalls bei meiner Flucht aus dem Haus mitnehmen würde, noch ein paar Schmerztabletten bei. Diese Art von Wetter löste möglicherweise Erics Migräne aus, so daß er etwas zur Linderung brauchte. Ich hoffte, daß er verschont bliebe.

Ich gähnte, riß die Augen auf und aß noch einen Apfel. Die undeutlichen Schatten unter den Wolken wurden dunkler.

Ich wachte auf.

Es war dunkel, ich saß immer noch in dem Sessel, die Arme verschränkt unter dem Kopf, der auf dem Metallrahmen der Dachluke ruhte. Etwas, ein Geräusch im Haus, hatte mich aufgeweckt. Ich blieb noch eine Sekunde lang still sitzen und spürte, wie mein Herz jagte und mein Rücken sich über die unbequeme Stellung, in der er so lange hatte verharren müssen, beklagte. Blut bahnte sich schmerzhaft seinen Weg in die Teile meiner Arme, die das Gewicht meines Kopfes von der Versorgung abgeschnitten hatte.

Dann drehte ich mich im Sessel um, schnell und lautlos. Der Dachboden war in Schwärze gehüllt, doch mein Gespür versicherte mir, daß nichts da war. Ich berührte einen Knopf an meiner Uhr und stellte fest, daß es nach elf war. Ich hatte stundenlang geschlafen. Ich Idiot! Dann hörte ich, wie sich unten jemand bewegte; undeutliche Schritte, das Schließen einer Tür, andere Geräusche. Glas zerbrach. Ich fühlte, wie sich meine Nackenhaare aufrichteten; zum zweitenmal in einer Woche. Ich umklammerte mein Kinn und ermahnte mich, mich nicht weiter in die Angst hineinzusteigern, sondern *etwas zu unternehmen*. Es konnte Eric sein, und es konnte mein Vater sein. Ich mußte hinuntergehen und es herausfinden. Sicherheitshalber würde ich mein Messer mitnehmen.

Ich erhob mich aus dem Sessel, ging vorsichtig zu der Stelle, wo die Tür war, wobei ich mich an den rauhen Backsteinen des Kamins entlangtastete. Dort blieb ich stehen, zog mir das Hemd aus der Hose und ließ es über den Cordsamt hängen, um das Messer zu verbergen, das an meinem Gürtel baumelte. Ich schlich leise hinunter zum dunklen Treppenabsatz. Im Flur brannte Licht, ganz unten, und es warf seltsame Schatten, gelb und düster, bis hinauf an die Wände des Treppenabsatzes. Ich ging ans Geländer und blickte über die Brüstung. Ich konnte nichts sehen. Die Geräusche hatten aufgehört. Ich schnupperte in die Luft.

Ich roch den Kneipengeruch von Rauch und Alkohol. Es mußte also mein Vater sein. Ich war erleichtert. In diesem Moment hörte ich ihn aus dem Wohnzimmer kommen. Hinter ihm erhob sich ein Getöse wie das Dröhnen des Ozeans. Ich wich vom Geländer zurück und blieb lauschend stehen. Er taumelte, prallte an Wänden ab und stolperte die Stufen hinauf. Ich hörte, wie er schwer keuchte und etwas vor sich hin murmelte. Ich horchte angestrengt, während der Gestank und die Geräusche immer weiter heraufkamen. Ich stand da und beruhigte mich allmählich. Ich hörte, daß mein Vater den ersten Treppenabsatz erreichte, wo das Telefon stand. Dann erklangen unsichere Schritte.

»Frang!« brüllte er. Ich verhielt mich still, gab keinen Laut von mir. Das geschah rein aus Instinkt, nehme ich an, oder aus Gewohnheit, die ich nach so vielen Gelegenheiten angenommen hatte, bei denen ich vorgab, nicht dort zu sein, wo ich wirklich war, und Menschen belauschte, die glaubten, allein zu sein. Ich atmete langsam.

»Frang!« brüllte er. Ich bereitete mich darauf vor, wieder auf den Dachboden hinaufzuklettern, indem ich auf Zehenspitzen zurückwich und die Stellen umging, an denen die Bodendielen knarrten. Mein Vater schlug gegen die Tür der Toilette im ersten Stock und fluchte, als er feststellte, daß sie unverschlossen war. Ich hörte, wie er sich die Treppe weiter hinaufbewegte, auf mich zu. Seine Schritte waren tapsig, ungleichmäßig, und er brummte zornig, als er gegen eine Wand prallte. Ich kletterte leise die Leiter hinauf und schwang mich nach oben auf den nackten Holzboden des Dachbodens, blieb dort liegen, den Kopf etwa einen Meter von der Öffnung entfernt, die Hände am Mauerwerk, um mich sofort hinter den Rauchfang ducken zu können, falls mein Vater auf die Idee käme, durch die Öffnung auf den Dachboden zu schauen. Ich zuckte zusammen. Mein Vater hämmerte wie verrückt gegen die Tür meines Zimmers. Er öffnete sie.

»Frang!« brüllte er wieder. Und dann: »Ach... Schscheiße...!«

Mein Herz machte einen Satz, während ich so dalag. Ich hatte ihn noch nie fluchen hören. Es hörte sich aus seinem Mund obszön an, nicht wie bei Eric oder Jamie, die so etwas beiläufig taten. Ich hörte ihn unter der Öffnung atmen, und der Gestank, der von ihm ausging, drang zu mir herauf: Whisky und Tabak.

Er stolperte wieder die Stufen hinunter, taumelte über den Treppenabsatz, dann zur Tür seines Zimmers und knallte diese zu. Ich atmete wieder, und erst jetzt merkte ich, daß ich die Luft angehalten hatte. Mein Herz klopfte fast bis zum Zerreißen, und ich war beinah überrascht, daß es mein Vater nicht durch die Dielen über ihm hatte pochen hören. Ich verharrte noch eine Weile, doch es folgten keine weiteren Geräusche mehr, nur dieses entfernte Brummen aus dem Wohnzimmer. Es hörte sich an, als ob er den Fernsehapparat angelassen hätte, ohne daß ein Sender eingestellt war.

Ich lag da, gab ihm fünf Minuten, dann stand ich langsam auf, wischte mir den Staub von den Kleidern, stopfte das Hemd in die Hose, hob den Beutel in der Dunkelheit auf, befestigte die Schleuder an meinem Gürtel, tastete nach meiner Weste und fand sie, dann kletterte ich mit meiner gesamten Ausrüstung die Leiter hinunter auf den Treppenabsatz, überquerte ihn und ging leise die Treppe hinunter.

Im Wohnzimmer funkelte der Fernsehapparat sein farbiges Flimmern zischend in einen leeren Raum. Ich ging hin und schaltete ihn aus. Ich war im Begriff zu gehen, da sah ich die Tweedjacke meines Vaters, die zerknautscht in einem Sessel lag. Ich nahm sie auf, und sie klimperte. Ich tastete in den Taschen herum, während ich die Nase über den Gestank von Alkohol und Rauch rümpfte, den sie verströmte. Meine Hand schloß sich um einen Schlüsselbund.

Ich holte ihn heraus und betrachtete ihn. Da waren der Schlüssel für den Vordereingang und der Schlüssel für den Hintereingang, der Kellerschlüssel, der Schuppenschlüssel, ein paar kleinere, die ich nicht erkannte, und dann noch einer, ein Schlüssel zu einem Raum im Haus, ähnlich wie der zu meinem Zimmer, nur anders geschnitten. Ich spürte, wie mein Mund trocken wurde, und sah, daß meine Hand vor mir zitterte. Schweiß glitzerte darauf und perlte plötzlich in den Linien der Innenfläche. Es konnte der Schlüssel zu seinem Schlafzimmer sein oder …

Ich rannte hinauf, drei Stufen auf einmal nehmend und diesen Rhythmus nur unterbrechend, um die knarrenden zu überspringen. Ich lief am Arbeitszimmer vorbei, hinauf zum Schlafzimmer meines Vaters. Die Tür war angelehnt, der Schlüssel steckte im Loch. Ich hörte meinen Vater schnarchen. Ich schloß die Tür sanft und rannte wieder hinunter zum Arbeitszimmer. Ich steckte den Schlüssel ins Loch und drehte ihn mit gut geschmierter Leichtigkeit. Eine oder zwei Sekunden lang blieb ich stehen, dann drückte ich auf die Klinke und öffnete die Tür.

Ich schaltete das Licht an. Das Arbeitszimmer.

Es war vollgestopft mit allem möglichen, stickig und warm. Die Lampe, die von der Mitte der Decke hing, hatte keinen Schirm und leuchtete sehr grell. Es gab zwei Schreibtische, einen Sekretär und ein Feldbett, auf dem ein Durcheinander von zerknülltem Bettzeug lag. Es gab einen Bücherschrank und zwei große Werktische, die aneinandergestellt und mit verschiedenen Flaschen und chemischen Apparaturen bedeckt waren; es gab Reagenzgläser und Flaschen und einen Kondensator, der mit einem Spülbecken in der Ecke verbunden war. Es roch nach Ammoniak oder etwas Ähnlichem. Ich drehte mich um, streckte den Kopf hinaus in den Flur, lauschte, hörte ein sehr entferntes Schnarchen, dann nahm ich den Schlüssel und schloß die Tür ab, schloß mich also ein und ließ den Schlüssel stecken.

Als ich mich von der Tür abwandte, sah ich es. Ein Konservierungsglas, das auf dem Sekretär stand, der direkt neben der Tür plaziert war, so daß er vor dem Blick aus dem Flur verborgen war, wenn die Tür aufging. In dem Glas befand sich eine klare Flüssigkeit – Alkohol, wie ich annahm. In dem Alkohol lagen winzige, ausgefranste männliche Genitalien.

Ich betrachtete sie, während meine Hand noch immer den Schlüssel umfaßte, den ich umgedreht hatte, und meine Augen füllten sich mit Tränen. Ich spürte etwas in meiner Kehle, das tief aus meinem Innern heraufstieg, und ich hatte das Gefühl, daß sich meine Augen und meine Nase so schnell füllten, daß sie zu platzen drohten. Ich stand da und weinte und ließ mir die Tränen über die Wangen kullern und in den Mund, wo ich ihren salzigen Geschmack wahrnahm. Die Nase lief mir, und ich schniefte und schnaubte, und ich merkte, wie sich meine Brust hob und senkte und ein Muskel in meinem Kiefer unbeherrscht zitterte. Ich vergaß Eric vollkommen, vergaß meinen Vater, vergaß alles bis auf mich selbst und den Verlust, den ich erlitten hatte.

Es dauerte eine ganze Weile, bis ich mich zusammenreißen konnte, und ich schaffte es nicht dadurch, daß ich wütend auf mich selbst war und mich ermahnte, mich nicht wie ein albernes Mädchen zu benehmen, sondern ich beruhigte mich allmählich von selbst, und ein Gewicht wich von meinem Kopf und verlagerte sich in meinen Bauch. Ich wischte mir das Gesicht am Hemd ab und putzte mir leise die Nase, dann machte ich mich daran, den Raum methodisch zu durchsuchen, wobei ich das Glas auf dem Sekretär ignorierte. Vielleicht stellte es das einzige Geheimnis dar, das es hier gab, aber ich wollte es genau wissen.

Das meiste davon war Müll. Müll und Chemikalien. Die Schubladen des Schreibtischs und des Büros waren vollgestopft mit alten Fotos und Papieren. Da waren alte Briefe, alte Rechnungen und Notizen, Dokumente und Formulare und Versicherungspolicen (keine auf meinen Namen, und alle sowieso längst abgelaufen). Seiten einer Kurzgeschichte oder eines Romans, den jemand auf einer billigen Schreibmaschine geschrieben hatte, mit Korrekturvermerken bedeckt und immer noch grauenvoll (irgend etwas über Hippies in einer Kommune irgendwo in der Wüste, die Verbindung mit Außerirdischen aufnehmen); es gab Briefbeschwerer aus Glas, Handschuhe, psychedelischen Krimskrams, einige alte Beatles-Singles, ein paar Exemplare von *Oz* und *IF,* einige ausgetrocknete Filzstifte und abgebrochene Bleistifte. Müll, nichts als Müll.

Dann kam ich an den Teil des Sekretärs, der abgeschlossen war: eine Abteilung unter dem Rollverschluß, unten mit Scharnieren und einem Schlüsselloch am oberen Rand. Ich zog die Schlüssel aus der Tür, und, wie ich es erwartet hatte, einer der kleineren paßte. Die Lade klappte herunter, und ich zog die vier kleinen Schubladen, die sich dahinter verbargen, heraus und stellte sie auf die Arbeitsfläche des Sekretärs.

Ich starrte ihren Inhalt an, bis meine Beine anfingen zu zittern und ich mich auf den wackeligen kleinen Stuhl setzen mußte, der halb unter dem Sekretär gestanden hatte. Ich legte den Kopf in die Hände und bebte wieder am ganzen Körper. Was mußte ich in dieser Nacht noch alles durchmachen?

Ich fuhr mit beiden Händen in eine der kleinen Schubladen und zog die blaue Schachtel mit Tampons heraus. Mit zitternden Fingern holte ich die zweite Schachtel aus der Schublade. Sie war beschriftet mit ›Hormone – männlich‹. Darin befanden sich kleinere Schachteln, säuberlich mit schwarzen Auszeichnungsziffern beschriftet, und zwar mit Daten, die bis etwa sechs Monate in die Zukunft reichten. Auf einer anderen Schachtel aus einer anderen Schublade stand ›KBr‹, was in meinem Denken ein undeutliches ›Aha‹ auslöste, allerdings ganz weit hinten. Die übrigen beiden Schubladen enthielten fest zusammengerollte Bündel von Fünf- und Zehnpfundnoten und Zellophanbeutel mit kleinen Papierquadraten darin. Ich verfügte jedoch nicht mehr über die Kapazität, mir Gedanken darüber zu machen, was es mit dem anderen Zeug im einzelnen auf sich haben mochte; in meinem Geist tobte eine entsetzliche Idee, die mir soeben gekommen war. Ich saß da, mit starrenden Augen und weit aufgerissenem Mund, und dachte nach. Ich blickte nicht zu dem Glas hinauf.

Ich dachte an jenes zartgeschnittene Gesicht, die nur leicht behaarten Arme. Ich versuchte mich an eine Gelegenheit zu erinnern, bei der ich meinen Vater nackt bis zur Taille gesehen hatte, aber es fiel mir ums Verrecken keine ein. Das Geheimnis. Das konnte nicht sein. Ich schüttelte den Kopf, aber der Verdacht ging mir nicht aus dem Sinn. Angus. Agnes. Ich wußte nur aus seiner Erzählung, was damals geschehen war. Ich hatte keine Ahnung, inwieweit man Mrs. Clamp trauen konnte, keine Ahnung, wie sehr der eine Macht über die andere oder umgekehrt haben mochte. Aber das konnte doch nicht sein! Es war so gespenstisch, so abscheulich! Ich stand schnell auf, stieß den Stuhl nach hinten um, so daß er auf das Holz der unbedeckten Bodendielen polterte. Ich packte die Schachtel mit den Tampons und die mit den Hormonen, nahm die Schlüssel, schloß die Tür auf und hastete hinaus, die Treppe hinauf, wobei ich mir gleichzeitig die Schlüssel in eine Tasche schob und das Messer aus der Hülle zog. »Frank wird dich schnappen«, zischte ich vor mich hin.

Ich stürmte in das Schlafzimmer meines Vaters und knipste das Licht an. Er lag voll bekleidet auf dem Bett. Ein Schuh war heruntergefallen, er lag am Boden unter seinem Fuß, der über den Rand des Bettes hing. Er lag auf dem Rücken und schnarchte. Er drehte sich um und warf sich einen Arm übers Gesicht, um sich gegen das Licht abzuschirmen. Ich ging zu ihm, riß ihm den Arm weg und schlug ihn zweimal mit aller Kraft ins Gesicht. Sein Kopf schwankte, und er schrie laut auf. Er öffnete erst ein Auge, dann das andere. Ich hob das Messer auf die Höhe seiner Augen und wartete, daß er den Blick mit der Ungenauigkeit der Trunkenheit darauf einstellte. Er verströmte den Fäulnisgestank von Alkohol.

»Frang?« sagte er schwach. Ich stieß mit dem Messer auf ihn zu und hielt kurz vor dem Nasensattel inne.

»Du Schwein«, fauchte ich ihn an. »Was, zum Teufel, soll das hier sein?« Ich schwenkte die Schachteln mit den Tampons und den Hormonen mit der anderen Hand vor ihm herum. Er stöhnte und schloß die Augen. »Los, sag schon!« schrie ich und schlug ihn erneut, wobei ich den Rücken der Hand benutzte, in der ich das Messer hielt. Er versuchte, sich von mir wegzurollen, quer übers Bett unter das geöffnete Fenster, doch ich zog ihn von der heißen, stillen Nacht zurück.

»Nein, Frang, nein«, sagte er kopfschüttelnd und versuchte, meine Hände wegzuschieben. Ich ließ die Schachteln fallen und packte ihn fest an einem Arm. Ich zog ihn zu mir heran und hielt ihm das Messer vor die Kehle.

»Du wirst es mir sagen, oder, bei Gott…« Ich ließ die Worte verebben. Ich gab seinen Arm frei und fuhr mit der Hand hinunter zu seiner Hose. Ich zog den Gürtel aus den schmalen Schlaufen rund um seine Taille. Er versuchte, mich durch heftiges Zappeln daran zu hindern, doch ich schlug seine Hände beiseite und drückte ihm das Messer an die Kehle. Ich schleuderte den Gürtel weg und zog den Reißverschluß herunter, wobei ich ihn die ganze Zeit über beobachtete und versuchte, mir nicht vorzustellen, was ich sehen würde – was ich nicht sehen würde. Ich öffnete den Knopf über dem Reißverschluß. Ich zog die Seiten seiner Hose auseinander, zog sein Hemd hoch und heraus. Er sah mich an, auf dem Bett liegend, mit roten, glänzenden Augen, und er schüttelte den Kopf.

»Was machsu da, Frangie? Tut mir leid, tut mir ehrlich leid. 's war doch nur 'n Esperiment... Tu mir nichs, Frangie, bitte...«

»Du Nutte, du *Nutte!*« sagte ich, während ich fühlte, wie mein Blick verschwommen wurde und meine Stimme bebte. Ich zerrte mit einem hinterhältigen Ruck die Unterhose herunter.

Etwas schrie draußen in der Nacht jenseits des Fensters. Ich stand da und starrte auf den dunkelbehaarten, großen, ziemlich fettig aussehenden Schwanz und die Eier meines Vaters hinab, und etwas Animalisches schrie dort draußen in der Landschaft der Insel. Die Beine meines Vaters zitterten. Dann erschien ein Licht, orangefarben und wabernd, wo kein Licht hätte sein dürfen, dort draußen, über den Dünen, und weitere Schreie, Blöken und Bäähs und Schreie; überall Schreie.

»Herrje, was 'n das?« hauchte mein Vater und wandte den zitternden Kopf dem Fenster zu. Ich wich zurück, dann ging ich ums Fußende des Bettes herum und sah aus dem Fenster. Der schreckliche Lärm und das Licht auf der anderen Seite der Dünen schienen näher zu kommen. Das Licht umgab wie ein Halo die große Düne hinter dem Haus, dort, wo der Schädelhain war; es flackerte gelb mit Streifen von Rauch darin. Das Geräusch ähnelte dem, das der brennende Hund verursacht hatte, doch es war um ein Vielfaches verstärkt, wiederholte sich immer wieder und bohrte sich wie ein spitzer Stachel ins Ohr. Das Licht wurde heller, und etwas kam über den Kamm der großen Düne gerannt, etwas Brennendes und Schreiendes, und rannte den meerwärtigen Hang der Schädelhain-Düne hinab. Es war ein Schaf, und ihm folgten weitere. Zuerst waren es noch mal zwei, dann raste ein weiteres halbes Dutzend Tiere über das Gras und den

Sand. In Sekundenschnelle waren die Hügel bedeckt mit brennenden Schafen, ihre Wolle stand in Flammen, sie blökten in Panik und rannten den Hang hinab, steckten das dürre Gras und das Unkraut in Brand und hinterließen eine feurige Spur.

Und dann sah ich Eric. Mein Vater trat bebend neben mich, doch ich ignorierte ihn und beobachtete die ausgemergelte, tanzende, hüpfende Gestalt ganz oben auf dem Gipfel der Düne. Eric schwenkte eine große brennende Fackel in der einen Hand und eine Axt in der anderen. Auch er stieß wilde Schreie aus.

»O mein Gott, nein«, sagte mein Vater. Ich drehte mich zu ihm um. Er zog sich die Hose hoch. Ich schob ihn zur Seite und rannte an ihm vorbei zur Tür.

»Los, komm!« schrie ich ihn an. Ich lief hinaus und rannte nach unten, ohne mich umzusehen, ob er mir folgte. Ich sah hinter allen Fenstern Flammen, hörte das Jammern der gequälten Schafe rings ums Haus. Ich gelangte in die Küche und erwog, während ich hindurchlief, etwas Wasser mitzunehmen, kam jedoch zu dem Schluß, daß es sinnlos wäre. Ich rannte über die Eingangsveranda hinaus in den Garten. Ein Schaf, das lediglich am Hintern brannte, wäre fast mit mir zusammengeprallt, als es durch den bereits in hellen Flammen stehenden Garten rannte und im letzten Moment mit einem durchdringenden Bääh vor der Tür abschwenkte und dann über einen niedrigen Zaun in den Vorgarten sprang. Ich hastete hinten ums Haus herum, auf der Suche nach Eric.

Überall waren Schafe, Feuer loderte ringsum. Das Gras auf dem Schädelhain stand in Flammen, Flammen schlugen aus dem Schuppen und dem Gebüsch und den Blumen und Pflanzen im Garten, und tote, brennende Schafe lagen in bläulichen Flammenlachen, während andere herumrannten und -sprangen, mit ihren kehligen, gebrochenen Stimmen stöhnend und keuchend. Eric stand am Fuße der Treppe, die in den

Keller führte. Ich sah die Fackel, die er in der Hand gehalten hatte, und eine flackernde Flamme an der Hauswand unter dem Fenster der unteren Toilette. Er bearbeitete die Kellertür mit der Axt.

»Eric! Nein!« kreischte ich. Ich rannte los, dann drehte ich mich um, hielt mich an der Hausecke fest und streckte den Kopf um die Ecke, um zu der offenen vorderen Eingangstür zu sehen. »Dad! Raus aus dem Haus! Dad!« Ich hörte das Splittern von Holz hinter mir. Ich drehte mich um und rannte zu Eric. Direkt vor der Kellertreppe sprang ich über die schwelende Leiche eines Schafes. Eric wandte sich um und holte mit der Axt nach mir aus. Ich duckte mich und vollführte eine Rolle vorwärts. Als ich aufkam, sprang ich auf die Beine, bereit, mit einem Satz auszuweichen, doch er war schon wieder dabei, mit der Axt auf die Tür einzudreschen, wobei er bei jedem Hieb einen so gewaltigen Schrei ausstieß, als ob er selbst die Tür wäre. Der Axtkopf drang in das Holz, blieb stecken, er rüttelte mit aller Kraft daran und bekam ihn heraus; er warf einen Blick zurück zu mir und schlug wieder mit der Axt auf die Tür ein. Die Flammen der Fackel warfen seinen Schatten auf mich; die Fackel stand angelehnt am Türrahmen, und ich sah, daß die neue Farbe bereits brannte. Ich nahm meine Schleuder zur Hand. Eric hatte die Tür fast zerschmettert. Mein Vater war noch immer nicht erschienen. Eric sah erneut zu mir zurück, dann schlug er die Axt in die Tür. Ein Schaf schrie hinter uns auf, während ich nach einem Stahlprojektil tastete. Ich hörte aus allen Richtungen Feuer prasseln und roch verkohltes Fleisch. Die Metallkugel paßte in das Leder, und ich zog.

»Eric!« brüllte ich, als die Tür nachgab. Er hielt die Axt in der einen Hand und hob die Fackel mit der anderen auf; er stieß mit dem Fuß gegen die Tür, und sie fiel nach innen. Ich spannte die Schleuder noch um einen letzten Zentimeter. Ich hatte ihn zwischen dem Y, das die beiden Arme der Schleuder darstellten, gut im Blick. Er sah zu mir her. Sein Gesicht war bärtig und schmutzig, wie eine Tiermaske. Er war der Junge, der Mann, den ich gekannt hatte, und doch war er eine vollkommen andere Person. Dieses Gesicht grinste gehässig und schwitzte, und es zuckte hin und her, während sich die Brust hob und senkte und die Flammen pulsierten. Er hielt die Axt und die brennende Fackel, und die Kellertür lag zerschmettert hinter ihm. Ich bildete mir ein, die Ballen von Kordit auszumachen, dunkelorangefarben in dem dichten, schwankenden Licht von dem Feuer ringsum und der Fackel, die mein Bruder in der Hand hielt. Er schüttelte den Kopf, und sein Gesichtsausdruck war gleichzeitig erwartungsvoll und verwirrt.

Auch ich schüttelte langsam den Kopf.

Er lachte und nickte, halb warf er die Fackel in den Keller, halb ließ er sie fallen und rannte auf mich zu.

Ich war kurz davor, das Geschoß zu schleudern, als ich ihn durch die Schleuder hindurch auf mich zukommen sah, doch im letzten Moment, bevor sich meine Finger lösten, sah ich, daß er die Axt weggeworfen hatte; sie polterte die Treppe hinunter in den Keller, während Eric an mir vorbeihechtete und ich mich fallen ließ und zur Seite wegduckte. Ich rollte mich ab, sah Eric, der wie ein Hase durch den Garten hoppelte, Richtung Süden über die Insel. Ich ließ die Schleuder fallen, rannte die Treppe hinunter und hob die Fackel auf. Sie lag einen Meter vor dem Keller, nicht in der Nähe der Ballen. Ich warf sie schnell hinaus, und gleichzeitig gingen die Bomben in dem lodernden Schuppen hoch.

Der Lärm war ohrenbetäubend, Granaten zischten über meinen Kopf, im Haus zerbarsten Fenster, und der Schuppen brach in sich zusammen. Einige Bomben wurden aus dem Schuppen herausgeschleudert und explodierten in anderen Teilen des Gartens, doch glücklicherweise geriet keine in meine Nähe. Als es für mich endlich ungefährlich war, den Kopf zu heben, gab es keinen Schuppen mehr, alle Schafe waren tot oder weggelaufen, und Eric war verschwunden.

Mein Vater war in der Küche und hielt einen Eimer Wasser und ein Schnitzmesser in der Hand. Bei meinem Eintreten legte er das Messer auf den Tisch. Er wirkte wie hundert Jahre alt. Auf dem Tisch stand das Konservierungsglas. Ich setzte mich ans Kopfende des Tisches und sackte auf dem Stuhl zusammen. Ich sah ihn an.

»Eric war an der Tür, Dad«, sagte ich und lachte. In meinen Ohren hallte noch immer die Explosion im Schuppen nach.

Wie mein Vater dastand, sah er alt und verblödet aus, seine Augen waren trüb und feucht, und seine Hände zitterten. Ich spürte, wie ich mich langsam beruhigte, sehr langsam.

»Wa...«, setzte er an, dann räusperte er sich, »was... was ist passiert?« Er hörte sich fast nüchtern an.

»Er hat versucht, in den Keller zu gelangen. Ich nehme an, er wollte uns alle in die Luft jagen. Jetzt ist er abgehauen. Ich habe die Tür wieder aufgerichtet, so gut es ging. Das Feuer ist zum größten Teil gelöscht; du brauchst das jetzt nicht mehr.« Ich nickte zu dem Wassereimer hin, den er immer noch festhielt. »Stattdessen möchte ich, daß du dich hinsetzt und mir das eine oder andere erklärst, das ich wissen möchte.« Ich lehnte mich auf meinem Stuhl zurück.

Er sah mich eine Sekunde lang an, dann hob er das Konservierungsglas hoch, doch es rutschte ihm aus der Hand, fiel zu Boden und zersprang. Er stieß ein nervöses Lachen aus, bückte sich und hatte, als er sich wieder erhob, den ehemaligen Inhalt des Glases in der Hand. Er streckte mir das Ding hin, damit ich es betrachten sollte, doch ich sah ihm ins Gesicht. Er schloß die Hand, dann öffnete er sie wieder, wie ein Zauberer. Er hielt einen rosafarbenen Ball darin. Nicht etwa eine Hode, sondern einfach einen rosafarbenen Ball, wie ein Klumpen Knetmasse oder Wachs. Ich blickte ihm eindringlich in die Augen.

»Erzähl!« sagte ich.

Also erzählte er es mir.

12

WAS MIT MIR PASSIERT IST

Es war ganz im Süden, sogar noch jenseits des neuen Hauses, da machte ich mich an jenem Küstenstreifen daran, einige Dämme in den Becken im Sand und den Felsen zu bauen. Es war ein herrlicher, ruhiger, strahlender Tag. Es gab keine Abgrenzung zwischen Himmel und Meer, und wenn Rauch aufstieg, stieg er kerzengerade auf. Die See lag unbewegt da.

In der Ferne auf dem Festland erstreckten sich einige Felder, angelegt an einem leicht geneigten Hang. Auf einem der Felder tummelten sich einige Kühe und zwei große braune Pferde. Während ich dabei war zu bauen, kam ein Lastwagen über einen Feldweg daher. Er hielt vor dem Tor an, fuhr rückwärts und wendete, so daß seine Rückseite zu mir zeigte. Ich beobachtete dieses Geschehen, das sich vielleicht achthundert Meter von mir entfernt abspielte, durch das Fernglas. Zwei Männer stiegen aus. Sie ließen die hintere Klappe so herunter, daß diese als Rampe diente, die in den Laderaum führte; hölzerne Lattengestelle wurden ausgeklappt und bildeten zu beiden Seiten der Rampe Zäune. Die beiden Pferde kamen, um zuzusehen.

Ich stand in einem Wasserbecken zwischen den Felsen, Wasser umspielte meine Gummistiefel, und ich warf einen Wasserschatten. Die Männer gingen auf das Feld und führten eins der Pferde an einem Seil, das ihm um den Hals gebunden war, an den Rand. Es folgte ihnen willig, doch als die Männer versuchten, es in den Lastwagen zu verfrachten, die schräge Laderampe hinauf, zwischen den Latten hindurch, scheute es und bäumte sich rückwärts auf. Sein Artgenosse drückte neben ihm gegen den Zaun. Sekunden später hörte ich seine Schreie durch die stille Luft. Das Pferd wollte nicht hineingehen. Einige der Kühe auf dem Feld schenkten der Szene einen trägen Blick, dann gaben sie sich erneut dem Wiederkäuen hin.

Winzige Wellen, klare Lichtbänder verzehrten den Sand, den Felsen, die Pflanzen und Muscheln neben mir, sanft plätschernd. Der Ruf eines Vogels unterbrach die Stille. Die Männer bewegten den Lastwagen ein Stück, zogen das Pferd hinterher, den Weg entlang und weiter auf einem Nebenpfad. Das Pferd auf dem Feld wieherte laut und rannte in unsinnigen Kreisen herum. Meine Arme und Augen wurden müde, und ich wandte den Blick ab, hin zu der Hügelkette und den Bergen, die sich in das strahlende Licht des Nordens erstreckten. Als ich wieder hinsah, hatten sie das Pferd in dem Lastwagen.

Der Lastwagen fuhr davon, wobei seine Räder kurz durchdrehten. Das einsame Pferd, erneut verwirrt, rannte vom Tor zum Zaun und wieder zurück, verfolgte zunächst den Lastwagen, gab schließlich auf. Einer der Männer war bei dem Tier auf dem Feld geblieben, und während der Lastwagen über den Hügelkamm verschwand, beruhigte er es.

Später, auf dem Heimweg, kam ich an dem Feld mit dem Pferd darauf vorbei, und es fraß friedlich Gras.

Jetzt sitze ich auf der Düne über dem Bunker, an diesem frischen, windigen Sonntagmorgen, und ich erinnere mich, daß ich letzte Nacht von jenem Pferd geträumt habe.

Nachdem mein Vater mir alles erzählt hatte, was es zu erzählen gab, und ich mich nach anfänglichem Unglauben und Zorn zu einem fassungslosen Akzeptieren durchgerungen hatte, und nachdem wir die nähere Umgebung des Gartens untersucht, nach Eric gerufen, die Unordnung so gut wie möglich beseitigt und die letzten schwelenden Reste des Feuers gelöscht hatten, nachdem wir die Kellertür verbarrikadiert hatten und zurück ins Haus gegangen waren, und nachdem er mir erklärt hatte, warum er das getan hatte, was er getan hatte, gingen wir zu Bett. Ich schloß meine Schlafzimmertür ab, und ich bin ziemlich sicher, daß er seine ebenfalls abschloß. Ich schlief und hatte einen Traum, in dem ich jenen Abend mit dem Pferd noch einmal durchlebte, wachte am nächsten Morgen früh auf und ging hinaus, um Eric zu suchen. Gerade als ich aus dem Haus trat, sah ich Diggs, der den Pfad heraufkam. Mein Vater hatte eine umfassende Aussage zu machen. Ich überließ die Sache den beiden.

Das Wetter hatte aufgeklart. Kein Gewitter, kein Donnern und Blitzen, nur ein Wind aus Westen, der sämtliche Wolken hinaus aufs Meer trieb und damit auch die größte Hitze. Es war wie ein Wunder, obwohl es sich wahrscheinlicher um ein Hochdruckgebiet über Norwegen handelte. Jedenfalls war es sonnig und klar und kühl.

Ich fand Eric schlafend auf der Düne über dem Bunker, mit dem Kopf im schwankenden Gras, zusammengerollt wie ein kleines Kind. Ich ging zu ihm hin und setzte mich für eine Weile neben ihn, dann sprach ich seinen Namen aus, tätschelte seine Schulter. Er wachte auf, sah mich an und lächelte.

»Hallo, Eric«, sagte ich. Er streckte eine Hand aus, und ich ergriff sie. Er nickte, immer noch lächelnd. Dann drehte er sich um, legte seinen Lockenkopf in meinen Schoß, schloß die Augen und schlief wieder ein.

Ich bin nicht Francis Leslie Cauldhame. Ich bin Frances Lesley Cauldhame. Darauf läuft die ganze Sache hinaus. Die Tampons und die Hormone waren für mich bestimmt.

Die Marotte meines Vaters, Eric wie ein Mädchen anzuziehen, so stellte sich heraus, war nur die Generalprobe für meinen Fall. Als der Alte Saul mich überfiel, sah mein Vater darin die ideale Gelegenheit für ein kleines Experiment und eine Möglichkeit, den Einfluß des Weiblichen um ihn herum während meines Aufwachsens einzuschränken – wenn nicht gar ganz zu beseitigen. Also fing er an, mich mit männlichen Hormonen zu behandeln, und er tat es bis heute. Deshalb bereitet er stets alle Mahlzeiten zu, deshalb ist das, was ich immer für den Stummel eines Penis gehalten habe, in Wirklichkeit eine vergrößerte Klitoris. Daher der Bartwuchs, keine Periode und all die anderen Erscheinungen.

Doch während der letzten Jahre hält er die Tampons bereit, für den Fall, daß meine natürlichen Hormone doch die Überhand gewinnen über jene, die er in mich hineinpumpt. Er mußte die Androgene einigermaßen im Zaum halten, damit ich nicht allzu geil wurde. Er fertigte ein künstliches Modell eines männlichen Geschlechtsteils, und zwar aus dem gleichen Wachs, das ich unter der Treppe gefunden hatte und aus dem ich meine Kerzen herstellte. Er hatte vorgehabt, mir das Konservierungsglas vor Augen zu halten, wenn ich jemals bezweifeln sollte, daß ich wirklich kastriert war. Je mehr Lügen, desto mehr Beweise. Selbst der Quatsch mit dem Geruch der Fürze war Betrug; er ist seit Jahren mit Duncan, dem Mann an der Bar, befreundet, und gibt ihm immer ein paar Drinks aus als Gegenleistung dafür, daß jener ihn anruft und ein paar Informationen durchgibt, nachdem ich in den ›Arms‹ getrunken hatte. Auch jetzt bin ich noch nicht hundertprozentig sicher, ob er mir die ganze Wahrheit gesagt hat, obwohl er offenbar von dem Drang besessen war, alles zu gestehen, und ihm gestern abend Tränen in den Augen standen.

Wenn ich darüber nachdenke, spüre ich, wie sich erneut ein Klumpen von Wut in meinem Bauch formt, doch ich kämpfe dagegen an. Ich wollte ihn umbringen, sofort und gleich dort in der Küche, nachdem er mir alles erzählt und mich überzeugt hatte. Ein Teil von mir möchte immer noch glauben, daß es einfach seine neueste Lüge ist, aber in Wirklichkeit weiß ich, daß es die Wahrheit ist. Ich bin eine Frau. Meine Schenkel sind vernarbt, die Schamlippen etwas verunstaltet, und ich werde niemals attraktiv sein, aber nach der Aussage meines Vaters bin ich eine normale Frau, zur Ausübung des Geschlechtsaktes und zum Gebären fähig (mich schaudert bei der Vorstellung des einen wie des anderen).

Ich blickte hinaus auf das glitzernde Meer, während Erics Kopf in meinem Schoß ruht, und ich denke wieder an jenes arme Pferd.

Ich weiß nicht, was ich tun werde. Ich kann nicht hierbleiben, und ich habe Angst vor allen anderen Orten. Doch ich vermute, ich muß gehen. Was für ein Dilemma! Vielleicht würde ich Selbstmord in Betracht ziehen, wenn nicht einige meiner Verwandten so wenig nachahmenswerte Beispiele geliefert hätten.

Ich betrachte Erics Kopf: ruhig, dreckig, schlafend. Sein Gesicht sieht friedlich aus. Er empfindet keinen Schmerz.

Ich beobachte eine Zeitlang die kleinen Wellen, die an den Strand plätschern. Auf diesem Meer, dieser Linse aus Wasser, beidseitig gewölbt und schaukelnd und um die Erde rollend, erblicke ich eine gekräuselte Wüste, dabei habe ich es auch schon so glatt wie ein Salzsee gesehen. Überall ist die Geografie unterschiedlich; das Meer wogt, schwankt und schwillt, rollt sich im auffrischenden Wind zusammen, erhebt sich unter der steifer werdenden Brise zu sanften Hügeln und bäumt sich schließlich mit weißen Schaumkronen wie Schneestreifen zur Höhe eines Gebirges auf, gepeitscht vom orkanartigen Sturm.

Und dort, wo ich jetzt bin, wo wir sitzen und liegen und schlafen und schauen, an diesem warmen Sommertag, wird in einem halben Jahr Schnee fallen. Eis und Frost, Rauhreif und kristallene Nadeln; ein heulendes Kältegestöber aus Sibirien wird über Skandinavien getrieben und fegt über die Nordsee; die grauen Gewässer auf der Erde und die schwärzliche Luft am Himmel werden ihre kalten, entschlossenen Hände auf diesen Ort legen und ihn für eine Weile vereinnahmen.

Ich möchte lachen oder weinen oder beides, während ich hier sitze und über mein Leben nachdenke, über meine drei Tode. Inzwischen gewissermaßen vier Tode, nachdem die Wahrheit, die ich von meinem Vater erfahren habe, das getötet hat, was ich bisher war.

Und doch *bin* ich immer noch ich; ich *bin* dieselbe Person, mit denselben Erinnerungen und denselben begangenen Taten, denselben (kleinen) Leistungen und denselben (abscheulichen) Morden, die mit *meinem* Namen verbunden sind.

Warum? *Wie* konnte ich diese Dinge nur tun?

Vielleicht deshalb, weil ich dachte, mir wäre alles, auf das es in der Welt ankam, der ganze Sinn – und das Mittel – für unseren Fortbestand als Gattung, gestohlen worden, bevor ich dessen Wert überhaupt kennengelernt hatte. Vielleicht mordete ich in jedem Fall aus Rachelust, indem ich eifersüchtig – mit Hilfe der einzigen Macht, die mir zu Gebote stand – einen Tribut von jenen forderte, die mir in die Quere kamen; meinesgleichen, die ohne mein Einschreiten sich zu dem entwickelt hätten, das ich niemals werden konnte: ein Erwachsener.

Man könnte sagen, da mir ein bestimmter Wille fehlte, kultivierte ich einen anderen; um meine eigene Wunde zu lecken, zerschnitt ich in meiner zornigen Unschuld den Lebensfaden anderer, als Vergeltung für den von mir als ungerecht und unwiederbringlich empfundenen Verlust meiner Männlichkeit, deren Bedeutung ich damals zwar nicht so richtig zu schätzen wußte, von der ich jedoch – vielleicht aufgrund des Verhaltens der anderen – eine Ahnung hatte. Da ich nicht zur Zeugung neuen Lebens geschaffen war, verwandte ich all meine Kraft für das schaurige Gegenteil, und darin fand ich einen negativen Ausgleich für die Fruchtbarkeit, die nur die anderen für sich beanspruchen konnten. Ich glaube, ich, als der Entmannte, faßte den Entschluß, da mein Leib niemals der eines Mannes würde sein können, alle um mich herum zu entleiben, und deshalb wurde ich zum Mörder, ein kleines Abbild des unbarmherzigen Kriegshelden, in dem fast alles, das ich je gesehen oder gelesen hatte, höchste Verehrung fand. Ich suchte oder fertigte meine eigenen Waffen, und meine Opfer waren jeweils vor noch nicht allzu langer Zeit aus jenem Akt entstanden, zu dessen Ausübung ich nicht in der Lage war; darin waren sie meinesgleichen, doch im Gegensatz zu mir besaßen sie das Mittel zur Fortpflanzung, und erst nach meinem Handeln waren sie dazu ebensowenig fähig wie ich. Soviel zum Thema Penisneid.

Jetzt stellt sich heraus, daß alles vergeblich war. Es bestand keinerlei Grund zur Rache, es beruhte alles auf einer Lüge, einem Trick, den ich hätte durchschauen müssen, eine Tarnung, die ich selbst als Betroffener hätte entlarven können, was ich letztendlich jedoch nicht wollte. Ich war stolz; ein Eunuch, aber einzigartig; eine düstere, erhabene Gestalt in meiner Umgebung, ein verkrüppelter Krieger, ein gefallener Prinz…

Jetzt stelle ich fest, daß ich auf der ganzen Linie nichts als ein Narr war.

Da ich daran glaubte, zutiefst verletzt worden, buchstäblich vom Festland der Gesellschaft abgeschnitten zu sein, nahm ich offenbar mein eigenes Leben in gewisser Weise zu ernst und das Leben anderer aus dem gleichen Grund zu leicht. Die Morde waren meine persönliche Verwirklichung, meine Geschlechtlichkeit. Die Fabrik war mein Versuch, Leben zu beeinflussen, eine Verantwortung, die ich ansonsten ablehnte.

Nun ja, es ist immer leichter, im Töten erfolgreich zu sein.

Im großen Getriebe sind die Dinge nicht so klar beschnitten und nüchtern (oder beschnitten und besoffen), wie sie sich nach meiner Erfahrung darstellten. Jeder von uns glaubt vielleicht, daß wir in unserer ureigenen Fabrik durch einen bestimmten Gang getaumelt sind und daß unser Schicksal feststeht und besiegelt ist (Traum oder Alptraum, langweilig oder bizarr, gut oder schlecht), doch ein Wort, ein Blick, ein winziges Mißgeschick – alles kann es ändern, es in vollkommen andere Bahnen lenken, und mit einem Mal wird unser Marmorsaal zur Gosse oder unser Rattenlabyrinth zu einem goldenen Pfad. Unser Ziel ist letztendlich dasselbe, doch unser Weg dorthin – zum Teil frei gewählt, zum Teil vorbestimmt – ist für jeden von uns unterschiedlich und ändert sich selbst noch während unseres Lebens und Wachsens. Ich dachte, in meinem Fall hätte sich bereits vor Jahren eine Tür hinter mir geschlossen, während ich in Wirklichkeit noch auf dem Zifferblatt herumkrabbelte. *Jetzt* schließt sich die Tür, und mein Weg beginnt.

Ich blicke wieder zu Eric hinab und lächele; in der kräftigen Brise nicke ich mir selbst zu, während sich die Wellen brechen und der Wind Gischt und Gras mit sich trägt und einige wenige Vögel schreien. Ich schätze, ich muß ihm erzählen, was mit mir passiert ist.

Der arme Eric kam nach Hause, um seinen Bruder zu besuchen, und findet statt dessen (Zack! Peng! Brechende Dämme! Explodierende Bomben! Wespen auf dem Rost: *tttssss!*) – eine Schwester.